MIA C. BRUNNER

Allgäuer Sündenbock

SAGENHAFT TÖDLICH Hauptkommissar Forster weiß nicht, was er von der Zeugenaussage einer jungen Frau halten soll. Sie behauptet, ihr Verlobter sei von einer Ziege mit feuerroten Augen getötet worden. Auch ein zweiter Todesfall beschäftigt die Kripo. Eine Frau mit einem Drachen-Tattoo wurde leblos in ihrer Badewanne aufgefunden. Hat ihr Tod etwas mit der bekannten Sage vom Unheil bringenden Drachen aus dem Seealpsee zu tun? Die Ermittlungen führen Forster zu einer Oberstdorfer Autorin, die sich für ihre Krimis an der Allgäuer Sagenwelt bedient. Sind ihre erfundenen Geschichten der Grund für die schrecklichen Schicksale der Ermordeten? Oder kennt die Autorin den Mörder? Alle Nachforschungen im Oberstdorfer Trachtenverein führen zu keinen verwertbaren Ergebnissen. Widerwillig zieht Florian Forster seinen Vater zu Rate, der endlich entscheidende Hinweise geben kann. Zeitgleich untersucht Hauptkommissarin Jessica Forster einen Zwischenfall mit einer ortsansässigen Kräuterfrau. Ihre Neugier wird geweckt, als sie unerwartet eine Verbindung zu Florians Fall entdeckt. Reichen die neuen Erkenntnisse, um einen weiteren Mord zu verhindern?

Mia C. Brunner wurde in Wedel in der Nähe von Hamburg geboren. Seit 15 Jahren lebt sie mit ihrem Mann und ihren zwei Töchtern im Allgäu. Waren es früher nur Kurzgeschichten, die sie für ihre Kinder schrieb, machte sie später ihre ersten Krimi-Erfahrungen mit selbstverfassten Dinnerkrimis, in denen sie ihre Faszination fürs Schreiben und ihre Leidenschaft fürs Kochen verbinden konnte. »Allgäuer Sündenbock« ist ihr sechster Allgäu-Krimi im Gmeiner-Verlag.

MIA C. BRUNNER

Allgäuer Sündenbock

KRIMINALROMAN

GMEINER

Immer informiert

Spannung pur – mit unserem Newsletter informieren wir Sie regelmäßig über Wissenswertes aus unserer Bücherwelt.

Gefällt mir!

Facebook: @Gmeiner.Verlag
Instagram: @gmeinerverlag
Twitter: @GmeinerVerlag

MIX
Papier aus verantwortungsvollen Quellen
FSC® C083411

Besuchen Sie uns im Internet:
www.gmeiner-verlag.de

Im Ehnried 5, 88605 Meßkirch
Telefon 07575/2095-0
info@gmeiner-verlag.de

1. Auflage 2022

Lektorat: Christine Braun
Herstellung: Mirjam Hecht
Umschlaggestaltung: U.O.R.G. Lutz Eberle, Stuttgart
unter Verwendung eines Fotos von: © Dozey / AdobeStock
und Lebedev Yury / shutterstock
Druck: CPI books GmbH, Leck
Printed in Germany
ISBN 978-3-8392-0227-2

EIN PAAR MONATE ZUVOR …

Der Sturm hatte sich gelegt.

Den ganzen gestrigen Tag und die halbe Nacht hindurch hatte er gewütet und Mensch und Tier in Angst und Schrecken versetzt. Bäume waren entwurzelt, Häuser beschädigt und Straßen überschwemmt worden.

Nun kehrte endlich Ruhe ein.

Die Wolken waren über die Gipfel der Berge weitergezogen. Der nächtliche Himmel hing tiefschwarz über dem Oytal, doch vor dem dunklen Hintergrund leuchteten unzählige helle Sterne. Der Vollmond tat sein Übriges, sodass die Alphütte und ihre Umgebung, die Berggipfel und die karge Graslandschaft, trotz der späten Stunde gut zu erkennen waren.

Der Seealpsee, der noch vor einer Stunde gebrodelt und geschäumt hatte, dessen vom Sturm gepeitschtes Wasser mit mächtigem Getöse gegen die grasbewachsenen Ufer gedonnert war, lag jetzt nahezu still zwischen den steilen Felswänden. Das Licht des Mondes tanzte auf den seichten Wellen und funkelte mit den Sternen um die Wette.

Endlich war es wieder friedlich.

Keine Menschenseele hatte sich heute am See blicken lassen. Die Nebelhornbahn, von der aus man tagsüber ohne anstrengenden Aufstieg die Seealpe über den Zeigersattel erreichen konnte, hatte ihren Betrieb aufgrund des Unwetters bereits am frühen Morgen eingestellt. Man kam auch zu Fuß zur Alpe, doch es war mühsam, sich den schmalen Pfad aus dem Oytal hinaufzukämpfen. Wenn man aber über die steil abfallende schmale Felskante, den sogenannten Karriegel, ins Tal hinabsah, schaute man aus fast 1.700 Metern Höhe auf das friedlich schlafende Oberstdorf.

Die dünne Wand aus Gestein war der natürliche Damm, der den tiefen Bergsee davon abhielt, seine riesigen Wassermassen über den schönen Ort im Oberallgäu zu ergießen, Häuser zu versenken und Mensch und Tier – jede einzelne Seele – in einen grausamen Tod zu reißen.

Dieses Mal hatte der Damm gehalten.

In diesem Jahr war der Fluch gebannt. Gerade noch rechtzeitig versank der kleine Lederbeutel mitsamt Inhalt auf den kalten Grund des Seealpsees. Dem Dorf würde nichts geschehen am morgigen Fronleichnam. Das Tal blieb verschont, denn das Ungeheuer war besänftigt.

Es schlummerte tief im See.

Doch der Drache musste sterben. Erst dann würde der Frieden auf Dauer anhalten. Nur ein toter Drache war still und friedlich. Bis in alle Ewigkeit.

*

Den ganzen Tag schon war es unerträglich schwül.

Die schwere Luft raubte nicht nur den Atem, sondern vermieste auch die Laune.

Selbst im Haus, das aufgrund seiner dicken Außenmauern kurze Hitzewellen im Hochsommer draußen halten konnte, war die Wärme nach nunmehr zweieinhalb Wochen kaum zu ertragen. Das Thermometer zeigte seit Tagen nachmittags konstant über 35 Grad.

Auch die Nächte brachten keine Erholung. Der leichte

Luftzug, der von der geöffneten Terrassentür hereinwehte, streifte nur sanft die verschwitzte Haut auf Armen und Gesicht, sorgte jedoch nicht für Abkühlung.

Aufgrund der äußeren Umstände, aber auch, weil sie eine Langschläferin war, die in den ersten Stunden des Tages nichts mit sich anzufangen wusste, verlegte sie ihre Arbeit gern in die Abendstunden. Deshalb saß sie kurz nach Mitternacht noch immer an ihrem Laptop, starrte auf den grellen Bildschirm und las konzentriert die geschriebenen Zeilen.

Draußen machte sich ein Uhu rufend bemerkbar. Dieser schaurige Ton des edlen Nachtvogels ließ sie zufrieden seufzen. Normalerweise stand sie auf und ging in den Garten, wenn das Tier ihrem Haus so nahe war wie in diesem Augenblick. Vor drei Tagen hatte sie das Glück gehabt, den Schatten des Tieres im hellen Mondschein vorbeihuschen zu sehen. Sie hatte gemeint, der lautlose Schlag der riesigen Flügel würde ihr frische Nachtluft zufächern.

Heute blieb sie an ihrem Schreibtisch sitzen.

Es verging eine weitere Stunde, bevor sie das Gerät abschaltete, zuklappte und sich mit den Fingern über die Augen rieb.

Sie erhob sich, knipste die Lampe aus, die auf ihrem Schreibtisch stand, und ging zielsicher durch das stockdunkle Zimmer in den angrenzenden Flur und ins Bad. Die Tür zu ihrem Schlafzimmer war auf der anderen Seite des Büros, gegenüber dem Flur und direkt neben der offenen Terrassentür. Doch sie entschied sich, vor dem Schlafengehen zu duschen. Sie musste wenigstens kurzzeitig die Hitze aus ihrem Körper bekommen, sonst würde sie kein Auge zumachen.

Als sie wenig später, bekleidet mit einem leichten Morgenmantel aus Seide, erneut ihr Büro betreten wollte, blieb sie zögernd in der Tür stehen.

Hatte sie vergessen, den Bildschirm auszuschalten?

Das helle Licht des aufgeklappten Laptops strahlte in Richtung Terrassentür und verwandelte die Büsche und Sträucher im Garten in unheimlich tanzende Schattenwesen. Draußen weinte ein Kind.

Nein, das musste eine der maunzenden Katzen der Nachbarn sein, die nachts um die Häuser schlichen.

Die Terrassentür war zu.

Hatte sie die Tür geschlossen, bevor sie ins Bad gegangen war? Oder hatte ein plötzlich aufkommender Wind sie zugeschlagen?

Mit dem Rücken zur Wand schlich sie vorsichtig hinüber und sah sich dabei ängstlich um. Ihr Blick blieb auf der Schlafzimmertür haften. War sie vorhin schon halb offen gestanden?

Ihr Herz schlug heftig, als sie mit den Fingern den Griff der Terrassentür ertastete. Den Durchgang zum Schlafzimmer ließ sie dabei nicht aus den Augen.

Verriegelt!

Sie musste die Terrassentür ganz in Gedanken verschlossen haben, als sie vorhin die Arbeit eingestellt und den Laptop ausgeschaltet hatte.

Nein, das hatte sie nicht getan! Der Bildschirm war noch an.

Sie wagte nicht, sich umzusehen, wagte kaum zu atmen, als sie langsam in Richtung Schlafzimmer ging.

Im Türrahmen blieb sie abrupt stehen, lächelte, schüttelte ungläubig den Kopf und rieb sich über die Nase.

»Wurzel? Bist du da drin?«

Aus dem Schlafzimmer erklang ein helles Bellen. Dann wurde es wieder still.

»Willibald von Wurzelhausen, du nichtsnutziger kleiner Giftzwerg. Musst du die Mama so erschrecken?«, schimpfte sie lachend, als sie begriff, dass der kleine weiße Terrier die Tür aufgestoßen haben musste. Der Hund lag bei diesem Wetter normalerweise am liebsten auf den kalten Fliesen in der Küche und kam erst in den frühen Morgenstunden zu ihr ins Schlafzimmer, wo sein Körbchen stand. Er hatte ihr einen riesigen Schrecken eingejagt.

Doch irgendetwas stimmte nicht.

Warum kam der Hund nicht zu ihr? Und wer hatte die Terrassentür geschlossen? War ihre Stieftochter hier?

»Adelheid? Bist du das?«, rief sie. Noch während sie den Namen aussprach, wurde ihr klar, dass sie mit ihrer Vermutung falschlag. Ihre Stieftochter Adelheid bewohnte die obere Etage des Hauses, würde es aber nie wagen, nachts ungefragt das Untergeschoss zu betreten.

Der kleine Hund im dunklen Schlafzimmer knurrte leise, fiepte dann aufgeregt und lief wild umher. Sie hörte seine kleinen Pfoten über den Holzfußboden tapsen.

Ganz plötzlich war wieder alles still.

Mit der Hand schob sie die Tür vorsichtig etwas weiter auf. Sie ließ sich nicht vollständig öffnen. Etwas oder jemand blockierte sie. Sie hörte ruhige, tiefe Atemgeräusche. Jemand verbarg sich hinter der Tür.

Das matte Licht des Laptops auf dem Schreibtisch im angrenzenden Büro reichte gerade aus, um das Fußende ihres Bettes sichtbar zu machen. Wurzel stand dort auf der Bettdecke, wedelte zaghaft mit dem Schwanz und starrte angestrengt auf einen Punkt hinter der Tür.

Sie war einer Ohnmacht nahe, musste sich konzentrieren, um nicht laut aufzuschreien und nicht allzu hektisch zu atmen. Ihren Herzschlag spürte sie bis in den Hals, und sie rieb sich mit ihren eiskalten Fingern über die heftig pochende Schlagader.

Dann nahm sie all ihren Mut zusammen, atmete tief durch und trat erhobenen Hauptes in das dunkle Zimmer.

Als der Arm sich von hinten um ihren Hals legte, wollte sie laut aufschreien, doch die Hand, die sich augenblicklich auf ihren Mund presste, erstickte den panischen Laut im Keim.

1

Ein nicht enden wollender, greller Schrei ließ ihn erschrocken zusammenfahren.

Im Haus war es stockdunkel. Es war kurz nach Mitternacht.

Er sparte es sich, das Licht anzuschalten, drückte die Haustür mit der Schulter zu, warf den Schlüssel achtlos auf die Kommode im Flur und schlüpfte schnell aus seinen Turnschuhen. Dann lief er eilig die Treppe zum ersten Stock hinauf.

»Tut mir leid, dass ich so spät komme«, entschuldigte er sich, als er das Wohnzimmer betrat und Jessica mit dem weinenden Baby auf dem Arm auf und ab laufen sah. »Schreit der Kleine schon länger?«

Jessica blieb stehen und sah Florian müde an. Ihr Lächeln war eine Mischung aus Kraftlosigkeit und absoluter Verzweiflung. »Nein. Elias schreit seit einer Viertelstunde. Seit Lukas nach zwei Stunden Gejammer endlich eingeschlafen ist.«

»Gib ihn mir. Ich übernehme jetzt.« Jessicas Protest ignorierte Florian, griff nach Elias, legte ihn sich an die Schulter und rieb ihm behutsam den Rücken. »Du musst unbedingt schlafen«, sagte er zu Jessica.

Jessica nickte ergeben, streifte mit ihrer Hand beim Hinausgehen kurz seinen Arm und verließ das Wohnzimmer.

In ein paar Stunden begann ihr erster Arbeitstag nach fast einem Dreivierteljahr Elternzeit.

Florian hielt ihren Wiedereintritt ins Berufsleben für verfrüht, hatte sich aber mit Kritik zurückgehalten. Er verstand, dass sie schnell in den Polizeidienst zurückwollte. Jessica liebte ihren Job und hatte im Laufe der Jahre für die Familie schon mehr geopfert, als man verlangen konnte. Doch die Zwillinge waren noch so klein. Außerdem lief es gerade alles andere als rund.

Seine eigene Elternzeit war schon lange vorbei. Seit über drei Monaten ging er wieder täglich aus dem Haus. Oft mehr als zehn Stunden. Und oft am Wochenende oder nachts. Die beiden Großen mussten ebenfalls zurückstecken. Sein Schwiegervater, der seit einigen Monaten in der Einliegerwohnung des Hauses wohnte, unterstützte sie zwar nach Leibeskräften. Trotzdem war es jeden Tag eine neue Herausforderung, den Reitunterricht der zwölfjährigen Svenja, das Fußballtraining und den Schlagzeugunterricht von Tobias, der seit dem Sommer die dritte Klasse besuchte, und all die Kinderarzt- und Babyschwimmtermine unter einen Hut zu bekommen. Dazu kamen Hausaufgaben, Verabredungen, Probleme in der Schule und die Einkäufe. Windeln waren ständig aus und das Geld am Ende eines jeden Monats restlos verbraucht.

Neben all dem Stress war im Sommer auch noch ihr geplanter Urlaub in Italien ausgefallen, weil die Zwillinge eine Virusinfektion bekommen hatten. Dieser Urlaub wäre der erste als echte Familie gewesen. Das Adoptionsverfahren für Svenja und Tobias, die Kinder von Jessicas verstorbener Schwester Susanne, war endlich durch. Aus einem Forster waren sechs geworden. Alle trugen seinen Namen. Hauptkommissar Florian Forster hatte auf einen Schlag eine Frau und vier Kinder bekommen. Sein Traum war endlich in Erfüllung gegangen.

Trotzdem wuchs ihm der ganze Stress manchmal über den Kopf. Er wagte gar nicht, sich auszumalen, wie es Jessica ging. Er konnte dem Chaos wenigstens für ein paar Stunden täglich entfliehen.

Vermutlich war es richtig, dass seine Frau wieder arbeiten wollte. Die vier Stunden am Vormittag würden ihr guttun. Die Zwillinge würden bei seinem Schwiegervater Herbert gut aufgehoben sein. Florian hoffte, dass Jessica dann endlich wieder mehr Zeit für ihn hätte. In den wenigen Nächten, die sie leibhaftig neben ihm lag und nicht im Kinderzimmer bei den Zwillingen schlief, war sie so erledigt, dass sie nicht einmal mehr mit ihm sprechen konnte – von Dingen, die man als frisch verheiratetes Ehepaar mehrmals wöchentlich tun sollte, ganz zu schweigen.

Er vermisste sie unendlich.

*

»Die Aussicht ist atemberaubend!«

Der Rechtsmediziner Erwin Buchmann stieg aus dem Streifenwagen, stellte sich neben seinen besten Freund Florian Forster und blickte ins Tal. Trotz des wolkenlosen, strahlend blauen Himmels und des herrlichen Sonnenscheins war es heute herbstlich kühl. Hier auf der Alpe wehte ein frostiger Wind, der durch das kniehohe Gras pfiff und an der Kleidung zerrte.

»Der Alpsee ist riesig, wenn man ihn von oben betrachtet«, sagte Ewe. »Wie hoch sind wir überhaupt?«

»Die Hohenschwandalpe liegt laut Google auf 1.022 Metern.« Florian schob sein Smartphone in die Innentasche seiner Lederjacke und zog den Reißverschluss bis zum Hals zu. »Herrgott, ist das kalt geworden. Letzte

Woche hatten wir noch 20 Grad.« Er ging am Streifenwagen vorbei auf die Alphütte zu, vor der zwei Beamte in Uniform standen und sich unterhielten.

Als sie den Hauptkommissar näher kommen sahen, tippten sich die Kollegen aus Oberstaufen grüßend mit zwei Fingern an die Mütze und nickten.

»Die Leiche ist dort. Auf dem Misthaufen hinter der Hütte«, erklärte der ältere der beiden Polizisten und wies mit dem Arm nach rechts.

»Die Freundin des Toten sitzt weinend in der Stube«, fügte der jüngere hinzu und machte ein bedauerndes Gesicht.

»Kümmern Sie sich um die Frau. Ich komme in ein paar Minuten zur Befragung.« Hauptkommissar Forster schob beide Hände in die Hosentaschen. Es war so kalt, dass man seinen Atem sehen konnte. »Gibt es hier oben irgendetwas Warmes zu trinken?«

»Kommst du mit zur Leiche?« Erwin stapfte an ihm vorbei, seinen Koffer in der einen und ein Paar Gummistiefel in der anderen Hand. »Sind die Beamten der Spurensicherung schon da wegen der Fotos?«

»Ja, die waren schon bei dem Toten. Jetzt sind sie in der Hütte.« Der ältere Polizist rieb sich über seine eiskalte Nase. »Ich schaue, ob ich uns allen einen Tee kochen kann.« Er verschwand im Inneren.

»Warte, Ewe, ich komme mit.« Florian folgte seinem Freund, blieb aber kurz darauf etwa drei Meter vor dem riesigen Misthaufen stehen, der abseits der Hütte neben einem kleinen Erdwall aufgeschüttet war.

Den toten Mann sah man sofort. Er lag bäuchlings mitten im Dreck, die Arme ausgebreitet, Kopf und Gesicht tief in den Mist gedrückt. Äußerlich waren keine Verletzungen zu sehen. Zumindest nicht aus der Entfernung.

Erwin Buchmann zog sich den weißen Ganzkörperanzug und die Gummistiefel an und watete nun tapfer durch die Tierexkremente und das verdreckte Stroh. Mit jedem Schritt versank der Stiefel beinahe vollständig in der stinkenden Pampe und machte ein unnatürlich schmatzendes Geräusch, wenn er ihn wieder herauszog.

»Das ist echt widerlich. Der Gestank ist kaum zu ertragen«, jammerte der Rechtsmediziner.

Florian wunderte sich nicht zum ersten Mal über das Ekelempfinden seines Freundes. Wäre der Tote blutüberströmt, gevierteilt und halb verrottet, hätte Ewe zufrieden gelächelt und nicht mehr gesagt als »faszinierend« oder »beeindruckend«. Florian allerdings hätte sich bei so einem Anblick vermutlich übergeben. Der leicht beißende Geruch des Misthaufens hingegen war für ihn erträglich.

»Er hat ein stumpfes Trauma an seinem Hinterkopf, und ich sehe Hämatome in seinem Nacken.« Ohne zu Florian aufzusehen, begutachtete Erwin vorsichtig alle sichtbaren Stellen des Körpers, hob behutsam den rechten Arm an und schob den Hemdärmel nach oben. Der Tote trug keine Jacke. »Am Unterarm und an den Fingern erkenne ich Abwehrverletzungen. Wie lange er hier schon liegt, kann ich nicht sagen. Der Körper ist eiskalt, aber das geht schnell bei den Außentemperaturen.« Er griff nach der linken Schulter der Leiche und drehte sie um. Gesicht und Oberkörper waren mit einer dicken Schicht Kuhmist bedeckt. »Herrgott«, stöhnte Ewe. »Das ist echt abartig!« Mit beiden Händen wischte der Rechtsmediziner den Dreck, so gut es ging, aus dem Gesicht und vom Körper des Toten. »Diese Seite des Mannes ist wenigstens angenehm warm!« Er sah auf und zwinkerte Florian zu, der angewidert den Kopf schüttelte. »Kannst du mir aus meinem Koffer bitte das Thermometer bringen? Ich muss messen, wie hoch die Temperatur im Inneren der Leiche ist.«

»Was stimmt nicht mit dir, Ewe?« Florian verschränkte die Arme vor der Brust und blieb demonstrativ stehen. Wie stellte Ewe sich das vor? Sollte er mit seinen Turnschuhen durch die Exkremente gehen? Es reichte doch, wenn nachher einer nach Kuhstall stank. »Sag mir einfach, wie der Mann gestorben ist, dann kann ich endlich hier weg.«

»Bisher habe ich keine gravierenden äußeren Verletzungen gefunden. Aber er hat Mist im Mund und im Hals. Ich würde raten, er ist erstickt.« Ewe ließ den Toten los und stapfte selbst zu seinem Koffer, der offen neben seinen Schuhen im Gras lag. »Du weißt, Flo, dass ich das erst genau sagen kann, wenn er bei mir auf dem Tisch liegt … und gebadet hat«, fügte er lachend hinzu.

Florian verdrehte genervt die Augen, machte auf dem Absatz kehrt und ließ seinen Freund allein.

Die Frau saß auf der Bank vor dem Fenster zur Westseite, ihre Arme um die angezogenen Beine geschlungen, ihr Gesicht auf den Knien. Sie zitterte. Auf dem Fensterbrett stand neben einer Vase mit Trockenblumen eine dampfende Tasse Tee.

»Ich müsste Ihnen ein paar Fragen stellen. Darf ich mich zu Ihnen setzen?« Als die Frau aufsah, streckte Florian ihr eine Wolldecke entgegen, die er in einem der alten Bauernschränke gefunden hatte. »Die Beamten haben zwar den alten Ofen angeheizt, aber es ist immer noch verdammt kalt hier.«

Sie nahm die Decke und nickte.

»Es war meine Idee.« Ihre Augen waren rot vom Weinen und wirkten müde und leer. »Er ist meinetwegen tot.«

»Wie meinen Sie das?« Florian setzte sich neben sie und wärmte seine Hände an der Teetasse, die der Kollege ihm gegeben hatte. Wenn sie nicht zwischenzeitlich geduscht und sich umgezogen hatte, war sie nicht auf dem Misthaufen gewesen und hatte ihren Freund erstickt. Ihre Kleidung war sauber.

Nach kurzem Zögern seufzte sie laut. »Ich wollte die Nacht in der Hütte verbringen. Wir wohnen unten in einer Pension in Oberstaufen. Die Wirtin hat uns erzählt, dass die Hütte leer steht, wenn die Rinder im Herbst zurück ins Tal getrieben wurden. Allerdings ist sie für Wanderer immer offen. Man könne hier einheizen und kochen. Ich dachte, das wäre ein Riesenspaß.« Sie verstummte und sah aus dem Fenster. Die imposanten Gipfel der Berge auf der anderen Seite des Tals nahm sie nicht wahr. Ihr Blick war leer.

Florian ließ ihr Zeit, sagte nichts und trank stattdessen einen Schluck von dem warmen Getränk. Dabei ließ er sie nicht aus den Augen.

»Ich weiß nicht, was passiert ist«, fuhr sie schließlich fort. »Ich habe zwei Bier getrunken. Vielleicht habe ich den Alkohol nicht vertragen, aber …« Sie druckste herum, ballte die rechte Hand zur Faust und biss hinein. Mit Tränen in den Augen sah sie den Hauptkommissar verzweifelt an.

»Was ist mit Ihrem Freund geschehen?«

»Die Augen haben feuerrot geleuchtet.« Ihre Worte waren kaum zu hören, so leise flüsterte sie. »Es hat geklopft … an der Tür … kurz nach Mitternacht. Und ich hatte große Angst.«

Sie zeigte auf die einzige Tür der Hütte, die nach draußen führte. »Doch Robert, mein Freund, hat nur gelacht und mich aufgezogen«, fuhr sie fort. »Er hat gesagt, mehr als rauswerfen können sie uns nicht. Er hat … er hat … die Tür geöffnet.« Wieder entstand eine lange Pause.

»Was ist dann passiert?«

Die Hände der Frau, mit denen sie ihre Unterschenkel umfasst hielt, zitterten plötzlich so heftig, dass Florian beruhigend seine Hand darauflegte.

»Wer war dort draußen?«

»Ich weiß es nicht.« Sie brach schluchzend zusammen.

Florian hielt sie fest und konnte gerade noch verhindern, dass sie von der Bank fiel.

»Wer war an der Tür?«, wiederholte er seine Frage, ließ sie vorsichtig los und reichte ihr die Teetasse von der Fensterbank. »Ein Mann? Eine Frau? Wie sah die Person aus? Waren es mehrere oder nur eine?«

Jetzt lachte die junge Frau verzweifelt. »Ich weiß es nicht. Es war ein Mann, glaube ich. Aber die Augen … Er hatte rote Augen. Und Fell, pechschwarzes Fell. Überall. Hörner. Auf dem Kopf waren Hörner …« Sie rieb sich hysterisch lachend über das Gesicht.

»Sie meinen, es war der Teufel?«, riet Florian und machte sich ernsthaft Sorgen um die Frau. Sie stand kurz vor einem Nervenzusammenbruch oder war bereits mittendrin. Hoffentlich kam der angeforderte Krankenwagen gleich.

»Nein, nein. Kein Teufel. Eine Ziege. Eine schwarze Ziege! Sie hat Robert gepackt und nach draußen gezogen. Und ich habe so laut geschrien, wie ich konnte.«

»Hat … ähm … die Ziege etwas gesagt?« Fantasierte die Frau? Von zwei Flaschen Bier war man doch nicht so weggetreten, dass man halluzinierte. Er musste daran denken, einen Drogentest anzuordnen, wenn die Sanitäter kamen.

»Auf den Mist mit ihm!«, schrie sie und sprang auf. »Auf den Mist mit dem Abschaum!« Sie brüllte und fuchtelte wild mit den Armen, bevor sie erschöpft zusammenbrach und schluchzend und zitternd am Boden liegen blieb.

2

Die erste Woche war schrecklich gewesen.

Viel besser war es noch immer nicht. Sobald sie das Präsidium betrat, vermisste sie die Kinder und ihr schlechtes Gewissen plagte sie. Und wenn sie nach Hause kam und ihre Familie in die Arme schloss, hatte sie das Gefühl, bei der Arbeit keine große Hilfe gewesen zu sein. War ihr Wunsch nach Unabhängigkeit falsch? War der Zeitpunkt verfrüht? Waren die Zwillinge noch zu jung und brauchten ihre Mutter?

Auch der Kompromiss, den sie mit Florian und dem Dienststellenleiter Götze ausgehandelt hatte, war nicht das, was sie sich wünschte. Jessica arbeitete ausschließlich im Innendienst, nur vormittags und nie am Wochenende.

Die Recherche am Computer und die monotone Schreibtischarbeit waren nicht befriedigend. Das machte den Job nicht angenehmer. Trotz stundenlangen Starrens auf den Bildschirm kam man nicht schnell genug zu verwertbaren Ergebnissen. Doch auch diese Arbeit musste getan werden.

»Haben Sie schon etwas herausgefunden bezüglich des Blutwurzel-Anschlags?«

Jessica fuhr erschrocken herum, als ihr Chef völlig unerwartet mit einem schweren Aktenordner unter dem Arm hinter ihr stand und sie ansprach.

»Herr Götze, hat Ihnen schon einmal jemand gesagt, dass Sie ein großes Talent dafür haben, sich lautlos anzuschleichen?«, bemerkte Jessica spöttisch und blickte in das schmunzelnde Gesicht des Dienststellenleiters.

»Vielen Dank, Frau Grothe … oh, Verzeihung, Forster, meine ich.« Er legte den Ordner neben ihrer Tastatur ab und setzte sich ungefragt auf die freie Fläche an der Ecke des Schreibtisches. »Jetzt habe ich zwei Forster im Revier. Wie soll ich Sie beide auseinanderhalten?«

Jessica ignorierte seine scherzhaft gemeinte Frage, lächelte aber höflich über seinen prustenden Lachanfall.

Der Blutwurzel-Anschlag, wie ihr Chef ihn nannte, war lediglich eine Anzeige. Der Kunde einer selbsternannten Kräuterhexe fühlte sich von der Dame hintergangen, weil er statt eines Wundermittels nur nutzlosen Schund bekommen habe, wie er behauptete. Nun forderte er sein Geld zurück, doch die Verkäuferin des Tranks weigerte sich standhaft.

»Bisher gibt es in dem Naturheiler-Fall keine beweiskräftigen Erkenntnisse. Aber ich könnte selbst einmal hinfahren und die Kräuterfrau befragen. Es ist nur eine halbe Stunde von hier. Ich würde das in meiner Arbeitszeit problemlos schaffen.«

»Ganz bestimmt nicht! Ich bekomme sonst Ärger mit Ihrem Mann.« Wieder lachte Götze schallend. Heute schien er besonders gute Laune zu haben.

»Was hat mein Mann damit zu tun? Ich würde eine einfache Befragung machen. Völlig ungefährlich.«

»Nein, Frau … Forster.« Ihr Chef schüttelte heftig den Kopf. »Das ist zu riskant. Wenn Ihnen etwas passiert … Sie haben Kinder! Nein! Rufen Sie diese Hexe an. Das geht vom Büro aus ganz prima.«

»Aber Herr Götze …« Jessica sah ihn flehend an. »Ich muss hinfahren, weil …«

»Nein! Sie haben Innendienst. Basta!« Er griff nach dem Ordner und verschwand, ohne sich noch einmal zu ihr umzudrehen.

»… die Dame kein Telefon hat«, vervollständigte Jessica ihren Satz, seufzte und sah auf die Uhr. Noch drei Stunden bis zum Feierabend. Sie würde im Kriminaltechnischen Labor anrufen und hoffentlich neue Erkenntnisse über die Zutaten der Kräutermischung erhalten. Und dann würde sie Kaffee trinken. Mehr konnte sie nicht tun.

*

»Keine Drogen? Sicher?« Hauptkommissar Forster ging mit dem Telefon am Ohr in seinem Büro auf und ab, blieb schließlich am Fenster stehen und schaute hinaus. Es waren nicht viele Menschen in der Kemptener Innenstadt unterwegs, denn es regnete seit gestern ununterbrochen. »Okay. Was können Sie mir über den Toten sagen? War die von Erwin Buchmann vermutete Todesursache richtig? Ist der Mann erstickt?« Er drehte sich um und ging zu seinem Kollegen Berthold Willig, der von seinem Bildschirm aufsah und auf Anweisungen wartete. Florian griff nach einem Zettel und schrieb den Namen des Opfers darauf. Daneben kritzelte er »Soziale Medien, Finanzen, Familie«.

Berthold nickte.

»Gut. Und der Zeitpunkt des Todes stimmt mit den Aussagen der Freundin überein?«, wandte sich Forster wieder seinem Gesprächspartner am Telefon zu. »Sind alle Spuren ausgewertet? Wissen Sie was? Schicken Sie mir die Ergebnisse zu. Am besten sofort. Danke.« Er legte auf, ging um seinen Schreibtisch herum und ließ sich auf den Bürostuhl fallen, um kurz darauf wieder aufzuspringen. »Ich gehe zu Jessy runter. Bin in ein paar Minuten wieder da.«

Doch seine Frau war nicht an ihrem Schreibtisch.

»Sie ist nach Hause gefahren.« Der junge Polizeianwärter Timo wies mit der Hand auf den leeren Platz. »Ihrem Vater ging es nicht so gut. Sie musste zu den Kindern.« Dann winkte er lachend ab. »Aber das wissen Sie natürlich, Herr Forster. Sie hat Ihnen sicher Bescheid gegeben. Sie holt die verlorenen Stunden am Samstag nach, hat sie gesagt. Götze war einverstanden.«

Florian sah Timo hinterher, als dieser im Flur verschwand.

*

Es dauerte immer seine Zeit, bis die Zwillinge ordentlich verstaut im Kinderwagen lagen. Zum Glück war das Wetter im Oberallgäu nicht so schlecht wie in Kempten. Die Wolken hingen zwar tief, und die Wiesen und Wege waren nass, doch zurzeit regnete es nicht.

Jessica hatte ihr Auto am Ortsrand von Oberstdorf geparkt. Laut der Wegbeschreibung aus dem Internet musste sie die letzten 300 Meter zu Fuß gehen. Der schmale Schotterweg zum sogenannten Hexenhaus war holprig, uneben und matschig. Sie hatte Mühe, die breite Zwillingskarre den leicht ansteigenden Weg hinaufzuschieben, und war völlig erledigt, als sie die alte Holzhütte endlich erreichte.

Noch bevor sie die vom Wetter dunkel oxidierte Messingglocke neben der alten, mit Ornamenten verzierten Holztür betätigen konnte, klingelte ihr Smartphone. Sie kramte, ohne hinzusehen, in ihrer Handtasche nach dem Telefon und bemerkte, dass aus dem kleinen Schornstein auf dem Schindeldach grauer Rauch aufstieg.

»Wo bist du?« Florians Stimme klang aufgebracht.

Die Verbindung war schlecht. Immer wieder knackte es laut oder es rauschte. Jessica ging ein paar Schritte auf dem Weg zurück.

»Ich …«, begann sie, wurde aber abrupt von ihrem Mann unterbrochen.

»Bevor du auch mir eine dumme Geschichte auftischst: Ich habe mit deinem Vater telefoniert. Er sagte, du hast die Jungs abgeholt und wolltest *spazieren gehen*!«

»Ja, das stimmt.« Jessica beugte sich über den Kinderwagen und vergewisserte sich, dass Elias und Lukas noch schliefen. Hier, etwa 20 Meter von der Hütte entfernt, klappte es mit der Verbindung etwas besser. »Die frische Luft tut den beiden gut.« Sie versuchte, unbeschwert zu klingen, doch ihr schlechtes Gewissen ließ das nicht zu.

»Bei dem Wetter?« Er war wütend. »Warum? Wo seid ihr?«

»Ich wollte einfach mal raus und habe den Spaziergang gleich mit dem Nützlichen …« Weiter kam sie nicht.

Florian fuhr erneut ärgerlich dazwischen. »Und wie kommst du dazu, Götze anzubieten, am Samstag die Stunden nachzuarbeiten? Wir waren verabredet. Scheint für dich nicht so wichtig zu sein!«

Sie schwieg. An den Termin am Wochenende hatte sie nicht mehr gedacht. Ihr Vater hatte sich bereit erklärt, tagsüber ausnahmsweise alle vier Kinder zu betreuen, um Jessica und Florian ein wenig Zeit zu zweit zu verschaffen. Florian hatte extra seine Schicht am Wochenende mit einem Kollegen getauscht.

»Es tut mir leid, Flo. Ich habe unsere Verabredung vergessen.« Jessica blinzelte und wischte sich eine Träne von der Wange.

»Verstehe. Dann wünsche ich dir einen schönen Tag mit den Jungs.« Er legte auf.

Sie schniefte laut und wischte sich mit dem Unterarm über ihre Nase. »Verdammte Scheiße! Das habe ich total verbockt!«

»Das wird schon wieder, Fehl!« Eine Frau mittleren Alters trat neben sie und warf einen Blick in den Kinderwagen. Sie trug Jeans und einen grob gestrickten Wollpullover. Ihre wirren blonden Locken hatte sie notdürftig unter einem karierten Kopftuch gebändigt. »Das sind aber zwei süße Buben. Wollten Sie zu mir? Ich kann Ihnen ein gutes Hausmittel empfehlen, damit der Ehefrieden wiederhergestellt wird.«

Jessica sah sie verwirrt an. »Ähm, eigentlich …«

»Es ist typisch für junge Eltern. Die gestresste Mutter kann körperliche Nähe nur zu ihrem Baby zulassen. Väter sind dann oft frustriert. Aber ich habe Tropfen, die … sagen wir es mal so … die permanent unbefriedigte Lust, das aufgestaute Verlangen des benachteiligten Partners dämpfen. Gut, es steigert den Appetit, doch wenn Ihr Mann …«

»Benachteiligter Partner? Was soll das heißen? Außerdem ist bei mir und meinem Mann alles in bester Ordnung.« Die Frau brachte Jessica vollkommen aus dem Konzept. Was fiel dieser Kräuterhexe ein, ungefragt Ratschläge zu geben?

Die blonde Frau schob eine verirrte Haarsträhne unter das Kopftuch zurück und lächelte entwaffnend. »Dann vielleicht etwas für die Buben? Meine Arnika-Kräutersalbe ist das beste Mittel gegen Wundsein. Kommen Sie doch bitte herein. Ich habe gerade einen Tee aufgesetzt. Wenn Sie auch einen möchten …« Sie machte eine einladende Bewegung mit dem rechten Arm und deutete auf die nun offene Holztür der Hütte.

Jessica zögerte und sah sie misstrauisch an.

»Keine Angst, es ist ganz normaler Kräutertee. Er macht nichts außer guter Laune bei diesem nasskalten Wetter. Und er schmeckt köstlich.«

Wenig später saß Jessica mit dem kleinen Lukas auf dem Arm in der warmen Stube der Kräuterhexe und schaukelte mit der freien Hand behutsam den Kinderwagen, in dem Elias hoffentlich gleich wieder einschlief. In der Hütte roch es nach Kräutern, alten Möbeln, frischen Blüten, süß wie Honig, und leicht rauchig, aber nicht unangenehm nach dem Holz, das knisternd im Ofen verbrannte. Überall standen Tiegel, Glasbehälter und Tontöpfe in Regalen. Von der Decke hingen getrocknete Blumen und verschiedene Wildkräutersträuße. Genau so hatte sie sich ein Hexenhaus vorgestellt.

»Sie sind also von der Kripo.« Die Kräuterhexe, die sich Jessica als Klarissa Jacobi vorgestellt hatte, goss den frisch aufgebrühten Tee in zwei Keramiktassen. »Diese Angelegenheit ist wirklich ärgerlich. Und vollkommen unnötig. Herr von Bodelsbach übertreibt maßlos.«

»Der Geschädigte behauptet, Sie hätten ihm erstens nicht das richtige Mittel für seine Beschwerden verschrieben und ihn zweitens nicht über die Nebenwirkungen aufgeklärt.«

Klarissa Jacobi schmunzelte, stellte die Kanne mit dem Tee auf den Tisch und schob Jessica eine der Tassen hinüber. »Wissen Sie, Frau Hauptkommissarin Forster, welches Mittel ich ihm empfohlen und verkauft habe?«

»Ähm, ich weiß nicht mehr, wie es heißt, aber es enthielt unter anderem Bischofsmütze und irgendetwas mit Burzel oder so.«

»Erd-Burzeldorn«, korrigierte die Frau. »Und vor allem Ginkgo. Das Mittel soll die Potenz steigern, wirkt jedoch nur unterstützend. Also nur, wenn kein medizinisches Problem vorliegt.«

»Herr von Bodelsbach wollte ... er wollte ...« Jessica wusste nicht, wie sie es ausdrücken sollte. Das Thema war ihr peinlich.

Doch Frau Jacobi nahm kein Blatt vor den Mund. »Er wollte seine Manneskraft stärken. Der Bodelsbach hat Probleme, seiner sehr viel jüngeren Frau gerecht zu werden. Er ist Mitte 60, sie erst Ende 20. Wenn ein Partner mehr Sex erwartet als der andere, kann das zur Belastung werden. Womit wir wieder bei unserem anfänglichen Punkt wären. Haben Sie vielleicht doch Interesse an einem Mittelchen für Ihren Mann?«

»Nein. Der braucht sicher kein Potenzmittel. Herrgott, können wir bitte beim Thema bleiben?«

»Ich dachte bei Ihrem Mann auch eher an das Gegenteil. Nur bis Sie, Frau Forster, wieder ...«

»Schluss jetzt! Mein Liebesleben geht Sie überhaupt nichts an!« Jessica schnaubte wütend, atmete tief durch und versuchte sich zu beruhigen. »Warum haben Sie der Frau von Herrn Bodelsbach nicht diesen Lustkiller verschrieben, den Sie mir andrehen wollen? Dann wären alle Probleme gelöst gewesen«, bemerkte Jessica schnippisch.

»Das habe ich auf Wunsch des Kunden tatsächlich getan. Scheinbar hat er seiner Frau heimlich etwas untergemischt. Aber meine Kräuter wirken nur unterstützend. Es sind keine Allheilmittel.«

»Ist denn die Frau zu Schaden gekommen? Davon stand nichts in den Akten.« Konnte es sein, dass die Ehefrau allergisch reagiert oder Vergiftungserscheinungen gezeigt hatte?

»Seine junge Frau ist ihm fremdgegangen«, erklärte Frau Jacobi amüsiert. »Er gibt mir die Schuld daran. Das Mittel, das er ihr heimlich verabreicht hat, sei unwirksam gewesen und habe das Gegenteil bewirkt. Der bekommt sein Geld nicht von mir zurück, da kann er Gift drauf nehmen!« Sie hob ihre Teetasse an und prostete ihrem Gast zu. »Wohl bekomm's, Frau Hauptkommissarin!«

3

Das Einzige, was sie zu dem Mordfall auf der Hohenschwandalpe bei Oberstaufen hatten, war die Aussage einer scheinbar verwirrten jungen Frau, die im Dunkeln nicht mehr gesehen hatte als ein mannsgroßes Wesen mit Fell, Hörnern und roten Augen. Es gab keine weiteren Zeugen. Die Alibis der Wirtsleute und Gäste aus der Pension im Ort, in der das Paar gewohnt hatte, waren wasserdicht. Und außer ihnen hatte niemand gewusst, dass die beiden die Nacht in der Hütte verbringen wollten. Nach aktuellem Ermittlungsstand waren der Überfall und die Tötung zufällig. Allerdings widersprach dieser Theorie die Tatsache, dass der Mörder nur den Mann getötet, die Frau aber unversehrt gelassen hatte. Oder vielleicht doch nicht?

Florian Forster fand keine weiteren Hinweise im Umfeld des Toten oder seiner Freundin. Telefonate mit Freunden und Familienangehörigen der beiden waren bisher ergebnislos geblieben. Das Paar, das im Oberallgäu seinen Urlaub verbracht hatte, kam aus Hessen und hatte im nächsten Jahr heiraten wollen.

»Ich glaube, ich hab's.« Kommissar Berthold Willig sah von seinem Bildschirm auf und winkte seinen Chef heran. »Schau, Florian, diese haarige Ziege gibt es wirklich.«

Als Florian über Bertholds Schulter auf den Bildschirm blickte, starrte ihm ein weißgesichtiges Wesen mit feuerroten Augen und pechschwarzer Ganzkörperbehaarung entgegen. Es hatte Ähnlichkeit mit den Klausen, diesen furchteinflößenden Gestalten, die nach altem alemannischen Brauch am Nikolaustag durch die Straßen zogen und mit Ruten jeden verprügelten, der nicht schnell genug das Weite suchte. Die Gestalt auf dem Bildschirm war aber kein verkleideter Mensch, sondern eine Zeichnung. Das Wesen sah tatsächlich aus wie eine Ziege.

»Was ist das?«

»Es passt perfekt!« Berthold strotzte vor Stolz über seine Entdeckung. »Das ist der Geißbock, der der Sage nach auf der Hohenschwandalpe sein Unwesen treibt. Faszinierend, oder, Chef?«

»Berthold ist um Längen besser beim Recherchieren als ich«, gab Jessica am Abend neidlos zu, als Florian ihr von dem sagenumwobenen Geißbock erzählte, der immer nach dem Tag des heiligen Michael, also nach dem 29. September, auftauchte, Übernachtungsgäste der Alphütte erschreckte und auf den Misthaufen warf. So stand es in den Überlieferungen aus dem 19. Jahrhundert.

Der junge Mann war am 30. September gestorben. Die ganze Angelegenheit war sehr mysteriös.

»Vielleicht solltest du die Kräuterhexe befragen, bei der ich neulich war. Sie hatte viele Bilder von Gnomen, Fabelwesen und anderen Sagengestalten an den Wänden. Vielleicht kennt sie sich …« Jessica verstummte augenblicklich, als Florian ärgerlich knurrte.

»Ganz schlechtes Thema«, warnte er trocken.

Doch Jessica ignorierte seine Laune. Sie hatte sich für ihre Schwindeleien und die vergessene Verabredung mehrfach entschuldigt. Irgendwann war es auch mal genug. »Frau Jacobi, die Kräuterhexe, hat mir für die Zwillinge eine Wundsalbe mitgegeben. Die ist großartig! Die Frau versteht ihr Handwerk.«

»Die Frau versteht, wie man Leute manipuliert und ihnen das Geld aus der Tasche zieht. Was hast du für die Salbe bezahlt?«

Jessica zögerte.

»Schon gut. Ich will es nicht wissen, doch ich vermute, die Salbe war mindestens doppelt so teuer wie jede herkömmliche Wundcreme aus dem Supermarkt.«

»Aber sie ist auch mindestens doppelt so wirksam und viel verträglicher«, warf Jessica ein. »Für dich hat sie mir auch etwas mitgegeben.«

Florian hob fragend eine Augenbraue und sah sie misstrauisch an. »Ich brauche definitiv keine Wundsalbe.«

Ihr schallendes Lachen schreckte den kleinen Elias auf, der auf ihrem Schoß saß, doch er seufzte nur einmal tief und schlief sofort wieder ein.

»Es sind einfache Kräuterbonbons mit Honig. Die Tropfen, die dich vergessen lassen, dass du ein Mann mit gewissen Bedürfnissen bist, habe ich dankend abgelehnt.« Ihre Worte waren scherzhaft gemeint, aber sie sah an seinem Gesichtsausdruck, dass er alles andere als belustigt war.

Nach einer kurzen Gesprächspause, in der niemand etwas sagte, nickte Florian. »Wenn du nichts dagegen hast, verschwinde *ich* heute mal für ein paar Stunden. Ewe hat gefragt, ob ich mit ihm Billard spielen gehe. Du kommst sicher alleine klar und schläfst vermutlich wieder bei den Zwillingen. Vielleicht übernachte ich bei Ewe. Wir sehen uns morgen.«

Er verließ das Haus und kam erst in den frühen Morgenstunden zurück.

4

Mit der Theorie eines Mordes durch eine Sagengestalt kam er einfach nicht weiter. Natürlich war es möglich, dass irgendein Spinner sich ein gruseliges Tierkostüm angezogen hatte, um arglose Touristen zu erschrecken. Vielleicht war es auch ein kranker Irrer, der wahnhaft einen Mord begangen hatte. Oder die Freundin des Toten hatte wirklich fantasiert, hatte die Sage vom Geißbock gehört oder gelesen und verband jetzt die schrecklichen Erlebnisse mit dieser kruden Geschichte einer mordenden Sagengestalt, weil sie die Wahrheit nicht ertragen konnte. Womöglich war es reine Verdrängung.

Auf jeden Fall steckte er mit der Aufklärung des Hergangs in einer Sackgasse, und Florian entschied sich, die Angelegenheit von einer anderen Seite anzugehen.

Das Haus mit dem akkuraten Vorgarten und dem Bild der heiligen Maria mit dem Jesuskind an der Außenwand hatte er seit Monaten nicht mehr betreten. Nachdem er jahrelang in dem Glauben gelassen worden war, sein Vater wäre tot, hatte sich vor wenigen Monaten herausgestellt, dass er quicklebendig und ein katholischer Pfarrer mit neuer Familie war. Mit seinem Halbbruder Matteo, der wesentlich jünger war als er selbst, verstand sich Florian gut. Mit seinem Vater Franz-Xaver wollte er nichts zu tun haben. Leider brauchte Florian im Zuge der Ermittlungen heute seine Hilfe.

»Ach nein. Der verlorene Sohn kehrt zurück.« Pfarrer Franz-Xaver Lorenz trat von der geöffneten Haustür zurück und machte Florian Platz zum Eintreten. »Ich freue mich, dass du da bist. Ehrlich, Florian. Bitte komm herein.« Er schien tatsächlich erfreut und ging voran ins Wohnzimmer.

Das ihm angebotene Getränk lehnte Florian dankend ab, doch er nahm auf dem Sofa Platz. »Ich bearbeite einen Mordfall, der eventuell etwas mit Kirche und Katholizismus zu tun hat. Und Allgäuer Sagen. Das hängt ja irgendwie alles miteinander zusammen.« Seine Aussage sollte provozieren, aber Franz-Xaver lächelte nur milde.

»Das stimmt. Viele alte Sagen und Überlieferungen beziehen sich auf katholische Feiertage oder alte kirchliche Riten«, gab er zu und setzte sich auf den Sessel, der dem Sofa gegenüber stand. »Worum geht es genau?«

»Um den heiligen Michael. Warum war der heilig? Wessen Schutzpatron ist er?«

»Geht es um den Toten auf der Hohenschwandalpe? Ich habe darüber in der Zeitung gelesen.« Florians Vater lehnte sich zurück und faltete die Hände wie zu einem Gebet. »Hattest du keinen Religionsunterricht in der Schule?«

»Doch. Meine Mutter hätte es zwar lieber gesehen, wenn ich den Ethikunterricht gewählt hätte anstatt katholische Religion, aber das Mädchen, auf das ich in der achten Klasse stand, war ebenfalls im Religionsunterricht. Ich hatte keine Wahl. Du kennst das ja.« Der Seitenhieb gegen seinen Vater, der trotz katholischen Glaubens und Zölibat die Finger nicht von Frauen lassen konnte, tat gut. Florian verstand bis heute nicht, warum er damals die Religion seiner Vaterrolle vorgezogen hatte. Franz-Xaver hatte Florians Mutter eiskalt sitzen lassen, als sie mit ihm schwanger war.

Pfarrer Lorenz rieb sich mit dem Handrücken über die Stirn und seufzte tief. »Ob du es mir glaubst oder nicht,

Florian. Als ich von deiner Existenz erfahren habe, warst du schon ein Teenager. Zu dem Zeitpunkt war ich bereits mit meiner jetzigen Frau verheiratet und hatte frisch meine Ordination zum Pfarrer erhalten. Ich hatte ursprünglich evangelische Theologie studiert, doch es war mir immer ein Herzenswunsch, in einer katholischen Kirche zu predigen und Gott zu dienen. Es grenzte an ein Wunder, dass mir Zölibatsdispens gewährt wurde und ich wechseln durfte. Meine allererste Beichte habe ich deiner Mutter abgenommen. Die Beichte ist heilig, Florian. Ich durfte nicht …«

»Du kannst mir viel erzählen.« Florian wollte von der ganzen Sache nichts wissen. »Was ist jetzt mit dem heiligen Michael? Ich bin nur hier, um zu ergründen, ob eine Form von Irrglauben das Motiv für den Mord gewesen sein könnte.«

Pfarrer Lorenz nickte. »Der Erzengel Michael ist der Patron der katholischen Kirche. Laut der Offenbarung des Johannes hat er als Fürst der himmlischen Heerscharen den Drachen besiegt. Der Drache als Sinnbild des Teufels steht für das Böse. Der heilige Michael ist genau das Gegenteil: Er verkörpert das Gute.«

»Und was hat der Geißbock aus der Sage damit zu tun? Gibt es eine kirchliche Darstellung des heiligen Michaels als Geißbock?«, wollte Florian wissen.

»Nein. So wie ich das verstehe, geht es in der Überlieferung nur um das Datum. Ende September sind die Kühe nicht mehr in den Bergen. Erst dann wütet der Geißbock auf der Alpe. Ich glaube, das hat mit dem Erzengel nichts zu tun. Willst du vielleicht doch etwas trinken?«

Florian schüttelte den Kopf.

Franz-Xaver stand auf und ging in die Küche. »Wenn du glaubst, dass der Mord mit der Überlieferung zusammenhängt«, hörte Florian seinen Vater aus dem hinteren Bereich des Hauses rufen, »kann ich dir einen Experten empfehlen. Ich kenne jemanden in Oberstdorf …«

»Fang bitte nicht auch mit dieser Kräuterhexe an.« Florian schüttelte verständnislos den Kopf, als Franz-Xaver zurückkam und ungebeten ein Glas Limonade für seinen Sohn auf den niedrigen Couchtisch stellte.

»Klarissa Jacobi? Nein, die Frau meine ich nicht.« Der Pfarrer sah seinen Sohn interessiert an. »Die Kräuterfrau ist großartig! Ihre Tinkturen und Heiltees helfen hervorragend gegen allerlei Wehwehchen. Ich hätte allerdings nicht gedacht, dass du so … offen bist für derartige Dinge.«

Florian fuhr sich mit den Fingern durch das Haar und vergrub anschließend das Gesicht in seinen Händen. Dann stieß er einen verächtlichen Laut aus und erhob sich. »Ich hätte nicht herkommen sollen.« Er schaute auf seinen Vater hinunter, der wieder auf dem Sessel Platz genommen hatte. »Nennst du mir den Namen deines Experten aus Oberstdorf? Ich habe nicht den ganzen Tag Zeit.«

Franz-Xaver sah seinen Sohn lange an. »Setz dich, Florian. Ich werde dir alles sagen, was du wissen willst. Doch zuerst erzähle ich dir alles andere. All das, was du nicht hören willst.«

*

Die junge Frau hatte ein hübsches Gesicht und strahlend blaue, wache Augen. Die goldblonden Haare fielen in Wellen über ihre Schultern und streiften ihre blassrosa Wangen. Die Wimpern waren lang, die Augen groß, was ihr einerseits ein kindlich niedliches, aber gleichzeitig fraulich aufregendes Aussehen verlieh.

Von dieser Schönheit, diesem Anmut und dieser Reinheit sah sie nichts, als sie sich im Spiegel betrachtete.

Sie existierte, sie funktionierte, sie atmete, doch sie lebte nicht.

Zwischen zwei gegensätzlichen Welten gefangen, versuchte sie permanent, es allen recht zu machen, und verlor dabei sich selbst, ihre Mitte und ihr Seelenheil vollkommen aus dem Blick.

Ganz im Gegensatz zu ihren zwei Müttern.

Die eine – die, die sie geboren hatte – war zwar in ihrer Nähe, dennoch sehr weit weg. Sie lebte in einer Fantasiewelt, in unergründlichen esoterischen Sphären, glaubte an Wunderheilung, Rache der Natur und tanzte bei Vollmond nackt einen Fruchtbarkeitstanz an einem Waldsee.

Die andere – die, bei der sie aufgewachsen war und bei der sie lebte – könnte gegensätzlicher nicht sein. Sie war einfältig und direkt. Sie genoss ihr Leben in vollen Zügen, ohne Rücksicht auf die Menschen in ihrem Umfeld. Egoistisch, egozentrisch, ohne Empathie.

Wie sollte man sich bei diesen Müttern zu einem gesunden, starken Erwachsenen entwickeln? Als ihr Vater noch gelebt hatte, hatte es wenigstens einen normalen Menschen gegeben, der sich um sie sorgte.

»Adelheid? Kommst du endlich? Immer muss ich auf dich warten.«

Das stimmte nicht. Eigentlich war es umgekehrt. Doch Adelheid widersprach ihrer Mutter nicht, ging die Treppe hinunter und betrat das Büro. »Du bist noch nicht umgezogen? Das Interview ist für 15 Uhr angesetzt. In einer halben Stunde!«

Die hiesige Tageszeitung plante eine Homestory mit ihrer Mutter, der bekannten Schriftstellerin Sigi van Guldenveld. Der Artikel sollte noch im Oktober erscheinen. Eine willkommene und kostenlose Werbung für das neue Buch, das demnächst erschien.

»War der Gärtner noch nicht da? Ich habe ihn im Voraus bezahlt.« Adelheid schaute entsetzt durch die offene Terrassentür nach draußen. Die Außenaufnahmen konnten sie sich heute sparen. Der Garten sah verwildert aus, aber nicht auf eine gute Art. »Darum kümmere ich mich später«, beschloss die junge Frau. »Ich habe dir den Blazer und die Bluse an deinen Kleiderschrank gehängt. Geh dich bitte umziehen.«

Sigrid lachte. »Gefällt dir mein Morgenmantel etwa nicht?« Doch sie erhob sich und ging ins angrenzende Schlafzimmer. »Du brauchst dich übrigens nicht bei der Gartenfirma zu beschweren. Der junge Gärtner hat sich seinen Lohn auf andere Weise verdient und seinen Job ganz großartig gemacht.« Ihr Kopf erschien in der Tür, und sie warf ihrer Stieftochter einen Handkuss zu. »Danke fürs Bezahlen!«

Adelheid seufzte resigniert. »Hast du wenigstens die Antworten auf die Fragen geübt, die ich dir aufgeschrieben habe? Es ist wichtig, dass du genau das sagst, was deine Leser hören wollen. Das Buch soll doch ein Erfolg werden!«

»Wird schon, Kind. Ich frage mich, woher dein permanenter Pessimismus kommt. Nicht einmal dein Vater war so unentspannt wie du.«

Es klingelte an der Haustür.

»Denk daran, was ich dir gesagt habe, Mutter. Erzähle was von dem Buch, aber gib keine Details preis. Sitz gerade und mach einen Knopf mehr an der Bluse zu. Keine peinlichen Witze und keine Einzelheiten über dein Liebesleben. Verstanden?«

»Klar. Es wird schon alles gut gehen. Ich bin einfach ich selbst.«

Das war genau das, was Adelheid mit aller Macht verhindern wollte. Die junge Frau war einem Nervenzusammenbruch nahe, als sie das Büro verließ, um die Zeitungsreporter hereinzubitten.

5

»Blumen? Hast du etwas ausgefressen?« Jessica trat aus der Küche, blieb aber stehen und beobachtete, wie Florian seine Jacke auszog und sie an den Haken der Garderobe hängte.

»Ich will mich entschuldigen. Ich war unausstehlich in den letzten Tagen.« Er streckte ihr die Blumen entgegen, doch weil sie keine Anstalten machte, sie zu nehmen, legte er den Strauß auf die Anrichte neben der Treppe. Dann zog er seine Schuhe aus und stellte sie unter die Garderobe. Als er wieder aufsah, stand sie immer noch reglos vor der geöffneten Küchentür.

»Was riecht hier so gut?«, fragte Florian und kam einen Schritt auf sie zu.

»Gulasch. Ich habe gekocht. Möchtest du etwas essen?«

»Nein, das meine ich nicht. Es riecht nach …« Er schloss die Augen, atmete tief durch die Nase ein und überlegte, doch ihm fiel keine Beschreibung ein. »Du riechst gut«, sagte er stattdessen und streckte die Hand nach ihr aus. Kurz bevor seine Finger ihr Gesicht berührten, ließ er den Arm sinken, trat einen Schritt zurück und schaute die Treppe hinauf ins Obergeschoss. »Sind die Kinder oben?«

Jessica biss sich auf die Unterlippe und grinste. »Wir sind allein. Willst du jetzt etwas essen?«

»Wie lange?«

»Es ist fertig. Du musst es nur noch auf den Teller schöpfen.«

Florian schüttelte den Kopf. »Wie lange sind sie weg?«

Sie ging auf ihn zu und blieb so dicht vor ihm stehen, dass nur noch wenige Zentimeter zwischen ihren Körpern waren.

»Die ganze Nacht. Also überleg es dir gut. Erst Essen? Oder erst ins Schlafzimmer?«

Es dauerte ein paar Sekunden, bis er reagierte. Doch dann beugte er sich hinunter, umfasste mit seinem rechten Arm ihre Hüfte und hievte sie über seine Schulter. Jessica schrie erschrocken auf, kicherte, wehrte sich aber nicht. Ihr Oberkörper hing an seinem Rücken hinunter. Mit den Händen hielt er ihre Beine fest. Dann drehte er sich um und lief, so schnell er konnte, die Treppe hinauf, immer zwei Stufen auf einmal nehmend. Auf halbem Weg wurde er langsamer, zog sich mit der Hand am Geländer hoch und trug Jessica Stufe um Stufe nach oben.

Auf dem oberen Treppenabsatz ließ er sie vorsichtig runter, stützte seine Hände auf den Knien ab und rang nach Atem. »Du … du bist … furchtbar schwer«, brachte er gequält heraus, sah zu ihr auf, ohne die Hände von seinen Knien zu nehmen, und atmete unkontrolliert ein und aus.

»Das ist etwas, das eine Frau in dieser Situation nicht sehr gerne hört.« Amüsiert beobachtete sie Florian, der sich mühsam aufrichtete und den Rücken durchstreckte.

»Ich meine … ich meine …« Er sah zur Decke. »Herrgott, gib mir etwas Sauerstoff!« Er bekam seine Atmung kaum unter Kontrolle. Sein Herz schlug heftig. »Ich meine …«, begann er erneut, »… du bist wunderschön, Jessy!«

»Viel besser«, bescheinigte sie ihm lachend. »Kommst du endlich mit? Oder muss *ich* jetzt dich tragen?«

Blitzschnell war er bei ihr, drückte sie an die Wand neben der Schlafzimmertür, griff fordernd in ihr Haar und legte die Stirn an ihre. Seine freie Hand schob sich unter ihren Pullover. Ihre warme, nackte Haut unter den Fingern zu spüren war überwältigend.

Er sah ihr tief in die Augen und rang immer noch nach Atem.

»Herrgott, vergiss den Sauerstoff und schenke mir stattdessen ein klein wenig mehr Selbstbeherrschung!« Er presste seinen Mund auf ihren und schwor sich, sie erst wieder loszulassen, wenn morgen in der Früh die Kinder nach Hause kamen.

*

»Oberwachtmeister Heisinger, Dienststelle Lindau.« Der Beamte in Uniform streckte Florian seine Hand entgegen und schaute sich ehrfurchtsvoll um. Das Lindauer Revier war kleiner als die Kemptener Wache, und er war sichtlich beeindruckt. »Schön haben Sie es hier.«

»Wenn Sie das sagen.«

Die hiesige Dienststelle war zugegebenermaßen sehr geräumig. Es gab drei Stockwerke und einen Keller. Die Büros fielen entsprechend groß aus, aber die Wege waren weit. Es gab keinen Fahrstuhl, und die Heizung schaffte es in den kalten Allgäuer Wintern kaum, dieses riesige Gebäude adäquat auf eine angenehme Temperatur zu bringen. Manche Räume blieben frostig, andere wurden so warm, dass man das Gefühl hatte, in einer Sauna zu sitzen.

»Was führt Sie zu mir, Herr Heisinger?«

»Ich habe mir erlaubt, den Boten zu spielen. Meine Freundin wohnt in Kempten, und ich musste heute sowieso in die Stadt. Bevor wir die Nachricht intern mit der Post versenden, habe ich gedacht, bringe ich sie persönlich vorbei.« Er hielt einen großen braunen Umschlag in die Höhe. »Kann ich vielleicht einen Kaffee haben?«

»Ein Hund?« Berthold Willig wusste nicht, was er von der Geschichte halten sollte, die Florian ihm kurz vor Feierabend erzählte. »Das ist doch kein Fall für die Mordkommission!«

Die Beamten aus Lindau waren vor zwei Tagen zu einem Tatort gerufen worden und hatten mitten im Zentrum von Scheidegg auf einer künstlichen Eisscholle aus Pappmaschee einen zotteligen, schneeweißen und mausetoten Hund gefunden, der von Weitem einem kleinen Eisbär zum Verwechseln ähnlich gesehen hatte. Der Hund war schnell als ein seit Tagen vermisster Hütehund aus Baden-Württemberg identifiziert worden, aber vom Täter fehlte noch immer jede Spur.

»Ich befürchte, es ist tatsächlich eine Angelegenheit für die Mordkommission.« Florian nahm den Umschlag, den der Lindauer Polizeibeamte ihm ausgehändigt hatte, und reichte ihn Berthold. »Das technische Labor hat ihn zuerst untersucht, doch es waren keine Fingerabdrücke darauf. Deshalb konnte er mir nun übergeben werden.«

Berthold sah seinen Chef verwundert an. »Da steht dein Name drauf!« Er nahm den Umschlag, öffnete ihn und zog ein beschriebenes Blatt Papier heraus.

Die Verbindung zu dem aktuellen Mordfall mit dem Toten auf dem Misthaufen war unverkennbar. Die Lindauer Beamten hatten ermittelt, dass der tote Hund eine Anspielung auf die Allgäuer Sage vom »Scheidegger Isbär« war, der sich später als gewöhnlicher Hund entpuppte.

Die junge Frau hatte nicht fantasiert, als sie von der rotäugigen, haarigen Ziege berichtete, die ihren Freund getötet hatte. Es war derselbe Täter, und der Bezug zur Sagenwelt schien diesem Mörder sehr wichtig zu sein.

Die Nachricht an Florian war eindeutig. Auf dem Zettel, den Berthold nun aus dem Umschlag zog, stand: »Habe ich nun endlich Ihre volle Aufmerksamkeit, werter Herr Hauptkommissar Forster?«

6

»Möchtest du mitkommen zu einer Befragung?« Florian hockte sich neben Jessicas Schreibtisch, legte die Unterarme auf die Tischplatte und sah zu ihr auf. »Ich habe Götze gesagt, dass ich dich als Unterstützung gut gebrauchen kann. Er war einverstanden. Wir sind mittags wieder zurück.«

»Ehrlich?« Jessica strahlte. »Natürlich komme ich mit. Wo geht es hin?«

»Ich habe einen Termin mit diesem Experten gemacht, den Franz-Xaver mir vorgeschlagen hat. Hans-Heinrich Greiter ist Vorsitzender des Oberstdorfer Trachtenvereins und kennt sich gut in der Allgäuer Sagenwelt aus. Vielleicht kann er mir die Zusammenhänge verdeutlichen. Ich habe nämlich immer noch keine Ahnung, was das Motiv des Täters betrifft.« Er stand auf und streckte Jessica seine Hand entgegen. »Komm, wir müssen los.«

Eine Dreiviertelstunde später saßen sie auf der hellen Eckbank im Esszimmer des Vereinshauses. Neben dem hübschen Blumenstrauß aus frischen Herbstblumen standen ein frisch gebackener Guglhupf und eine Thermoskanne mit Kaffee.

»Oder hätt einer von Ihnen lieber ein Bier haben wollen?«

»Nein, vielen Dank. Mein … ähm … Pfarrer Lorenz aus Kempten sagte mir, dass Sie sich gut in der Allgäuer Sagenwelt auskennen.« Florian griff nach der Thermoskanne und goss Kaffee in die drei bereitgestellten Tassen.

Herr Greiter nickte. »Was wollen Sie wissen? Meine Bibliothek ist voll von Büchern, die auf unterhaltsame oder rein wissenschaftliche oder historische Art und Weise die Sagen des Allgäus durchleuchten. Ein äußerst spannendes Thema.« Greiter setzte sich und griff nach einer der Tassen.

»Darf ich?«, fragte Jessica und zeigte auf das imposante Bücherregal, das über drei Meter breit war und die komplette Wand neben der Tür zum Flur einnahm.

»Natürlich. Ganz links stehen die moderneren Ausgaben. Aber die wirklich interessanten Exemplare sind dort. Diese Bücher sind teilweise über 100 Jahre alt.« Er wies in die Richtung, die er meinte, und wandte sich erneut an den Hauptkommissar. »Wie geht es Franz-Xaver? Ich habe ihn lange nicht gesehen. Sie müssen ihn unbedingt von mir grüßen.«

Florian hatte das ungute Gefühl, dass der Vorsitzende des Trachtenvereins wusste, dass Pfarrer Lorenz sein Vater war. Vermutlich hatte dieser seinen Besuch in Oberstdorf telefonisch angekündigt. Eine Antwort sparte sich Florian deshalb.

»Wilde Mändle.« Jessica stand vor dem Bücherregal, fuhr mit dem Zeigefinger über die einzelnen Buchrücken und kicherte. »Wilde Mändle«, wiederholte sie. »Heißt das ›wilde Männlein‹?«

»Richtig«, bestätigte Greiter. »Leider kommen Sie ein paar Wochen zu spät. Alle paar Jahre führt unser Verein den Wilde-Mändle-Tanz auf. Das ist eine uralte Oberstdorfer Tradition. Es handelt sich dabei um den ältesten überlieferten Kulttanz. Er geht auf die Keltenzeit vor über 1.400 Jahren zurück. In diesem Sommer war es wieder einmal so weit. Einheimische wie Touristen lieben diese Aufführungen. Haben Sie das Plakat gesehen, das im Eingangsbereich hängt?«

»Ja. So sehen die Wilden Mändle aus? Ich habe mir vorgestellt, das wären kleine Zwerge oder Heinzelmännchen.« Jessica erinnerte sich an das haarige, bedrohlich aussehende Wesen mit einem Kranz auf dem Kopf und einem Gürtel aus Tannengrün und Laub um den Leib.

»Das Kostüm wird seit Anbeginn aus Tannenbart und Flechten gefertigt.« Der Vorsitzende des Trachtenvereins blühte beim Erzählen merklich auf. »Der Vergleich mit den Heinzelmännchen ist dabei gar nicht so falsch. In vielen Sagen tauchen die Wilden Mändle als helfende Wesen auf, die nachts Äcker bestellen oder andere notwendige Arbeiten verrichten, ohne jemals in Erscheinung zu treten. Da wäre zum Beispiel die Sage von den Wilden Mändle auf dem Ochsenberg bei Tiefenbach.« Er stand auf, ging zu Jessica und zog eines der Bücher aus dem Regal. »Hier stehen Dutzende Sagen drin, die ausschließlich von den Wilden Mändle handeln.«

»Gibt es bei Ihnen im Vereinshaus auch andere Kostüme?«, mischte sich Florian in das Gespräch ein. »Ich dachte dabei speziell an eine Ziege.«

»Ja, ich verstehe, worauf Sie hinauswollen, Herr Forster.« Greiter drehte sich zum Hauptkommissar um und schüttelte den Kopf. »Hier im Haus werden keine Kostüme gelagert. Die befinden sich in Privatbesitz. Aus Tradition dürfen nur Männer aus Oberstdorfer Familien an den Aufführungen teilnehmen. Nur gebürtige Oberstdorfer sind bei dem Tanz erlaubt. Einige Familien besitzen neben den Wilde-Mändle-Kostümen sicher auch typische Allgäuer Klausenkostüme, aber von Ziegen habe ich diesbezüglich noch nichts gehört. Es gibt auf den jährlichen Oberstdorfer Festen keinen Anlass, ein Ziegenkostüm zu tragen. Obwohl man zugeben muss, dass einige der Klausen der Vereine aus dem Umkreis mit viel Fantasie auch Ziegen ähneln. Es sind meist wilde Tiere mit riesigen Hörnern und fratzenhaften Tiergesichtern. Vor hundert Jahren hat es ausgereicht, die Gesichter mit Kohle schwarz zu färben. Die Masken gibt es erst seit ein paar Jahrzehnten. Früher durften nur junge Männer am Klausentreiben teilnehmen, aber heute gibt es auch Hexen, also ausschließlich weibliche Gruppen. Alle machen bei den Umzügen einen Heidenkrach mit Kuhglocken und Rasseln. Man will damit böse Geister vertreiben. Je gruseliger, desto besser.«

Der Vorsitzende des Trachtenvereins Oberstdorf hatte ein schier unendliches Wissen über Sagen, Traditionen und Bräuche. Er überreichte dem Hauptkommissar eine Liste der Teilnehmer der diesjährigen Tanzaufführung, doch er konnte Florian bezüglich des Mordes auf der Hohenschwandalpe nicht weiterhelfen. Es fehlte die Verbindung des Mörders zur Sagenwelt. Hier im Trachtenverein schien sie nicht zu finden zu sein. Nach fast einer Stunde brach er deshalb die Befragung ab.

»Es tut mir sehr leid, dass ich Ihnen nicht weiterhelfen konnte.« Greiter ging neben Jessica und Florian über den Hof und begleitete beide zu ihrem Auto. »Doch ich bedanke mich für Ihr Interesse.«

»Wir haben zu danken, Herr Greiter.« Florian reichte ihm die Hand. »Wenn ich noch Fragen habe, würde ich gern …« Über ihm hörte er ein knirschendes Geräusch. Er sah instinktiv an der Hauswand hoch, hielt erschrocken die Luft an und sprang geistesgegenwärtig zur Seite.

Ein schwerer Blumenkasten aus Stein sauste zu Boden und krachte donnernd direkt neben ihm auf die Pflastersteine. Erde, Pflanzen und Teile des zerborstenen grauen

Kastens flogen in alle Richtungen auseinander und verteilten sich an der Hauswand und über den Hof.

Einige Sekunden war es still, dann dröhnte Greiters lauter Wutschrei über den Hof. »Verdammter Mist! Ihr nichtsnutzigen Deppen! Alessandro? Gerd? Wofür bezahle ich euch überhaupt?«

»Gibt es ein Problem, Chef?« Ein junger Mann mit pechschwarzem Haar, südländischem Aussehen und breitem Lächeln im Gesicht kam um die Häuserecke und schaute Hans-Heinrich Greiter an. Er führte eine gescheckte Ziege an einem dicken Seil neben sich her. Sein Gesichtsausdruck wechselte von fröhlich zu fragend. Als er den zerstörten Blumenkasten sah, erschrak er. »Oh, wie ist das denn passiert?«

Die Ziege meckerte laut und zog kräftig an ihrer Leine.

»Das würde ich auch gern wissen«, blaffte Greiter ärgerlich. »Habe ich euch nicht aufgetragen, die rostigen Haken zu ersetzen? Bereits letzte Woche haben wir darüber geredet. Das hätte böse enden können! Wo ist Gerd?« Der Vereinsvorsitzende sah sich suchend um, hielt dann abrupt inne und schaute langsam zum Balkon im ersten Stock hinauf. In der langen Reihe der üppig bepflanzten Blumenkästen klaffte ein großes Loch. Wäre das schwere Gefäß dem Hauptkommissar auf den Kopf gefallen, wäre das nicht gut ausgegangen. Greiter seufzte. »Ich weiß nicht, was ich sagen soll«, begann er und sah seinen Gast bedauernd an. »Ich bin froh, dass Ihnen nichts passiert ist.«

Florian winkte gelassen ab, doch der Schreck saß so tief, dass er nichts erwidern konnte.

»La Colpa, hab Geduld«, sprach der Italiener beruhigend auf seine Ziege ein. »Du darfst gleich auf die Weide.«

Ein zweiter Mann erschien und blieb neben seinem Kollegen Alessandro stehen. »Ups«, sagte er und konnte sich ein Grinsen nicht verkneifen, als er das Malheur erblickte. Er hob seine rechte Hand in die Höhe, in der er mehrere silberne Haken hielt. »Da bin ich wohl zu spät. Soll ich gleich noch einmal losfahren und einen neuen Blumenkasten besorgen?«

Greiter brummte verärgert, drohte seinen Angestellten aber nur stumm mit erhobenem Zeigefinger und einem strengen Ausdruck im Gesicht. Dann ließ er die Hand sinken und lächelte unerwartet. »Das könnte Ihnen eventuell weiterhelfen«, bemerkte Greiter und legte seine Hand auf den Oberarm des Hauptkommissars. »Gerd hat vielleicht die eine oder andere Information für Sie bezüglich Ihres Ziegenkostüms. Er hilft den Oberstdorfer Vereinsmitgliedern oft bei der Anfertigung und Ausbesserung ihrer Verkleidungen.«

»Ziegenkostüm?«, mischte sich Gerd ein, ließ die Metallhaken achtlos auf den Boden fallen und reichte Florian Forster die Hand. »Wenn Sie jemanden brauchen, der Ihnen für Ihr Kostüm einen Ziegenkopf modelliert, schnitzt oder aus Pappmaschee bastelt, bin ich genau der Richtige. Gerd Siegfried Münzacker, zu Ihren Diensten.«

Jessica lachte. »Obwohl ich die Vorstellung sehr reizvoll finde, dich mit Ziegenkopf zu sehen«, ließ sie Florian wissen, wandte sich dann aber an Gerd Münzacker, »geht es nur um die Suche nach einem solchen Tierkostüm. Haben Sie etwas dergleichen schon einmal gesehen oder gar angefertigt?« Sie zog die Phantomzeichnung des Tierwesens hervor, die mithilfe der Freundin des ermordeten Mannes auf der Hohenschwandalpe angefertigt worden war. »Kennen Sie jemanden, der eine solche Verkleidung besitzt?«

Der Hausmeister sah sich die Zeichnung lange an, schüttelte dabei immer wieder den Kopf und kratzte sich nachdenklich an der Nase. »Ein traditionelles Klausenkostüm ist das jedenfalls nicht. Wenn ich recht überlege, ist dieses Wesen deiner Ziege wie aus dem Gesicht geschnitten, Alessandro.« Er lachte schallend über seine alberne Bemerkung, wurde dann still und dachte nach. »Aber Scherz beiseite. Du warst doch damals mit dabei, Alessandro. Die Familie Simmerbach, die vor drei oder vier Jahren den alten Resthof in der Nähe des Golfplatzes gekauft hat …«

»Ja«, rief der Italiener aufgeregt dazwischen, als er begriff, worauf sein Kollege hinauswollte. »Die haben eine ganze Sammlung Tierkostüme. Ob da eine Ziege dabei war, weiß ich nicht mehr, aber der Schuppen, in dem die Gartengeräte stehen, ist voll mit geschnitzten Tierköpfen und Anzügen aus Fell und Filz.«

»Prima!« Endlich hatte Florian seine Stimme wieder. »Dann brauche ich die genaue Adresse der Familie Simmerbach.«

»Die kann ich Ihnen schon geben, Herr Hauptkommissar«, sagte Gerd. »Doch das Ehepaar Simmerbach ist seit zwei Wochen in der Dominikanischen Republik in Urlaub. Sie kommen erst Ende des Monats zurück.«

*

Die Mittagssonne, die über den Gipfeln der Allgäuer Alpen am wolkenlosen Himmel stand, beschien das ganze Tal. Das Dach der alten Hütte mit den Holzschindeln und Kupferbeschlägen leuchtete in einem hellen Rotgold. Es sah aus, als würde es aus eigener Kraft strahlen, und verlieh der Behausung ein mystisch verwunschenes Flair.

Der Aufstieg zum Kräuterhaus, das am Fuße der mächtigen Bergkette ansonsten von Weitem kaum auffiel, war an diesem herrlich warmen Herbsttag – und ohne den schweren Kinderwagen – so angenehm, dass Jessica an Florians Seite zufrieden seufzte.

Auch die Aussicht von der grasbewachsenen Anhöhe auf das hübsche Oberstdorf war atemberaubend. All das Gedränge der unzähligen Touristen, die in die Geschäfte, Cafés und Lokale strömten, all die Geräusche der Autos, die klingende Musik aus den Läden in der Fußgängerzone verstummten, sobald man den Ort verließ. Oberstdorf wirkte von hier oben märchenhaft verschlafen.

Klarissa Jacobi, die selbsternannte Kräuterhexe, schien sie bereits erwartet zu haben. Bevor Jessica die Glocke läutete, öffnete sich die Tür, und Frau Jacobi bat sie und Florian herein.

»Frau Forster, was für eine Freude, Sie zu sehen.« Heute trug sie ihr Haar offen. Die wilden blonden Locken, die die eine oder andere ergraute Strähne aufwiesen, harmonierten hervorragend mit dem dunkelbraunen Kleid aus grobem Cord. Um die Hüfte trug sie einen Gürtel aus geflochtenem Stroh. »Ich bemerke eine positive Veränderung an Ihnen, Frau Forster. Sie sehen glücklich aus. Die Kräuterseife, die ich Ihnen empfohlen habe, scheint gewirkt zu haben. Ihr Mann konnte Ihnen nicht widerstehen, habe ich recht?« Sie legte zwei Finger unter Jessicas Kinn und lächelte ihr verschmitzt entgegen.

Jessica trat ertappt einen Schritt zurück und drehte sich schuldbewusst zu Florian um, der noch in der Tür stand. Sein Gesicht war ausdruckslos versteinert.

»Oh«, sagte Klarissa Jacobi nur und grinste breit. »Ich nehme an, Sie sind Herr Forster?«

Florian sparte sich eine Antwort und zeigte der Kräuterhexe, was er von ihr und ihrem Humbug hielt, indem er sie voller Verachtung ansah.

Doch Frau Jacobi ging auf ihn zu, griff ungefragt nach seiner Hand und schüttelte sie überschwänglich. »Sie haben einen guten Mann ausgesucht, Frau Forster. Er ist stark und voller Energie.« Obwohl sie mit Jessica sprach, ließ sie Florian nicht aus den Augen, der angespannt schnaubte und der Frau ärgerlich seine Hand entzog. »Und er hat diese positiven Eigenschaften an alle seine drei Kinder weitergegeben. Das spüre ich deutlich.«

Florians Wut verflog augenblicklich und er brach in schallendes Gelächter aus. »Herrgott, wenn Sie schon dramatische Prophezeiungen ausstoßen, dann müssen Sie sich besser merken, was Ihnen von meiner Frau erzählt wird.« Er sah zu Jessica, von der er vermutete, sie hätte bei ihrem letzten Besuch über ihre Familie geplaudert. Ihr vorsichtiges Kopfschütteln und den verständnislosen Blick ignorierte er. »Ich habe nicht drei, sondern vier Kinder«, erklärte er der Kräuterhexe und schmunzelte überheblich.

Frau Jacobi senkte den Kopf und schaute milde lächelnd zu ihm auf. »Ich meinte nicht Ihre zwei angenommenen Kinder, ich habe nur von den drei leiblichen Kindern gesprochen.«

»Herr im Himmel«, stöhnte Florian fassungslos und fuhr sich mit den Fingern durch das Haar. »Wie blöd muss man sein, dieses wirre Gefasel zu glauben?« Er wandte sich an Jessica. »Kauf die Salbe für die Zwillinge, und dann verschwinden wir. Von der Männer-Verführungsseife wird ja sicher noch etwas da sein.«

Seine Worte klangen so verachtend, dass Jessica die Augen schloss, schluckte und kurz den Atem anhielt. »Ich habe meine Handtasche im Auto vergessen. Hast du Geld dabei?«, fragte sie kleinlaut, als Klarissa Jacobi ihr den kleinen Tiegel mit der Wundsalbe entgegenstreckte.

Florian, der die Hände tief in die Hosentaschen geschoben hatte und von ihnen abgewandt aus dem Fenster neben der Tür starrte, atmete tief durch, bevor er sich umdrehte. »Reicht das?« Er zog einen Schein aus seiner Börse und hielt ihn hoch.

Klarissa Jacobi nickte, ging auf ihn zu, doch anstatt das Geld zu nehmen, drückte sie ihm den Tiegel in die Hand und umschloss so unerwartet mit den Fingern seinen Unterarm, dass Florian nicht sofort reagieren konnte und sie gewähren ließ. »Passen Sie gut auf sich auf, Herr Forster. Der Tod ist Ihnen sehr nahe. Das spüre ich deutlich.«

»Klar. Wenn Sie jetzt noch sagen, ich soll achtgeben, nicht von einem herabstürzenden Blumentopf erschlagen zu werden, muss ich ernsthaft meine konsequente Ablehnung Ihrer Weissagungen überdenken.« Er schüttelte seinen Kopf und lächelte der Frau das erste Mal zu. »Talent zum Blenden haben Sie, das muss ich neidvoll eingestehen!«

»Ich meine es ernst, Herr Forster.« Frau Jacobis Blick war durchdringend und streng. »Zu viel Wasser kann töten. Obacht vor kaltem Wasser!«

»Vielen Dank.« Florian reichte ihr die Hand und verbeugte sich höflich. »Doch keine Angst. Ich trinke eh viel lieber Bier!«

7

Das Tier war perfekt.

Die junge, zierliche Frau, die er den ganzen Nachmittag beobachtet hatte, kam problemlos mit dem lebhaften Hengst zurecht. Er war leichtfüßig und voller Energie, ein echter Araber. Das Vollblutpferd hatte es kaum erwarten können, nach dem Aufwärmen im Paddock endlich mit seiner Reiterin im Sattel über die Felder zu galoppieren. Mähne und Schweif des Tieres waren im Wind geflattert wie imposante Flaggen, die zu früheren Zeiten vom Reitervolk in der Schlacht geschwenkt wurden.

Die Farbe des hellroten Fuchses erinnerte an die züngelnden Flammen eines lodernden Feuers. Die hellen Augen waren wach und beobachteten die Umgebung aufmerksam, aber nicht ängstlich. Ein selbstsicheres Pferd, das leicht zu führen war und gut mit Menschen klarkam.

Genau so ein Tier hatte er gesucht.

Es würde kein Problem sein, den Hengst nachts aus dem Stall zu holen. Das Gebäude war nicht abgeschlossen, und das Wohnhaus stand weit genug weg. Niemand würde das Aufschieben des schweren Scheunentores hören. Das Auto mit dem Hänger ließe sich in der kleinen Parkbucht an der Hauptstraße leicht erreichen, wenn man das Tier quer über den Acker führte.

Doch bevor er sich um dieses Vorhaben kümmern konnte, musste er ein ganz anderes Problem lösen.

Er verließ den Pferdehof im Unterallgäu und fuhr Richtung Süden.

*

»Wir können den Bezug zur Allgäuer Sagenwelt nicht mehr ausschließen. Beim gestrigen Gespräch mit Herrn Greiter, dem Vorstand des Oberstdorfer Trachtenvereins, ist mir eine Idee gekommen, der Kommissar Willig gerade nachgeht.« Hauptkommissar Forster hielt eine Kaffeetasse in der Hand und mehrere dünne Ordner unter dem Arm, als er auf dem Weg in sein Büro auf Dienststellenleiter Götze traf. »Das Motiv des Täters ist aber noch unklar. Bisher gibt es keine erkennbare Verbindung zum Opfer oder der Frau, die verschont worden ist. Der Mord scheint zufällig und grundlos an diesem Mann verübt worden zu sein.«

»Zur falschen Zeit am falschen Ort, sag ich da nur.« Der Dienststellenleiter knöpfte seine Uniformjacke zu. »Ich habe einen Termin mit dem Pressevertreter einer Münchner Zeitung. Wie die so schnell auf den Mord im Allgäu aufmerksam geworden sind, ist mir ein Rätsel. Und ich habe nichts, was ich dem Menschen sagen kann. Gibt es wenigstens neue Erkenntnisse zu dem Eisbär-Hund in Scheidegg? Hat man den Täter auf Überwachungsvideos identifiziert? Sie sagten doch, es gebe einen Juwelier und einen Geldautomaten in der Nähe?«

Florian schüttelte den Kopf. »Die Beamten aus Lindau hatten bereits dieselbe Idee. Niemand, auch keine Kamera, hat die Ablage des toten Hundes beobachtet. Und das Oberstdorfer Ehepaar, das angeblich Tierkostüme sammelt, konnten wir noch nicht erreichen. Die Staatsanwaltschaft stellt aufgrund der geringen Verdachtslage natürlich keinen Durchsuchungsbeschluss aus. Wir werden warten müssen, bis sie aus dem Urlaub kommen.«

Götze rückte seine Krawatte zurecht und nickte. »Gut, dann werde ich wieder einmal sagen, dass wir an der Sache dran sind, aber aus ermittlungstechnischen Gründen keine Details preisgeben dürfen, bla, bla, bla. Die Jungs von der Presse sind das ja gewohnt.«

Berthold Willig saß an seinem Schreibtisch, schaute konzentriert auf den Bildschirm und machte sich Notizen auf einem Zettel neben seiner Tastatur.

Florian betrat das gemeinsame Büro, als der junge Kommissar mit gerunzelter Stirn und fragendem Ausdruck im Gesicht mitten im Schreiben verharrte. Sein Blick fiel auf den Kalender an der Wand neben der Tür, dann zurück auf die Wörter und Zahlen auf dem Notizblock.

»Hast du etwas gefunden?« Die Kaffeetasse platzierte Florian vorsichtig neben dem Telefon, die Ordner ließ er achtlos auf die unaufgeräumte Arbeitsfläche fallen.

»Ich bin nicht sicher.« Mit dem Zeigefinger tippte Berthold gegen den Bildschirm und zeigte auf einen Namen. »Es ist kein Mord gewesen, sondern ein Suizid. Passt der Fall ins Schema? Vermutlich ist es dumm von mir, aber ich hab da so ein Gefühl.« Er sah unsicher zu Florian auf, der neben ihm stand und sich die aufgerufene Fallakte durchlas.

Der Hauptkommissar hatte seinem Kollegen wenige, aber klare Anweisungen gegeben. Berthold sollte nach ungewöhnlichen Fällen suchen, die in den Zeitraum um den diesjährigen Fronleichnam fielen. Dabei war es egal, um welche Art von Kriminalfällen es sich handelte. Florian wollte Kapitalverbrechen, Überfälle, Diebstähle oder Verkehrsdelikte untersuchen, die ungewöhnlich waren. Den kirchlichen Feiertag hatte Hans-Heinrich Greiter in seinen Ausführungen zur Allgäuer Sagenwelt mehrmals erwähnt.

»Ja, genau so einen Fall meinte ich.« Er klopfte Berthold anerkennend auf die Schulter. »Laut Zeugenaussagen gab es keine Anzeichen für Suizidgedanken des Opfers. Die Frau hatte außerdem vor, eine Woche später in den Urlaub zu fahren, und es gab keinen Abschiedsbrief. Wurde die Leiche obduziert?«

Berthold scrollte die abgespeicherte Fallakte herunter und wies auf die entsprechende Stelle. »Ja, wurde sie. Die Kemptener Rechtsmedizin hat den Fall untersucht und den Suizid bestätigt.«

»Ich hake dort trotzdem mal nach. Wenn du noch mehr findest, ruf mich bitte an, Berthold. Und schick mir eine Kopie der Akte auf mein Smartphone.« Er ging zur Tür. »Ach, und Berthold, ich habe dir einen Kaffee mitgebracht. Er steht auf meinem Schreibtisch!«

8

Ihm war übel.

Dieses überwältigende Hochgefühl, das in Kriminalromanen immer beschrieben wurde, wenn ein Mörder einen Menschen tötete, stellte sich bei ihm nicht ein.

Gut, der Mann vor ihm war nicht tot. Jedenfalls noch nicht. Aber er stöhnte vor Schmerz, und das Blut, all das Blut, das unkontrolliert aus seinem Körper strömte, roch ekelhaft metallisch und besudelte nicht nur die Kleidung des Sterbenden. Überall, an seinen eigenen Händen, seinen Armen, selbst im Gesicht fühlte er diese warme, stinkende Flüssigkeit.

Die Dunkelheit des schmalen und unbeleuchteten Trampelpfades abseits des hellen Betriebsgeländes bewirkte, dass er den geschundenen Körper nur schemenhaft sehen konnte. Doch allein dieser scharfe Geruch war kaum zu ertragen.

So schlecht war ihm lange nicht gewesen. Aber was hätte er anderes tun können? Er hatte die Reflexe des Mannes komplett unterschätzt, als er aus der Deckung hinter den niedrigen Büschen gesprungen war und mit dem schweren Holzpfosten ausgeholt hatte. Der Angegriffene hatte sich geistesgegenwärtig weggeduckt, weshalb ihn die Waffe nur an der Schulter getroffen und leicht am Kopf gestreift hatte. Ihn selbst allerdings hatte das unterschätzte Gewicht des Pfostens, das durch den Schwung noch verstärkt wurde, fast von den Beinen gerissen. Sein Straucheln hatte der Mann ausgenutzt und sich ohne Nachzudenken auf ihn gestürzt.

Wie es ihm dennoch gelungen war, das lange Jagdmesser

mit dem edlen Griff aus Hirschhorn aus der Seitentasche seiner Cargohose zu ziehen, wusste er nicht. Der Mann hatte das Knie auf seinen Brustkorb gepresst, ihn am Boden gehalten und wütende Flüche ausgestoßen. Dabei hatte er immer wieder die Augen fest zugekniffen, als wäre ihm schwindelig. Hatte er ihn doch heftiger erwischt als anfangs vermutet? Obwohl sein Opfer sich redlich bemüht hatte, war es diesem nicht gelungen, seine Arme zu fassen zu bekommen.

Das war gut gewesen.

Das scharfe Messer hatte perfekt in der Hand gelegen.

Zuerst hatte er nur den Oberarm des Mannes über ihm erwischt, dann blitzschnell erneut ausgeholt und – bevor der Angegriffene aufspringen konnte – die Klinge tief in seinen Oberkörper gestoßen. Das große Messer war kurz unter seinen Rippen mit einer Leichtigkeit durch Haut und Organe gedrungen, sodass Täter und Opfer gleichermaßen erschraken. Die Übelkeit hatte augenblicklich eingesetzt. Als der blutende Mann stöhnend über ihm zusammengebrochen war und ihn unter sich begraben hatte, hatte er unter dem erdrückenden Gewicht des schweren Körpers gewürgt und gehustet, hatte das Gefühl gehabt, zu ersticken, und sich mit Aufwendung all seiner Kräfte unter dem Sterbenden hervorgekämpft. Er war auf allen vieren zum Wegrand gekrochen und hatte sich übergeben.

Noch immer raste sein Herz, und sein Kreislauf drohte zu versagen. Vermutlich ging es seinem Opfer nicht anders.

Wie lange konnte ein Mensch mit einer derartigen Verletzung überleben? Minuten? Stunden?

Er brauchte ihn lebend. Zumindest bis zum nächsten Morgen.

*

Ein lautes Scheppern aus dem Nebenraum riss ihn aus dem Schlaf.

Er hörte Jessica im Badezimmer derbe fluchen, dann wurde es still. Wenn der Lärm keines der Kinder geweckt hatte, würde er die Augen wieder schließen und noch ein oder zwei Stunden schlafen.

Nichts rührte sich.

Jessica steckte kurz darauf ihren Kopf durch die Schlafzimmertür und lächelte. »Entschuldige, ich wollte dich nicht wecken. Deine Mutter kommt in etwa einer Stunde. Hoffentlich schlafen die Jungs so lange. Bis später.« Sie warf ihm eine Kusshand zu und verschwand. Sie musste früh ins Präsidium. Er hatte diese Woche Spätschicht. Seine Mutter vertrat Herbert die kommende Woche beim Kinderhüten. Sein Schwiegervater besuchte einen alten Arbeitskollegen in seiner Heimatstadt Hamburg.

Erst jetzt fiel ihm das in durchsichtiges Zellophan verpackte Geschenk auf, das auf dem Nachttisch neben seinem Bett stand. Darin befand sich ein kleines, nach Lavendel und Orange duftendes Stück Seife, umwickelt mit einer breiten Schleife mit der Aufschrift »Kräuterhütte Oberstdorf«. Neben dem Geschenk lag ein Zettel von Jessica:

Ein kleines Dankeschön für deine Mutter! (Hast du wirklich gedacht, ich brauche irgendwelche magischen Substanzen, um dich zu verführen? DICH beherrsche ich in Perfektion und ohne Hilfsmittel, mein Lieber!)

Breit grinsend ließ er sich ins Kissen zurückfallen und schloss die Augen.

Wenige Sekunden später beendete lautes Babygeschrei die viel zu kurze Nacht.

»Herrgott, Jungs. Es wird Zeit, dass ihr erwachsen werdet. Euer Vater möchte irgendwann wieder ausschlafen.« Florian setzte sich im Bett auf und rieb sich die Augen.

Etwas war anders.

Auf dem Weg zum Kinderzimmer fiel ihm auf, dass der Lärm nicht aus diesem Stockwerk, sondern von unten kam. Hatte Jessica einen der Jungs mit in die Küche genommen? Oder war seine Mutter früher gekommen und wollte ihn nicht wecken? Wie lange hatte er denn geschlafen?

Dann hörte er Jessicas Stimme aus dem Untergeschoss. »Florian! Wärst du bitte so nett und kommst mal runter?«

Täuschte er sich, oder klang sie aufgebracht? Das Babygeschrei wollte nicht aufhören.

»Soll ich dir den Kleinen abnehmen? Gib her, du musst zur Arbeit.« Auf dem Weg die Treppe hinunter blieb er plötzlich wie angewurzelt stehen. »Was ist das?«

Jessica tigerte im Flur auf und ab und hielt dabei ein kleines Bündel mit rosa Mützchen, eingewickelt in ein buntes Handtuch, im Arm, wiegte das Baby sanft und flüsterte beruhigend auf es ein.

»Woher, in Gottes Namen, kommt dieses Baby?«, wollte Florian wissen, nachdem Jessica auf seine erste Frage nicht reagiert hatte.

Jessica blieb stehen, legte sich das winzige Kind, das viel kleiner war als die Zwillinge Lukas und Elias, an die Schulter und sah zu Florian hinauf. »Woher soll ich das wissen? Es lag in einem Wäschekorb vor unserer Tür. Zusammen mit diesem Umschlag. Da steht dein Name drauf!« Ihr Blick war durchdringend, der Ton ihrer Stimme klang verärgert. »Möchtest du mir irgendetwas erklären?«

Sekundenlang blieb Florian reglos stehen. Dann schüttelte er heftig seinen Kopf. »Du glaubst doch nicht, dass das Baby von mir ist? Was denkst du denn …?«

Jessica fiel ihm wütend ins Wort. »Erinnerst du dich an die Worte der Kräuterhexe, Florian? Sie hat von drei leiblichen Kindern gesprochen. Ist das hier dein Kind?«

»Natürlich nicht!« Er trat die letzten Stufen der Treppe hinunter und griff nach dem Umschlag auf der Anrichte. »Hast du gelesen, was drinsteht?«

»Keine Angst. Was die Frau dir schreibt, die ein Kind von dir bekommen hat, bleibt dein Geheimnis«, spuckte Jessica aus, drehte sich auf dem Absatz um und ging mit dem schreienden Baby in die Küche. »Ich glaube, sie hat Hunger. Ich vermute zumindest, dass es ein Mädchen ist.«

Wenige Minuten nach Jessica betrat auch Florian die Küche. In der Hand hielt er einen Brief und den Umschlag. Jessica saß am Küchentisch. Sie gab dem kleinen Mädchen eine Flasche. Als sie ihn sah, wies sie auf den Stuhl gegenüber ihrem.

»Entschuldige bitte, Florian. Ich hätte nicht unhinterfragt davon ausgehen dürfen, dass die Kleine dein Kind ist. Was steht in dem Brief?«

Er setzte sich und seufzte. Dann las er ihr die wenigen Zeilen vor.

»Ich werde in dem Brief direkt angesprochen. Die Frau, wer auch immer es ist, muss mich kennen. Ich habe keine Ahnung, wer die Mutter sein kann.«

»Nicht nur das«, sagte Jessica und lächelte endlich wieder, denn das Kind hatte sich beruhigt und sah sie satt und zufrieden an. »Die Mutter muss dich nicht nur kennen, sondern dir auch vertrauen. Welche Mutter gibt ihr Kind einem Fremden? Du bist doch ein Fremder für diese Frau, oder?«

Seine Antwort war ein vorwurfsvoller Blick und ein abfälliges Murren.

»Und was machen wir jetzt mit der Kleinen?«, fragte Florian und berührte vorsichtig mit zwei Fingern das zierliche nackte Ärmchen des Babys.

»Ich nehme sie mit auf die Wache und verständige das Jugendamt. Dann versuche ich, die Identität des Kindes zu ermitteln. Mehr können wir nicht tun. Hast du wirklich keine Ahnung, wer die Mutter ist?«

Florian zuckte mit den Schultern, stützte seine Ellenbogen auf die Tischplatte und vergrub sein Gesicht in den Händen. »Ich weiß es nicht«, flüsterte er in seine Handflächen. Kurz darauf erhob er sich abrupt, drehte sich um und verließ die Küche.

9

Gestern Abend hatte er in der Rechtsmedizin niemanden mehr erreicht. Der zuständige Rechtsmediziner, der die Obduktion des weiblichen Suizidopfers vorgenommen hatte, war zurzeit im Urlaub, deshalb hinterließ Florian seinem Freund Ewe eine Nachricht und fuhr gegen Mittag des folgenden Tages erneut zum Gebäude der KTU und Rechtsmedizinischen Abteilung.

»Hast du dir die Untersuchungsergebnisse der toten Frau aus der Akte angesehen?« Florian setzte sich ungefragt an den Schreibtisch seines Freundes und sah ihn erwartungsvoll an. »Ich will nur wissen, ob dein Kollege etwas übersehen hat.«

»Zuallererst möchte ich betonen, dass mein Kollege Lugner ein ausgezeichneter Rechtsmediziner ist«, bemerkte Erwin Buchmann streng, dann rieb er sich mit dem Zeigefinger über den Nasenrücken. »Deshalb verstehe ich auch nicht, warum er derartig schnell zu dem Schluss gekommen ist, dass es sich um einen Suizid handelt.« Er rief die Fallakte am Computer auf und drehte den Bildschirm zu Florian. »Silke Bösche, die Tote, hatte Benzodiazepin in hoher, aber nicht tödlicher Dosierung im Blut. Das ist Hauptbestandteil vieler Schlafmittel. Todesursache war Wasser in der Lunge. Daran ist sie erstickt.«

»Ja, klar. Man hat ihre Leiche in der Badewanne gefunden. Sie wird eingeschlafen sein, untergetaucht und …«

»Aber hast du dir die Fotos angesehen?« Ewe rief die Tatortfotos der Spurensicherung auf. »Der Kopf ist oberhalb der Wasseroberfläche, der Arm hängt über den Rand der Wanne.«

Florian kannte die Bilder. »Ich habe vermutet, dass die Ersthelfer sie aus dem Wasser gezogen haben, um ihr eventuell das Leben retten zu können. Das war selbstverständlich zu spät. Sie war zu dem Zeitpunkt bereits seit drei Tagen tot.«

»Eben«, sagte Ewe und nickte. »Ihr Kopf war nicht unter Wasser. Die Gesichtshaut war nicht aufgedunsen wie der Rest des Körpers, der tagelang im Badewasser gelegen hatte. Das Haar war trocken. Auch der Arm lag seit dem Todeszeitpunkt genau so da. Die Leichenflecken belegen das.«

»Dann ist sie doch an den Tabletten gestorben?«

»Nein, sie ist ertrunken.« Ewe drehte den Bildschirm wieder in seine Ausgangsposition und griff nach einem Dokument auf dem Ablagestapel am Rand seines Schreibtisches. »Die Laboruntersuchungen des Wassers in ihrer Lunge belegen eindeutig, dass es nicht dieselbe chemische und biologische Zusammensetzung aufweist wie das Leitungswasser in der Wanne.«

»Aha. Ist sie woanders ertrunken beziehungsweise ertränkt und später in der Wanne drapiert worden?«

»Das kann ich nicht bestätigen. Dazu fehlen mir die Daten.«

Als eine junge Laborassistentin das Büro betrat, stand Erwin auf, ging ihr entgegen und nahm ihr den Umschlag ab, den sie ihm reichte.

»Sind das die Ergebnisse der DNA-Analyse?«

Sie bestätigte die Frage mit einem Nicken, grüßte Florian höflich und ließ die beiden wieder allein.

»Wir gehen also von Mord aus.« Florian dachte angestrengt nach. »Kannst du aus der Zusammensetzung des

Fremdwassers irgendetwas schließen, Ewe? Und meinst du, wenn der Täter sie derart in Szene gesetzt hat, dass es etwas mit dem imposanten Drachentattoo zu tun hat, das die junge Frau auf dem Arm trägt?«

»Ist das der Grund, warum ich den Fall noch einmal bewerten sollte? Das Drachentattoo?« Ewe setzte sich an seinen Schreibtisch und öffnete den Umschlag.

Florian nickte. »Es gibt da eine Allgäuer Sage von einem Drachen, der im Seealpsee lebt. Kann das Wasser aus der Lunge des Opfers aus diesem Bergsee stammen?«

»Die Untersuchungen haben sowohl Grün- als auch Kiesel- und Goldalgenarten nachgewiesen. Es handelt sich um ein Gewässer mit geringem Nährstoffgehalt, was typisch für einen Bergsee wäre. Allerdings könnte man vermutlich nicht konkret zuordnen, um welchen See es sich handelt, wenn man es mit einer aktuellen Wasserprobe vergleicht. Die Zusammensetzung ist im Laufe des Jahres stets im Wandel und abhängig von Temperatur und Wetterlage. Aber was fragst du da mich?« Ewe lachte, verstummte jedoch, als er die DNA-Ergebnisse aus dem Umschlag betrachtete. Er sah auf und blickte seinen Freund misstrauisch an.

Florian bemerkte Ewes Stimmungsänderung nicht. »Du meinst, ein Experte für … für Wasseranalysen könnte mir weiterhelfen?«

»Vermutlich«, sagte Ewe abwesend, legte das bedruckte Papier ab, stützte die Ellenbogen auf die Tischplatte und faltete die Hände wie zu einem Gebet.

»Gut, dann verschwinde ich jetzt. Berthold wird für mich herausfinden, an wen ich mich wenden muss. Danke, Ewe.« Florian erhob sich und ging zur Tür. »Der Verdacht erhärtet sich, dass es sich um denselben Mörder handelt wie bei meinem aktuellen Fall. Es ist mir allerdings schleierhaft, wie ich ermitteln soll, um wen es geht.«

»Warte, Flo. Ich habe hier die Ergebnisse der DNA-Probe des Säuglings, der vor deiner Tür abgelegt wurde. Jessica hat sie dem Labor in der Früh übergeben.«

»Gut.« Florian blieb in der Tür stehen. »Dann ist endlich klar, dass ich nicht mit der Kleinen verwandt bin. Schicke die Ergebnisse bitte Jessica. Sie traut mir nicht ganz über den Weg.« Er grinste breit.

»Doch, das bist du!« Ewe verzog keine Miene.

Florian vermutete, sein Freund wolle ihn veräppeln. Das Lachen blieb ihm allerdings im Hals stecken, als Ewe seine Antwort in ernstem Ton wiederholte.

»Du bist mit dem kleinen Mädchen verwandt, Florian. Willst du das deiner Frau lieber selbst erklären?«

10

»In der Notrufzentrale ist heute Nacht ein merkwürdiger Anruf eingegangen«, überfiel Kommissar Berthold Willig seinen Vorgesetzten, der etwas kopflos und ohne Gruß in das gemeinsame Büro trat, vor dem alten Bürostuhl stehen blieb, sich aber nicht setzte. Stattdessen starrte er auf das Telefon.

»Alles okay, Chef? Hast du gehört, was ich gesagt habe?« Berthold ging zu ihm hinüber und hielt ihm den Ausdruck eines schriftlich verfassten Gesprächsmitschnittes unter die Nase. »Ich dachte, das wäre wichtig. Die Info habe ich von einem Kumpel, der diese Nacht Dienst hatte und den Notruf entgegengenommen hat.« Obwohl Berthold den Eindruck hatte, sein Chef würde nicht richtig zuhören, redete er ununterbrochen weiter. Ein paar seiner Worte würden schon zu Florian durchdringen. Er erklärte ihm, dass mehrere Notrufe zeitgleich aus Haushalten in und bei Oberstdorf eingegangen waren, die alle ein leuchtendes – manche behaupteten sogar ein brennendes – Pferd gesehen haben wollten. Das Tier sei laut wiehernd einen Bergpfad hinaufgaloppiert. »Ich hatte meinem Kumpel aus der Notrufzentrale von deiner Theorie des Sagenmörders erzählt, deshalb hat er …«

»Sagenmörder?« Florian fuhr wütend herum. »Himmel, Berthold. Was wir hier besprechen und ermitteln, geht niemanden außerhalb dieses Büros etwas an. Das kommt nicht noch einmal vor! Hast du mich verstanden?«

Berthold sah betreten zu Boden und nickte. »Entschuldigung, Chef.«

»Und ›Sagenmörder‹ ist ein ziemlich dämlicher Begriff. Lass uns dabei bleiben, ihn ›Täter‹ zu nennen. Oder ›Täterin‹«, fügte Florian hinzu.

»Alles klar. Aber die Info meines Kumpels ist nicht ganz unwichtig. Er meinte, es gebe eine Sage, in der ein Mann auf einem brennenden Pferd reitet.«

Florian ging um den Schreibtisch herum und klopfte dem jungen Kollegen freundschaftlich auf die Schulter. »Ach ja? Gute Arbeit, Berthold. Wir werden der Sache nachgehen. Kannst du herausbekommen, ob jemand ein Pferd gefunden hat, wo es nicht hingehört? Wenn es keine Massenhalluzination war, dann muss an den Meldungen etwas dran sein. Vermisst vielleicht ein Landwirt oder ein Reitstallbesitzer eins seiner Tiere?«

»Ich mach mich sofort an die Arbeit, Chef.« Berthold strahlte.

Es dauerte keine halbe Stunde, bis Berthold seinem Vorgesetzten die gewünschten Daten übermittelte. Auf einem Hof im Unterallgäu war gestern in den frühen Morgenstunden der Diebstahl eines edlen, fuchsfarbenen Hengstes gemeldet worden. Die hinzugerufenen Beamten hatten in der Umgebung des Reitstalles aber weder Spuren noch Zeugen gefunden, die hilfreiche Aussagen zu dem Verschwinden liefern konnten.

Florian entschied sich, den Hinweisen dieses leuchtenden Pferdes nachzugehen, und betrat am frühen Nachmittag die Büroräume der Bergwacht in Oberstdorf, nachdem die Beamten der Oberstdorfer Dienststelle ihn dorthin verwiesen hatten. Sollte es sich um dasselbe Tier handeln, lagen der Ort des Diebstahls und die nächtlichen Sichtungen gut 70 Kilometer und fast 24 Stunden auseinander.

»Wir haben das Pferd gefunden«, bestätigte ihm ein älterer Kollege, als Florian sich vorgestellt und sein Anliegen vorgebracht hatte. »Der Bergführer Rudloff fährt gleich hoch nach Gerstruben. Die Wirtsleute des Berggasthofs haben den Fuchshengst vor ein paar Stunden gemeldet. Sie können Rudloff begleiten, Herr Hauptkommissar Forster. Aber Ihr Auto lassen Sie besser hier stehen. Oben in Gerstruben wird zum Parken nicht mehr viel Platz sein, weil ein Streifenwagen und der hinzugerufene Veterinär bereits dort sind. Außerdem erwarten wir den Besitzer samt Pferdehänger, um das erschöpfte Tier abzuholen.«

Wenige Minuten später saß Florian auf dem Sozius eines orangen Quads hinter dem Bergführer Mick Rudloff und unterhielt sich mit ihm über die in den Helmen integrierte Funksprechvorrichtung. Rudloff gab Gas, als sie den nur leicht ansteigenden Weg am Golfplatz und an Kuhweiden vorbeigefahren waren und der steile Anstieg über eine asphaltierte Straße begann. An der Wegkreuzung passierten sie eine Polizeistreife, die Wanderer und Besucher des historischen Dorfes zur Umkehr überredeten. Dort oben konnten sie Touristen heute nicht gebrauchen.

»Ist das der einzige Zugang nach Gerstruben?« Florian hielt sich krampfhaft am hinteren Gestänge des Sitzes fest und musste in den scharfen Kurven des Pfades, der sich in Serpentinen den Berg hinaufschlängelte, die Augen schließen. Der Bergführer dachte gar nicht daran, die Geschwindigkeit zu drosseln, obwohl der Abgrund neben dem Asphalt erschreckend tief war.

»Der einzige befahrbare Zugang«, antwortete Rudloff. »Über einen Wanderweg von Oberstdorf an der Trettach entlang kommt man ebenfalls hin. Oder durch den Hölltobel.«

»Dann kann das Pferd auch über einen Wanderweg hinaufgebracht worden sein?« Als das Quad in einer weiteren Kurve dem Abgrund gefährlich nahe kam, stieß Florian ein entsetztes »Himmelherrgott« aus und kniff die Augen fest zusammen.

Von vorn kam ein amüsiertes Lachen. »Schon gut, ich fahre etwas langsamer.« Rudloff ging merklich vom Gas. »Den Weg an der Trettach kann das Pferd nicht genommen haben. Beim Weiler Dietersberg beginnt die Gerstruber Steige. Der Aufstieg ist mühsam. Auch der Hölltobel ist für ein Pferd nicht zu überwinden, denke ich. Allein die letzten Meter sind extrem steil. Meiner Meinung nach ist das Tier über die Straße nach oben gekommen. Das belegen auch die Zeugenaussagen der diversen Sichtungen.«

Kurz darauf erreichten sie das Bergdorf.

Auf dem kleinen Platz vor der Gastwirtschaft, dem einzigen Gebäude, das bewohnt war, standen vier Fahrzeuge und ein großer Pferdehänger. Die Autos blockierten den gesamten Bereich. Der Bergführer lenkte sein Quad deshalb auf die Wiese vor der mit bunten Sonnenschirmen dekorierten Terrasse des Wirtshauses. Die asphaltierte Straße endete hier und ging nahtlos in einen breiten Schotterweg über.

»Wir müssen um dieses alte Hofgebäude herum.« Nach einer ausgiebigen Begrüßung und einer kurzen Info über die aktuelle Faktenlage führte der anwesende Polizeibeamte der Oberstdorfer Wache Hauptkommissar Forster an der Schattenseite des über sechs Meter hohen Hauses vorbei.

Als sie hinter der Häuserecke in die Sonne traten, fiel Florian Forsters erster Blick auf eine kleine Kapelle am Wegrand und die beeindruckende Bergkette mit dem imposanten Höfats am Horizont. Gleich hinter der Kapelle fiel der grasbewachsene Hang steil ab. Von hier aus wirkte das Dietersbachtal, ein westlicher Ausläufer des Trettachtals, tief und unüberwindbar.

Das Pferd stand auf einer überdachten Veranda an der Stirnseite des Hofes. Das Geländer war mit üppig blühenden Pflanzen in hölzernen Blumenkästen behangen. Ein großes Schild an der Wand hinter dem Tier wies das Gebäude als ehemalige Jagdhütte aus. Eine junge Frau tätschelte behutsam den Kopf des völlig erschöpften Hengstes und redete beruhigend auf ihn ein. Der Mann daneben, der mit einem Stethoskop die Herztöne des Tieres überprüfte, musste der Veterinär sein.

»Wie geht es ihm?« Florian blieb gute zwei Meter neben dem mächtigen Pferdekörper stehen. Das Fell triefte vor Schweiß, und Rinnsale gelber und oranger Farbe liefen über Hals und Bauch und tropften auf die Holzdielen der Veranda. Es sah aus, als würde die fuchsrote Farbe aus dem Fell des Hengstes gewaschen. Doch die herablaufende, dickflüssige Masse war fluoreszierend. Die grelle Farbe leuchtete sogar hier auf der schattigen Terrasse bei Tag.

»Erstaunlich gut.« Der Veterinär drehte sich zum Hauptkommissar um und streckte ihm die Hand entgegen. »Mein Name ist Ringleitner. Ich bin beim Oberallgäuer Veterinäramt beschäftigt.«

»Unser Thunder ist in guter körperlicher Verfassung«, mischte sich die junge Frau in das Gespräch ein. »Ich nehme mit ihm an Distanzrennen teil. Wir trainieren seit Wochen fleißig für die nächste Meisterschaft.« Sie schmiegte sich, ungeachtet der leuchtenden Farbe, an den feuchten Pferdehals und strich ihrem Hengst liebevoll über die Mähne. »Ich dachte schon, jemand hätte ihn gestohlen, um die Teilnahme am Wettkampf zu verhindern. Im letzten Jahr haben wir zwei nämlich gewonnen.«

»Ein normales Reitpferd wäre im Galopp wohl kaum über diese mühsame Etappe gekommen. Es wäre hier oben vor Erschöpfung zusammengebrochen. Ohne sofortige Hilfe wäre so ein Tier in Lebensgefahr. Doch bei Thunder sind Atmung, Kreislauf und metabolischer Zustand gut. Auch die Gangart habe ich überprüft. Das Pferd hat sich keinerlei Verletzungen zugezogen und muss sich nur ein paar Tage erholen.«

»Hauptkommissar Forster?« Ein bärtiger Mann in weißem Schutzanzug kam auf Florian zu und hielt eine ganze Sammlung an Beweismitteltüten in unterschiedlichen Größen in die Höhe. »Man sagte mir, Sie seien zuständig und würden die Untersuchung des Falles leiten.«

Der Oberstdorfer Beamte, der Florian zur Terrasse geführt hatte und neben ihm stand, grinste breit und nickte. Der Polizist war vermutlich froh, die Verantwortung abgeben zu können. Ein derartiger Vorfall bedeutete meist nichts als Bürokratie und jede Menge Papierkram. Ein paar Zeugenaussagen mussten aufgenommen, die Rückführung des gestohlenen Tieres eingeleitet und quittiert werden. Dann begann die Suche nach dem Täter, die vermutlich abrupt endete, sobald die Polizei die Farbe nicht eindeutig einem Käufer in einem x-beliebigen Baumarkt zuordnen konnte. Verwertbare Spuren beim Pferdehof gab es schließlich auch nicht.

Welchen Sinn hatte diese Aktion gehabt? War das Pferd, dessen Bemalung mit fluoreszierender Farbe ihm eventuell ein feuriges Aussehen geben sollte, Symbol für etwas Größeres? Eine Andeutung? Was bezweckte der Pferdedieb mit einem Tier, das scheinbar brennend durch Oberstdorf lief? So hatten es zumindest einige der nächtlichen Anrufer in der Notfallzentrale beschrieben.

Hatte Berthold mit seiner Vermutung heute in der Früh recht, es könne sich um die Sage mit dem brennenden Pferd handeln, die hier imitiert wurde? Doch wo war der dazugehörige Reiter? In der Sage wurde das Pferd von einem Mann geritten.

»Würde so ein Tier allein den steilen Abhang hinaufgaloppieren, oder hätte es durch einen Reiter angetrieben werden müssen?« Florian sah sich um, blickte aber ausnahmslos in fragende Gesichter.

Schließlich räusperte sich der bärtige Mann, der die Spuren gesichert hatte. »Ähm, wir haben dem Hengst einen Sattel abgenommen, der – laut Aussage der Besitzerin – nicht derjenige des Pferdes ist und ihm auch nicht gut passte. Der Westernsattel liegt im Kofferraum unseres Dienstwagens. Es könnte Blut daran sein.«

»Wie bitte?« Florian schüttelte fassungslos den Kopf. »Blut? Menschliches Blut? Haben Sie das nicht überprüft?«

»Herrje, ich bin ein ganz normaler Polizeibeamter. Die Spurensicherung rückt doch nicht wegen eines vermissten Tieres aus. Woher soll ich wissen, ob das Blut ist oder auch nur Farbe? Glauben Sie, ich habe ständig eine Sprühflasche mit Luminol dabei?«, versuchte sich der Bärtige zu verteidigen, kramte eine der größeren Beweismitteltüten heraus und reichte sie dem Hauptkommissar. »Ich habe mir alle Mühe gegeben, die Beweise ordnungsgemäß zu sichern. Hier, dieser Schuh hing an einem der Steigbügel.«

»Herrgott! Da ist ja auch Blut dran!« Florian riss die Tüte an sich und starrte auf den hellbraunen Sneaker in Größe 45. »Wir müssen den Mann suchen, dem dieser Schuh gehört. Vermutlich saß er auf dem Hengst.«

11

Nachdem mehrere angeforderte Beamte und alle Einsatzkräfte der Oberstdorfer Bergrettung den Weg zum historischen Bergbauernhof Gerstruben vergeblich abgesucht hatten, wollte Florian die ganze Aktion abbrechen. Vielleicht waren die Spuren am Schuh und am Sattel, die sich tatsächlich als menschliches Blut entpuppt hatten, genau wie das Pferd selbst Teil einer perfiden Inszenierung? Vielleicht sollten sie nur glauben, ein Reiter hätte auf dem Tier gesessen?

Auch die drei Hundeführer mit den belgischen Schäferhunden fanden niemanden.

Schließlich brachte der Betreiber des Gasthofes, von wo aus Hauptkommissar Forster den Einsatz koordinierte, den entscheidenden Hinweis.

»Ich frage mich«, sinnierte der Mann, »warum der Reiter zu uns heraufreitet, wenn er die Sage des Reiters auf dem feurigen Ross imitieren will. Der Sage nach konnte man den Reiter immer nur an der Sölleralpe sehen. Am Söllereck soll einst ein Mann ein Pferd dermaßen gequält haben, dass es zu Tode kam. Es blieb zwischen zwei Felsen stecken und verendete jämmerlich. Der Mann musste nach seinem Tod so lange auf dem feurigen Ross reiten, bis seine Erben Buße taten und seinen Geist befreiten. Auf der Sölleralpe erzählt man den Touristen gern davon.«

»Auf der Sölleralpe?« Plötzlich erkannte Florian seinen Fehler. Er suchte an der falschen Stelle. Er hätte die anwesenden Personen gleich nach der Sage fragen sollen. Dem Täter war der Bezug zur Allgäuer Sagenwelt sehr wichtig. Bei der Fahndung nach ihm musste Florian so dicht wie möglich an den überlieferten Sagen bleiben, um die Spur nicht zu verlieren. Er ordnete an, die Suche in dem Seitental fortzusetzen, das hinter der Bergkette lag, die man von der kleinen Kapelle aus sehen konnte. Über dieses Tal kam man von Oberstdorf zur Sölleralpe.

Als sie den Mann am späten Nachmittag endlich fanden, war er laut des anwesenden Rechtsmediziners erst seit ein paar Stunden tot. Er trug nur einen Schuh. Einen hellbraunen Sneaker. Während die ersten Anrufe der besorgten Oberstdorfer Anwohner ein leuchtendes Pferd gemeldet und während sie alle oben in Gerstruben nach Hinweisen gesucht hatten, hatte der Mann vermutlich noch gelebt.

Ob er hätte gerettet werden können, wenn sie ihn rechtzeitig gefunden hätten, war dennoch fraglich. Der Oberkörper des Toten steckte in einem engen Spalt eines großen Felsens etwas abseits des Wegrandes und dadurch außer Sicht vorbeikommender Wanderer. Ein paar niedrige Büsche verbargen den Mann perfekt. Der Felsspalt war so schmal, dass beim Hineindrücken des Körpers mehrere Rippen gebrochen waren, die die Lunge perforiert hatten. Die grausige Szenerie, die die Beamten vorfanden, stellte exakt die Allgäuer Sage nach – nur dass in diesem Fall nicht das Pferd, sondern der Reiter in der Spalte steckte und erbarmungslos dem Tod ausgeliefert war. Florian war sich deshalb sicher, dass der übel zugerichtete Mann nicht der Täter sein konnte. Seine Verletzungen hatte er sich nicht selbst zugefügt, und das Tier hatte er sicher auch nicht freiwillig den Hang hinaufgetrieben.

Der Rechtsmediziner hatte außerdem eine Stichverletzung in der Seite des Opfers festgestellt, die die Lunge ebenfalls verletzt hatte und einige Stunden älter war als die Brüche und die frischen Hautabschürfungen an Oberkörper und Armen. Rettende Maßnahmen und Medikamente hätten sein Leben vermutlich um ein paar Stunden verlängert, doch der Rechtsmediziner behauptete, der Mann wäre auch dann nicht mehr zu Bewusstsein gekommen und mit größter Wahrscheinlichkeit vor dem Eintreffen in einer Klinik verstorben. Die inneren Verletzungen waren bei dieser Art von Rippenquetschung zu gravierend.

Das war natürlich nur eine grobe Einschätzung. Der genaue Bericht aus der Rechtsmedizin würde frühestens in zwei Tagen vorliegen. Es galt also, einen weiteren Mordfall aufzuklären.

Florian Forster schob sein Smartphone in die Hosentasche und seufzte.

Die Sonne am Horizont stand schon sehr tief. Die Schatten der wenigen Beamten, die noch anwesend waren, waren lang und vermischten sich mit der aufkommenden Dunkelheit der Umgebung.

Der Täter führte ihn vor.

Er folgte einem klaren Bild, handelte durchdacht und effektiv. Trotzdem war dieser Mord unlogisch und barg viele Unwägbarkeiten, die man unmöglich vorausplanen konnte. Woher sollte der Mörder wissen, dass ausgerechnet Hauptkommissar Forster hier auftauchte? Florians Blick fiel auf den gespaltenen Felsen. Es ging um ihn, Florian Forster. Die mit fluoreszierender Farbe geschriebene Botschaft war eindeutig. Auf jede Hälfte des Felsens waren zwei Worte geschrieben:

Forsters Wahrheit

Forsters Lüge

*

Das Gewerbegebiet am nördlichen Stadtrand von Kempten wirkte um diese Uhrzeit verlassen. Auf den großen Parkplätzen vor den Betrieben und Industriehallen standen nur wenige Autos. Die Fenster der Büroräume waren allesamt dunkel. Vereinzelt hörte man hinter dicken Fabrikmauern Maschinen brummen, und zum Schichtwechsel fuhr hier und da ein Auto durch die tagsüber so viel befahrenen Straßen. Vor 4 Uhr in der Früh änderte sich dieser Zustand nicht. Dann kamen die ersten Lkws, um Waren anzuliefern oder abzuholen.

Er sah auf das Display seines Smartphones und schlug die Tür des Dienstwagens zu. Es war kurz vor Mitternacht.

»Hauptkommissar Forster?« Jemand hatte die Glastür am Eingang des Verlagshauses geöffnet, hielt sie mit der einen Hand fest und winkte mit der anderen. »Kommen Sie bitte herein!«

Vor knapp zwei Stunden hatten seine Kollegen im Kemptener Präsidium die Identität des Toten festgestellt. Das war Glück gewesen, denn die internen Daten hatten beim Abgleich des Fotos, das ihnen vom Gesicht des Toten vorlag, keine Hinweise ergeben. Doch einer der Beamten hatte den Mann erkannt. Es handelte sich um einen Redakteur der hiesigen Tageszeitung, der oft auf angesetzten Pressekonferenzen gewesen war und über Ermittlungsergebnisse berichtet hatte. Sein Name war Patrick Vogler.

Nun durchkämmten einige Beamte der Spurensicherung das Haus des Ermordeten und suchten nach einer Verbindung zu einem möglichen Täter. Ein Redakteur der heutigen Nachtschicht hatte auf dem Anrufbeantworter des Toten eine Nachricht hinterlassen und nach seinem Verbleib gefragt, weshalb Florian zur Arbeitsstelle von Herrn Vogler gefahren war.

»Ich befürchte das Schlimmste, wenn die Kriminalpolizei kommt!« Der Mann, der Florian empfing, stellte sich als David Rosshaupten vor und wies auf die Treppe. »Wir müssen in den ersten Stock.«

Auf dem Weg nach oben schwieg Florian, und Rosshaupten wandte sich erneut an ihn. »Ist Patrick tot? Bitte sagen Sie mir, was passiert ist, Herr Hauptkommissar Forster. Die Kripo kommt doch nicht ohne triftigen Grund mitten in der Nacht in die Redaktion.«

Sie betraten ein Büro.

»Dazu darf ich Ihnen keine Auskunft geben, aber ich muss Ihnen leider mitteilen, dass Patrick Vogler tot aufgefunden wurde.«

»Oh Gott!« David Rosshaupten ließ sich auf einen der Sessel fallen, die vor der Fensterfront standen, und vergrub sein Gesicht in den Händen. »Ich habe es geahnt.«

»Was haben Sie geahnt? Wurde Ihr Kollege bedroht?« Die Einladung, sich ebenfalls zu setzen, schlug Florian aus und ging stattdessen ans Fenster. Draußen konnte man dank der zahlreichen Laternen und selbstleuchtenden Werbeplakate den gesamten Parkplatz vor dem Haus sehen. »Hatte Vogler Feinde? Wann haben Sie ihn das letzte Mal gesehen?«

»Patrick und ich machen diese Woche gemeinsam die Spätschicht. Außer uns ist dann niemand mehr hier. Gestern hat er sich kurz vor mir auf den Weg nach Hause gemacht. Er wohnt in der …«

»Danke. Diese Daten habe ich schon«, unterbrach Forster, gähnte und rieb sich die Augen. Der Tag war lang gewesen, und er würde im Anschluss an dieses Gespräch noch einmal zur Dienststelle fahren müssen. Berthold, der ihm übers Telefon bereits hilfreiche Informationen hatte zukommen lassen, wartete dort auf ihn. »Gab es in den letzten Tagen und Wochen Vorkommnisse, die außergewöhnlich waren? Hat vielleicht jemand Ihrem Kollegen auf dem Parkplatz aufgelauert? Ach ja, wir haben sein Auto noch nicht gefunden. Steht es hier irgendwo?«

»Nein. Der Patrick hatte kein Auto.«

»Auf ihn ist laut unseren Daten ein grüner Mazda zugelassen.«

»Ja. Den fährt seine Frau. Sie hat sich vor etwa drei Monaten von ihm getrennt, und er hat ihr das Auto überlassen. Er fährt mit dem Fahrrad. Sind ja nur ein paar Minuten und …« Er verstummte und schwieg so lange, bis Hauptkommissar Forster sich zu ihm umdrehte und ihn fragend ansah.

»Mir fällt gerade ein, dass Patrick gestern zu Fuß nach Hause gegangen ist. Beide Reifen an seinem Fahrrad waren platt. Es steht im Archiv im Keller«, berichtete Rosshaupten.

»Also doch ein Anschlag?«

»Ich wüsste nicht, warum.« Der Redakteur zuckte mit den Schultern. »Möchten Sie das Fahrrad sehen?«

12

»Warum schläfst du auf dem Sofa? Wann bist du nach Hause gekommen?«

Als er die Augen aufschlug, sah er Jessica, die rücklings am Türrahmen lehnte und die Arme vor der Brust verschränkte.

»Ich wusste nicht …«, begann er, starrte sie dann aber nur an, ohne seinen Satz zu beenden. Er versuchte zu ergründen, ob sie sauer auf ihn war. Hatte sie bereits mit Ewe telefoniert? Doch der Ausdruck auf ihrem Gesicht verriet nichts. »Wie spät ist es?«, fragte er stattdessen.

Jessica wies seufzend mit der Hand auf die große Uhr an der Wand neben dem Fernseher. »Hast du schon mit Ewe gesprochen?«

Florian erhob sich, warf die Wolldecke, unter der er gelegen hatte, achtlos über die Lehne des Sofas, kniff die Augen kurz zusammen und atmete tief durch. »Jessy, der Test muss falsch sein. Ich schwöre, ich habe dich nicht betrogen. Ich weiß nicht, wie die im Labor darauf kommen, dass das Baby mein Kind sei.«

Zuerst hob Jessica fragend eine Augenbraue, dann presste sie die Lippen aufeinander, hielt sich zusätzlich eine Hand vor den Mund, konnte jedoch den prustenden Lachanfall nicht verhindern.

Florian war irritiert.

»Ich dachte, Ewe hätte dir den Sachverhalt erklärt«, brachte sie mühsam heraus. Sie hatte vom heftigen Lachen bereits Tränen in den Augen.

»Wieso? Hat er mich reingelegt? Ewe hat behauptet, ich sei mit dem Mädchen verwandt.«

»Klar, bist du ja auch. Musst halt mal bis zum Ende zuhören, bevor du fluchtartig den Raum verlässt«, sagte Jessica und wischte sich mit den Fingern vorsichtig die Tränen aus den Augen. »Verwandt heißt schließlich nicht, dass du der Vater bist. Dazu war die genetische Übereinstimmung nicht hoch genug.« Jessica sah, wie ihr Mann angestrengt nachdachte.

Florian starrte auf seine Hände, die er instinktiv zu Fäusten geballt hatte. »Du meinst …«

Weil er nicht weitersprach, beendete sie den Satz für ihn. »Das Kind könnte zum Beispiel deine Nichte oder …«

»Matteo«, schimpfte Florian urplötzlich. »Dieser verdammte Bastard! Den knöpfe ich mir gleich vor.«

»Warte, es könnte auch sein …«

Doch Florian war bereits auf dem Weg nach unten und stürmte aus dem Haus. Die Eingangstür fiel krachend ins Schloss.

»Herrje«, sagte Jessica und schmunzelte. »Dabei ist es draußen noch nicht einmal hell.«

Die Zeiger der großen Wanduhr standen auf 5.30 Uhr.

Eine Viertelstunde später läutete er Sturm.

Es dauerte eine gefühlte Ewigkeit, bis Franz-Xaver Lorenz ihm öffnete. Er trug einen dunkelblauen Schlafanzug. Sein Haar war ungekämmt. »Florian? Ist etwas passiert?«

»Ich will zu Matteo«, verkündete er, stieß seinen Vater rüde beiseite und ging, immer zwei Stufen auf einmal nehmend, die Treppe hinauf. Das Zimmer seines Halbbruders lag zur Straße raus. Ohne zu klopfen, öffnete er die Tür.

»Steh auf!«, befahl Florian und baute sich neben dem Bett auf, in dem Matteo müde blinzelnd zu ihm aufsah.

»Was machst du denn hier?« Matteo klang heiser und räusperte sich.

»Wie kannst du ein Mädchen schwängern und dann nicht die Verantwortung übernehmen? Da schlägst du wohl ganz deinem Vater nach, Bürschle!«

Noch immer warf Florian seinem Vater vor, seine Mutter Maria damals sitzengelassen zu haben, als sie mit ihm, Florian, schwanger gewesen war. Dabei hatte Franz-Xaver mehrfach beteuert, von Florians Existenz erst vor wenigen Jahren erfahren zu haben. Florian, der sein Leben lang gedacht hatte, er wäre Halbwaise, hatte Franz-Xaver erst vor einem Jahr kennengelernt und konnte sich mit dem Gedanken auch heute noch nicht anfreunden.

»Jetzt steh schon auf und benimm dich endlich wie ein Erwachsener! Wer ist die Mutter des Kindes?«

»Welches Kind?« Matteo war verwirrt, setzte sich im Bett auf und rieb sich mit dem Handrücken über die Augen. »Ich verstehe überhaupt nicht, was du von mir willst, Flo.«

»Jemand hat dein Kind vor meiner Haustür abgelegt. Es ist ein Mädchen, etwa drei bis vier Monate alt, sagt der Kinderarzt.«

Franz-Xaver steckte seinen Kopf durch den Türspalt. »Kann ich helfen?«

Sowohl Florian als auch Matteo ignorierten ihn.

»Wie kommst du darauf, dass das Kind von mir ist? Ich habe doch gar keine Freundin«, versuchte Matteo zu erklären, aber sein älterer Halbbruder lachte verächtlich.

»Es ist irrelevant, ob du mit der Mutter des Kindes zusammen bist oder nicht. Das Neugeborene muss deine Tochter sein, denn rein genetisch ist es mit mir verwandt.

Da kommst nur du infrage! Ansonsten habe ich nur meine Mutter, und die ist über 70!« Florian schüttelte resigniert den Kopf. »Ich möchte die Identität der Kindsmutter herausfinden. Mit wem warst du also vor ungefähr einem Jahr zusammen? Irgendwann im letzten Sommer.«

»Mit niemandem!«

»Hör auf zu lügen! Raus mit der Sprache! Ansonsten ordne ich eine Untersuchung an. Spätestens bei einer Genanalyse wird man feststellen, dass du der Vater bist.«

Matteo hielt erschrocken die Luft an. »Kann das sein?«, wollte er wissen. Seine Frage galt allerdings nicht Florian, sondern seinem Vater. Anstatt zu antworten, drehte dieser sich auf dem Absatz um und verschwand.

Irritiert sah Florian ihm nach, starrte dann seinen Halbbruder an. »Glaubst du, Franz-Xaver ist noch einmal Vater geworden?« Seine Aussage sollte scherzhaft klingen, aber er spuckte die Worte verächtlich aus. »Es kann doch nicht sein, dass der Alte immer noch so umtriebig ist.«

Matteo griff nach dem Unterarm seines Halbbruders. »Nein, Papa ist treu. Das Kind ist sicher nicht von ihm. Glaub mir, ich kenne ihn.«

»Machst du dann den Test?«, wollte Florian wissen und legte seine Hand auf Matteos.

»Ich bin definitiv nicht der Vater. Das kann nicht sein.«

»Was macht dich so sicher?«

»Ich hatte noch nie eine Freundin. Nie, nie, niemals. Verstehst du?«

13

Der kleine Gutshof mit den großen Bogenfenstern am Ende der Straße war herrschaftlich. Die Mauer, die das Grundstück zur Straße abgrenzte, war mit Efeu überwachsen, der Innenhof gepflastert.

Das große, aus rotem Backstein gemauerte Tor mit dem steinernen Ziegenkopf mittig über dem Durchgang wirkte wie der Einlass zu einer anderen Welt. Haus, Hof und Mauer waren über 100 Jahre alt, aber sehr gut erhalten. Auch das moderne Nebengebäude, in dem sich die Maschinen und Lager für die Käseherstellung befanden, fügte sich tadellos in das Gesamtbild ein.

Klarissa Jacobi war jedes Mal aufs Neue beeindruckt von dem schönen Anwesen.

»Griaß di, Anton. Ist deine Frau da?« Sie ging über den Hof auf das Nebengebäude zu, in dem sie die Gesuchte vermutete.

»Birgit ist unterwegs. Du musst schon mit mir vorliebnehmen. Komm herein.« Anton Feldgruber, der Besitzer des Hofes und Betreiber der Käserei, drängte sich an Klarissa vorbei, öffnete die Tür zum Hofladen und bat seinen Gast, einzutreten. »Wie immer?«

»Ja, Milch und ein Stück von dem lang gereiften Käse, bitte.« Sie reichte Anton die mitgebrachte Kanne. »Leder bekomme ich bei dir ja nicht mehr.«

Anton Feldgruber hielt kurz inne und blickte Klarissa vorwurfsvoll an. »Dieses Thema hatten wir schon öfter. Warum reitest du immer wieder darauf herum?« Seit er die Leitung des Hofs vor zwölf Jahren von seinem Vater übernommen hatte, wurden die neugeborenen und für die Milchproduktion nutzlosen Böcke an einen ortsansässigen Schlachter verkauft. Sein Vater, sein Groß- und Urgroßvater hatten die erst drei Monate alten männlichen Jungtiere direkt vor Ort eigenhändig geschlachtet. Das war heutzutage aus Tierschutz- und Hygienegründen nicht mehr zulässig, was seinen Vater Bartholomäus nicht davon abgehalten hatte, diese Prozedur bis zu seinem Tod vor ein paar Monaten mit einigen wenigen Tieren fortzuführen.

»Schau.« Klarissa hielt die Umhängetasche, die sie über ihrer Schulter trug, in die Höhe und präsentierte ihm das gescheckte Fell der Frontseite. »Das ist vom letzten Sündenbock, den Bartholomäus geopfert hat. Ich halte sie in Ehren. Nun fehlt mir das Material für meine Beutel, Buchumschläge und Geldbörsen«, jammerte die Kräuterfrau. »Überlege es dir doch noch einmal. Geschadet hat es schließlich nicht«, versuchte Klarissa erneut, ihn zu überreden.

»An den ganzen Mist von wegen Opfergabe und Bereinigung der Sünden habe ich nie geglaubt«, grummelte Feldgruber genervt. »Wenn man sündigt, muss man dafür geradestehen. Oder sich in der Kirche in einen Beichtstuhl setzen.«

»Dein Vater – Gott hab ihn selig – war ein weiser Mann mit einem klaren Verstand bis ins hohe Alter. Meinst du nicht, in seinem Denken und Handeln steckte auch ein Fünkchen Wahrheit? Immerhin ist er bis zu seinem Tod niemals ernsthaft krank gewesen. Der Hof und euer Betrieb haben sich hervorragend entwickelt. Ihr habt ein gutes Auskommen, oder?«

Anton nickte.

»Wie alt ist Bartholomäus geworden?« Sie nahm Anton die Milchkanne ab und schob sie in ihre Ledertasche.

»91. Ja, das ist ein schönes Alter«, stimmte er Klarissa zu und reichte ihr den Käse. »Leider hat ihm der letzte Sündenbock wohl kein Glück gebracht. Drei Wochen nach der Tötung des Kitzes ist er die Treppe in unserem Wohnhaus hinuntergefallen und hat sich das Genick gebrochen. Mit ihm ist diese unsägliche Tradition gestorben. Sosehr er mir fehlt, dafür bin ich dankbar.« Der Sarkasmus in seinen Worten war nicht zu überhören. Er lächelte etwas schief und kam hinter dem Verkaufstresen hervor. »Wenn du mir versprichst, dass weder mein Vater noch irgendeiner der geopferten Sündenböcke jemals wieder zum Thema werden, dann geht die heutige Ware aufs Haus. Ich wünsche dir einen schönen Tag, Klarissa.«

»Danke, Anton. Liebe Grüße an deine Frau. Wir sehen uns nächste Woche.« Sie verließ den Hofladen.

*

Über eine Stunde hatte sie vergeblich auf ihn gewartet.

Hier oben am Hang des Berges war der Blick über den Ort und die unendliche Weite bis zum Horizont atemberaubend. Doch weder die Wärme des ausklingenden Herbsttages noch der süßliche Duft der Kiefern und des herabgefallenen Laubes oder die milde Luft entlockten ihr ein Lächeln. Die zahlreichen Glühwürmchen, die mit den Lichtern der Häuser in Oberstdorf um die Wette strahlten, beeindruckten sie nicht. Sie fühlte sich so einsam wie schon lange nicht mehr.

Warum war er nicht gekommen?

Immer und immer wieder hatte er um ein Treffen gebettelt, und sie hatte ihn vertröstet, hatte die Arbeit und erfundene Termine vorgeschoben, da sie seinen Beteuerungen nicht geglaubt hatte. Es war unmöglich, sie zu lieben, zu begehren oder auch nur aus tiefstem Herzen zu mögen. Genau das bewies jetzt sein Fernbleiben.

Morgen würde er ihr sagen, dass alles ein Scherz gewesen sei, dass er mit ihr gespielt habe wie mit einem dummen Kind.

Bevor sie ihren Aussichtspunkt am Schattenberg verließ und ins Tal hinabstieg, fiel ihr Blick auf das imposante Nebelhorn und streifte anschließend über den kristallklaren Seealpsee. Der lag nicht weit entfernt und war zu Fuß schnell zu erreichen. Der Sage nach hauste ein gefährlicher Drache darin, der Unheil, Leid und Tod über Oberstdorf brächte, wenn er eines Tages die Felswand durchstoßen und dem Wasser des Sees freien Lauf ins Tal bescheren würde. Jedes Oberstdorfer Kind kannte diese Geschichte, doch nur sie hatte das Gefühl, den tieferen Sinn zu begreifen. Es war unmöglich, den Drachen, die Bedrohung, auf Dauer zu besänftigen.

Irgendwann musste man sich dem Schicksal fügen.

Irgendwann fehlte die Kraft für Widerstand, fehlte die Hoffnung auf ein Leben in grenzenlosem Glück.

14

Die Unterlagen aus dem Büro des ermordeten Journalisten waren heute in der Früh angekommen. Jessica, die nichts weiter zu tun hatte, als einen unbedeutenden Fall nächtlicher Ruhestörung zu archivieren und im entsprechenden Ordner abzulegen, entschloss sich kurzerhand, ihren Drehstuhl die Treppe hinaufzutragen und sich neben Berthold an seinen Schreibtisch zu setzen. Sie wollte bei der Untersuchung des Mordfalls helfen. Solange Dienststellenleiter Götze ihre Abwesenheit unten nicht bemerkte, konnte sie hier im Büro von Florian und Berthold viel wichtigeren Dingen nachgehen als Ruhestörungen, vermissten Haustieren und Sachbeschädigungen wie mit Graffiti beschmierte Hauswände.

Während Berthold an seinem PC die elektronisch übermittelten Berichte des Redakteurs der letzten Wochen durchlas, suchte Jessica nach Hinweisen in den handschriftlichen Notizen des ermordeten Mannes. Auch den Terminkalender hatten die Beamten sichergestellt.

Der Bericht der Spurensicherung lag ihnen bereits vor, nicht aber die Daten aus der Rechtsmedizin. Noch in der Nacht hatte man in einem Seitenweg nahe des Industriegebietes den möglichen Tatort des Überfalls gefunden. Florian hatte den Bereich durchforsten lassen, nachdem er festgestellt hatte, dass die Reifen des Fahrrads mutwillig – vermutlich mit einem Messer – aufgeschlitzt worden waren. Das spätere Mordopfer war gezwungen gewesen, den Weg nach Hause zu Fuß anzutreten. Sichergestelltes

Blut und Erbrochenes mussten allerdings noch auf DNA untersucht werden. Da bisher kein möglicher Täter ermittelt werden konnte, war ein Abgleich der Proben zurzeit nur mit dem Opfer möglich. Doch schon jetzt ging jeder Beamte davon aus, dass sie die Stelle des Überfalls gefunden hatten.

»Der Täter muss mobil sein«, schloss Florian, als er eine halbe Stunde nach Jessica sein Büro betrat und kurz grüßend nickte. »Erstens muss der Fuchshengst in einem Hänger transportiert worden sein, und zweitens liegen der Ort des Angriffs auf das Opfer und der spätere Ablageplatz kilometerweit auseinander. Wenn wir wenigstens einen Verdacht hätten, dann könnten wir ihn oder sie mithilfe genetischer Rückstände in seinem Auto überführen. Berthold, hast du schon was bezüglich des Pferdehängers herausgefunden?«

»Nein, Chef.« Berthold sah kurz vom Bildschirm auf und schüttelte den Kopf. »Bei offiziellen Verleihern von Anhängern oder landwirtschaftlichem Bedarf ist kein Pferdetransporter im fraglichen Zeitraum ausgeliehen worden. Gemeldete Besitzer solcher Hänger habe ich ebenfalls überprüft, soweit ich sie ausfindig gemacht habe. Es gibt im privaten Bereich durchaus Fahrzeuge, die nicht angemeldet sind. Auch hat keiner der Trachtenvereinsmitglieder einen Hänger, jedenfalls nicht offiziell.« Er wandte sich wieder seiner Bildschirmrecherche zu.

»Was hat Matteo gesagt?«, mischte sich nun Jessica ein. »Ist er der Vater des Babys?«

»Vermutlich nicht.« Florian ließ sich hinter seinem Schreibtisch auf dem Bürostuhl nieder, zog den kleinen Rollcontainer unter dem Tisch hervor und legte seine Füße darauf. Er war müde, hatte in dieser Nacht vermutlich nicht mehr als zwei Stunden geschlafen. »Ich befürchte, Franz-Xaver ist der Vater«, fügte er hinzu, doch seine Worte klangen nicht überzeugt.

»Das glaube ich nicht. Wie kommst du darauf?« Jessica, die im Gegensatz zu ihrem Mann dessen Vater sehr mochte und schätzte, hielt Franz-Xaver für eine ehrliche Haut und einen integren, verlässlichen Mann. »Er streitet es sicher ab, oder?«

»Als ich ihn befragen wollte, hat er das Haus verlassen. Sagt das nicht alles? Er geht den Problemen aus dem Weg. Wie immer.« Auch diese Behauptung war nicht haltbar, doch er konnte einfach nicht aus seiner Haut. Er verachtete seinen Erzeuger und wollte mit ihm nichts zu tun haben. Deshalb gestand er ihm auch keinen Vertrauensvorschuss zu.

Jessica ließ das Gespräch auf sich beruhen und zog eine weitere Notiz aus dem Beweismittelkarton.

»Kommt ihr voran mit eurer Recherche?« Florian erhob sich wieder, stellte sich hinter Jessica und schaute auf die Unterlagen, die sie sorgfältig vor sich auf dem Schreibtisch in drei Stapeln sortiert hatte. »Gibt es schon Hinweise?«

»Berthold und ich sind bei zwei Fällen der gleichen Meinung.« Jessica warf den Zettel, den sie gerade in der Hand hielt, in den Karton zurück und tippte mit dem Zeigefinger auf den linken Stapel. »Diese Recherchearbeit des Reporters mündete in mehrere Artikel, die – na ja, sagen wir es mal so – unvorteilhaft, kritisch und versteckt aggressiv ausfielen. Den jeweils Interviewten hat das eventuell nicht gefallen.«

Florian griff nach dem Stapel und blätterte ihn durch.

»Beim Zeitungsbericht über den neuen Museumsdirektor in einer kleinen Gemeinde im Unterallgäu zum Beispiel«, begann Berthold ungefragt zu berichten, »ging es mehr um die Homosexualität des Mannes und die Schwierigkeiten und Anfeindungen aus der Gemeinde als um den eigentlichen Grund des Interviews: Werbung für die Ausstellung zeitgenössischer Kunst des Allgäus im 19. und 20. Jahrhundert.«

»Der entsprechende Beschwerdebrief befand sich in den Unterlagen des getöteten Journalisten.« Jessica zog den Brief aus dem Papierstapel in Florians Hand und legte ihn obendrauf. »Hier.«

»Verstehe«, murmelte Florian, während er konzentriert las. »Aber reicht das aus, um einen Menschen des Mordes zu verdächtigen? Das Schreiben klingt unerwartet höflich – trotz der berechtigten Vorwürfe.«

»Der Mann hat auf seiner Social-Media-Seite ebenfalls schlimmste Anfeindungen erfahren. Alles erst nach dem Erscheinen des Berichtes in der Zeitung.« Berthold drehte seinen Bildschirm in Florians Richtung, um ihm zu zeigen, was er meinte.

Doch Florian winkte ab. »Ich glaub dir auch so, Berthold. Was haben wir noch?«

»Das ist noch interessanter.« Nun stand auch Jessica auf und riss Florian die Zettel aus der Hand. »Hier wird eine Schriftstellerin mehr oder weniger bloßgestellt. Da ist der Zeitungsausschnitt.« Sie reichte ihm das bedruckte Papier. »Anstatt bei der Homestory über die Autorin auf deren neuen Roman einzugehen, lässt der Schreiber Bemerkungen über ihren ›einfachen‹ Wortschatz und ihre ›von jeglicher Fantasie freien Sprache‹ fallen. Außerdem heißt es in dem Bericht, der Auftritt der sogenannten Künstlerin habe nichts mit der außergewöhnlich bildhaften und energiegeladenen Schreibweise ihrer guten Krimis zu tun. Das alles kommt nicht so gut.«

»Okay«, sagte Florian und legte den Bericht auf den Schreibtisch. »Gibt es von der Dame auch Beschwerde- oder Drohbriefe?«

»Nein.« Die Antwort kam von Berthold, der sich in seinem Stuhl zurücklehnte, gähnte, die Beine lang ausstreckte und die Arme hinter seinem Kopf verschränkte. »Aber stell dir vor: Diese Autorin, Sigi van Guldenveld – vielleicht hast du schon von ihr gehört – schreibt Krimis, die sich alle um Mordfälle drehen, deren Themen auf einer Allgäuer Sage beruhen. Der Titel ihres ersten Buches zum Beispiel war ›Das Mädchen mit dem Drachentattoo‹!«

15

Das Areal war riesig.

Über mehrere Hektar erstreckte sich eine grasbewachsene, leicht ansteigende Landschaft vor imposanter Bergkette. Hier und da standen ein paar Bäume in kleinen Gruppen. Auch Steine und Findlinge ragten aus der hellgrünen Fläche. Von Weitem wirkten die harten, grauen Felsbrocken wie glänzende Tupfer, die das Sonnenlicht reflektierten. Nahe dem Ostertaltobel im Gunzesrieder Tal war die Welt noch in Ordnung. Das Leben war ruhig. Die vereinzelten Höfe, aber auch der Fischzuchtbetrieb, der sich hier mit selbst herangezogenen Saiblingen einen Namen gemacht hat, wirkten gepflegt und friedlich.

Harmonie und Idylle beschrieben dieses Fleckchen Erde wohl am besten.

Bei aller Wut, die Franz-Xaver Lorenz empfand, konnte er – je näher er seinem Ziel kam – gut verstehen, warum es dieser Ort sein musste.

Wenn der Teufel sich ein Plätzchen auf der Erde aussuchen könnte, warum nicht hier im Gunzesrieder Tal? Niemand würde in dieser Landschaft das Böse vermuten. Niemand würde in all dieser Harmonie und all diesem Frieden den Teufel erwarten.

Der Aufstieg war kräftezehrend. Das lag weniger an der Steigung, die moderat und eigentlich recht angenehm war, sondern daran, dass er nicht wusste, wo genau sich das Gebäude befand, er deshalb permanent die Richtung wechselte und hinter jeder Baumgruppe sein Ziel annahm.

Die Angaben, die er vor ein paar Jahren von einem jungen Mann aus seiner Gemeinde bei der Abnahme einer Beichte bekommen hatte, waren vage. Obwohl Franz-Xaver sich an jedes einzelne Wort erinnerte, sich jedes Detail gemerkt und alle Ortshinweise in seinem Tagebuch festgehalten hatte, musste er sich nun eingestehen, dass es Zeit kostete und Glück brauchte, um das Haus zu finden. Von der Anhöhe, auf der er stand, konnte er kein einziges Gebäude sehen. Von dem jungen Mann in seinem Beichtstuhl wusste er, dass der Zugang zum Gutshaus versteckt und geheim war, kaum ein Mensch verirrte sich zufällig dorthin. Laut seinem Bericht gab es keine Straße, nur einen doppelspurigen, befahrbaren Trampelpfad, der Ortsfremden kaum auffiel. Franz-Xaver wollte jedoch unbemerkt zum Gebäude gelangen, und das ging nur über die Wiesen.

Es dauerte über eine Stunde, bis er endlich hinter einer kleinen Hügelkuppe das Gebäude sah. Der Eisenzaun tauchte so überraschend auf, dass er beinahe hineingelaufen wäre. Die Sicht auf den Zaun war durch den Hügel direkt davor perfekt kaschiert. Das alte Herrenhaus, das in einer Senke stand, verbarg der Wall ebenfalls, obwohl es mit seinen drei Etagen und dem Turm an der Nordseite imposant und herrschaftlich wirkte. Keines der Häuser im Tal war auch nur annähernd so groß wie dieses Backsteingebäude.

Der mannshohe Zaun war ohne Hilfsmittel nicht zu überwinden, denn es gab keine Querstreben, dafür aber scharfe Spitzen an den oberen Enden der Eisenstäbe. Die senkrechten Streben standen so eng beieinander, dass er gerade einen Arm hindurchstecken konnte.

Franz-Xaver folgte dem Zaun zur Westseite des Gebäudes, wo dieser an einem gemauerten, etwa vier Meter breiten Graben endete, der die komplette Länge des eingezäunten Grundstückes zur Westseite begrenzte und vermutlich metertief mit Wasser gefüllt war. In der Mitte des Grabens überspannte eine steinerne Brücke das Wasser.

Noch bevor er sich entschieden hatte, den Übergang zu benutzen, tippte ihm jemand auf die Schulter.

Erschrocken fuhr er herum und blickte in das freundlich lächelnde Gesicht einer jungen Frau in einem langen Gewand aus Leinen.

»Herr Lorenz? Darf ich Sie begleiten? Unser Vater Benignus erwartet Sie bereits.«

*

Das kleine Einfamilienhaus mit dem hübsch dekorierten Vorgarten lag abseits des Oberstdorfer Ortskerns mit den Geschäften, Cafés und Gaststätten. Hier an den Ortsausgang, etwa 200 Meter vom Bahnhof entfernt, verirrte sich kaum ein Tourist. Die schmale Anliegerstraße endete bei einem Bauernhof. Nach hinten waren alle Häuser dieser Straßenseite mit hohen Mauern umgeben und grenzten die Grundstücke zu einer höher gelegenen Obstplantage ab.

»Sigi van Guldenveld? Hauptkommissar Florian Forster, Kripo Kempten«, stellte er sich vor, als die Eingangstür nach mehrmaligem Klingeln endlich geöffnet wurde. »Ich hätte ein paar Fragen an Sie. Darf ich reinkommen?«

Die Frau musterte ihn von oben bis unten, lächelte dann, drehte sich auf dem Absatz um, ging wortlos durch den Flur und verschwand in einem der Zimmer. Florian betrat das Haus, schloss die Eingangstür und folgte ihr.

»Was kann ich für Sie tun, Herr Hauptkommissar?«, wollte sie wissen, als er das Wohnzimmer betrat. Sie saß bereits auf dem Sofa, die Beine im Schneidersitz, griff nach einer Haarklammer, die auf dem kleinen Beistelltisch lag, drehte ihr schulterlanges Haar am Hinterkopf zusammen und fixierte es. Dann verschränkte sie die Arme vor der Brust, lehnte sich zurück und sah Florian durchdringend an.

»Sie sind vor etwa zwei Wochen von Journalisten einer Regionalzeitung interviewt worden. Der Artikel ist vor einer Woche erschienen.«

»Das ist richtig.« Sie blieb reglos sitzen, legte nur den Kopf leicht schräg. »Aber Sie wollen mich jetzt nicht verhaften, weil ich in dem Artikel so extrem gut weggekommen bin. Dafür musste ich den Reporter weder bestechen noch verführen.«

»Sie sind der Ansicht, dass der Bericht positiv war?«, fragte Florian verwundert. »In dem Text fielen Worte wie ›einfältig‹ und ›überdreht‹. Immerhin diente die Homestory der Werbung für Ihren neuen Krimi.«

»Fantastische Werbung. Besser geht es doch gar nicht, oder? Ich werde dem netten Mann von der Zeitung ein signiertes Exemplar meines neuen Buches zukommen lassen, wenn es im Dezember erscheint. Möchten Sie auch eins?«

Florian ignorierte ihre Frage. Entweder war sie eine exzellente Schauspielerin, oder sie strotzte tatsächlich vor Naivität. War es Genialität oder Wahnsinn? Ihre Kriminalromane jedenfalls kamen bei den Lesern hervorragend an. Auch Literaturkritiker überschlugen sich mit Komplimenten über ihren Schreibstil, ihre Wortgewandtheit und ihren Ideenreichtum.

»Ihr Debütroman heißt ›Das Mädchen mit dem Drachentattoo‹. Worum geht es in dem Buch?«

»Himmel, das Buch habe ich vor Ewigkeiten geschrieben. Trinken Sie einen Kaffee mit mir?« Ohne eine Antwort abzuwarten, erhob sie sich und rief: »Adelheid? Ist der Kaffee endlich fertig? Und ein paar Kekse wären toll. Bringe zwei Tassen. Wir haben Besuch.«

Kurz darauf erschien die Gerufene mit einem großen Tablett und stellte es auf den niedrigen Tisch vor dem Sofa. »Guten Tag. Mein Name ist Adelheid Huber. Darf ich Ihnen einschenken?«

Florian nickte. »Wir waren bei Ihrem ersten Buch, Frau van Guldenveld …«

»Nennen Sie mich Sigi«, unterbrach sie ihn. Sie hatte sich wieder zurück aufs Sofa gesetzt, die Füße auf der Kante der Sitzfläche. Ihre angezogenen Beine umschloss sie mit beiden Armen. Ihr Kinn lag auf ihren Knien. »Sie sind also Kriminalbeamter. Interessant. Darf ich Ihnen aus Recherchezwecken für ein neues Buch ein paar persönliche Fragen stellen?«

»Nein.«

»Was möchten Sie über die Bücher meiner Mutter wissen?«, mischte sich die junge Frau in die Unterhaltung. »Und warum ist das relevant? Wenn Sie von der Kripo sind, dann ist vermutlich etwas passiert. Was hat meine Mutter damit zu tun? Bevor wir auf Fragen antworten, hätten wir gern gewusst, warum Sie da sind. Ist eventuell ein Anwalt vonnöten?«

Frau van Guldenveld lachte schallend. »Herrje, Kind. Das ist doch egal. Lass mir meinen Spaß mit dem netten und äußerst gutaussehenden Mann. Sind Sie verheiratet, Herr Forster? Oder darf ich Florian sagen?«

Florian wusste nicht, worüber er sich in diesem Moment mehr wundern sollte. Über die aufgeweckte und kluge Art Adelheid Hubers oder über die Tatsache, dass sie die Tochter der Autorin war. Charakterlich könnten sie unterschiedlicher nicht sein, und auch optisch hatten sie keine Übereinstimmungen. Das Mädchen kam vermutlich mehr nach ihrem Vater.

»Ihr wahrer Name ist also Huber, Frau van Guldenveld?«, riet Florian, ignorierte ein weiteres Mal ihre Frage und notierte sich stattdessen den neuen Namen in seinem Smartphone. »Vorname?«

»Sigi. Aber das sagte ich bereits. Sie sind nicht sehr aufmerksam.« Ihre Art zu kichern erinnerte an einen jungen Teenager, nicht an eine Frau um die 50.

»Sigrid Huber«, korrigierte ihre Tochter Adelheid und seufzte. »Im ersten Buch meiner Mutter – es ist vor etwa zehn Jahren erschienen – geht es um einen Mord an einer jungen Frau. Ihr auffälliges Drachentattoo über der rechten Schulter spielt dabei eine große Rolle. In der Kriminalgeschichte glauben die Ermittler lange Zeit, es würde sich bei der Tötung des Mädchens um eine Art Opfergabe handeln. Kennen Sie die Sage vom ›Drach im Seealpsee‹?«

»Ja«, sagte Florian. »Ist die Frau mit dem Tattoo in der Geschichte im Seealpsee ermordet worden?«

»Nein.« Die junge Frau Huber schüttelte den Kopf. »Sie ist in der Badewanne ertränkt worden. Am Ende des Buches stellt sich heraus, dass es eine reine Eifersuchtstat des verschmähten Liebhabers war und nichts mit der Sage zu tun hatte.«

»Adelheid!« Sigi van Guldenveld klang erbost. »Du verrätst ja alles! Der Hauptkommissar soll mein Buch noch mit Vorfreude lesen können. Ich habe beschlossen, Ihnen mein gesamtes Werk zum Lesen zu überlassen, Herr Forster. Vielleicht können Sie daraus etwas lernen. Mein erfundenes Ermittlerteam ist hervorragend!« Sie nahm in jede Hand einen Keks und biss von beiden nacheinander ab.

Adelheid Huber sah den Hauptkommissar entschuldigend an und zuckte mit den Schultern. »Sie haben mir noch nicht erzählt, was passiert ist. Warum sind Sie hier?«

»Wir haben gestern Patrick Vogler tot aufgefunden, den Mann, der Ihre Mutter vor zwei Wochen interviewt hat. Da der Artikel … ähm … nicht ganz …«

Die junge Frau Huber nickte und sah betreten zu Boden. »Der Artikel war grauenhaft! Aber den Tod hat der Journalist dafür bestimmt nicht verdient. Sie glauben, er wurde ermordet?«

»Ich weiß, dass er ermordet wurde«, bestätigte Florian.

»Dann war es wohl Karma«, rief Sigi van Guldenveld amüsiert dazwischen. »Wenn Adelheid meint, der Zeitungsbericht war schlecht, hat er es nicht anders verdient, oder?«

16

»Du bist alt geworden, Franz-Xaver!«

»Falls du dich erinnerst: Du bist 15 Jahre älter als ich!«

Durch die hohen Fenster an der Südseite schien die tief stehende Herbstsonne herein und erhellte den großen Raum. Vater Benignus allerdings saß im Schatten eines breiten Bauernschrankes auf einem Ohrensessel. Die Beine lang ausgestreckt. Nur seine polierten Lackschuhe glänzten im Licht, sein Gesicht lag im Dunkeln.

»Ist das mit ›Vater Benignus‹ wirklich ernst gemeint? Wie kann ein Mann deines Kalibers sich ›der Gütige‹ nennen? Ein mit kirchlichem und weltlichem Recht suspendierter Pfarrer ist nicht gütig, er ist kriminell und seines Amtes nicht würdig. Es ist ein Wunder, dass du nicht im Gefängnis sitzt, Ewald Meichelböck!«

Der Angesprochene lächelte milde. »Das ist einer der Vorteile, ein katholischer Pfarrer zu sein. Kirchenrecht überwiegt in jedem Fall. Ich habe vom Bischof nur eine Auszeit vom Amt befohlen bekommen, in der ich über mein Fehlverhalten nachdenken soll. Jetzt denke ich seit Jahren nach, und ich befürchte, es wird so lange dauern, bis mich der Herr zu sich holt.«

»Zwischenzeitlich spielst du hier den spirituellen Führer. Erbärmlich!«, spuckte Franz-Xaver verächtlich aus. »Wo ist deine Demut, wo deine Liebe zu Gott? Du bist des Pfarreramtes nicht würdig!«

»Aber du?« Meichelböcks freundlicher Gesichtsausdruck änderte sich nicht. Seine Stimme war ruhig. »Du lebst in Sünde. Wie geht es deiner Frau Regina? Wie alt war sie, als du sie kennengelernt hast?«

»Damals war ich noch evangelischer Geistlicher«, verteidigte sich Pfarrer Lorenz verärgert.

»Das weiß ich. Schließlich verdankst du es mir, dass du zum Katholizismus wechseln konntest, obwohl du verheiratet warst.«

»Ich verdanke es einer Zölibatsdispens von oberster Stelle!« Franz-Xavers Herz schlug heftig. Er hatte Mühe, nicht vor Wut seine Fäuste zu ballen und die Contenance endgültig zu verlieren.

»Ohne meine Empfehlung hätte dieses Vorhaben niemals Erfolg gehabt«, schloss Meichelböck das Thema. »Was willst du hier, Franz-Xaver? Willst du dich unserer Glaubensgemeinschaft anschließen?«

Lorenz presste fest die Lippen zusammen, um nichts Unbedachtes zu sagen, schnaufte aber verächtlich.

»Wo ist sie?«, fragte er, nachdem er eine Zeit lang aus dem Fenster gesehen hatte, um seinen heftig schlagenden Puls zu beruhigen. Erkannt hatte er nichts, denn die Sonne stand so tief, dass sie blendete. »Ich möchte mit ihr sprechen.«

»Wen meinst du?« Meichelböck tat verwundert, konnte jedoch ein hinterhältiges Grinsen nicht verbergen.

»Spiel keine Spielchen. Hol sie her. Ich werde sie mitnehmen.« Franz-Xaver stemmte die Fäuste in die Hüften und starrte seinen ehemaligen Glaubensbruder durchdringend an.

»Du kommst zu spät, werter Freund. Sie ist nicht mehr unter uns.«

Als Meichelböck den entsetzten Gesichtsausdruck von Lorenz sah, brach er in schallendes Gelächter aus. »Herrgott, sie ist nicht tot. Sie hat beschlossen, unsere Gemeinschaft zu verlassen. Doch wenn ich ehrlich bin, weiß ich natürlich nicht, ob Gott sie bereits zu sich geholt hat. Mein Draht in den Himmel ist nicht mehr der beste. Aber sag das bitte keinem meiner Schäfchen«, fügte er hinzu und versuchte sich zu beruhigen. Seine eigenen Worte schienen ihn köstlich zu amüsieren. »Was willst du von Magdalena, Franz-Xaver? Es ist nicht lange her, da konntest du vor lauter Abscheu nicht einmal ihren Namen aussprechen. Woher kommt das plötzliche Interesse?«

Lorenz schwieg beharrlich und überlegte fieberhaft, ob sein Gegenüber ihm die Wahrheit sagte. Wenn sie nicht mehr hier war, warum war sie dann nicht zu ihm gekommen? Er hätte ihr vergeben. Sicher hätte er das. Im Namen des Herrn!

»Du bist christlicher als der Heilige Geist und der Sohn Gottes zusammen«, beschied ihm Ewald Meichelböck, und Franz-Xaver hatte in diesem Moment das Gefühl, der Sektenführer könne Gedanken lesen. »Mich hat schon immer gewundert, wie du einerseits als katholischer Pfarrer nicht ohne Frau leben kannst und andererseits den Glauben, die Aufopferung für Gott und die totale Aufgabe deiner individuellen Seele über alles stellst und niemandem einen Fehler verzeihst. Weder dir selbst noch den Menschen in deinem Umfeld. Faszinierend, aber grundfalsch. Oder kannst du dir die Sünde des körperlichen Verlangens nicht vergeben und bist deshalb erzkatholischer als der Heilige Vater?«

Als Lorenz sich wortlos abwandte und mit großen Schritten den Raum verließ, rief Meichelböck ihm drohend hinterher: »Sie wird nicht zu dir kommen. Dafür habe ich gesorgt, mein Freund!«

*

»Hast du schon etwas zu der Hintergrundrecherche, die ich dir aufgetragen hatte, Berthold?«

Die gestrige Befragung des Museumsdirektors hatte keinen hinreichenden Verdacht ergeben. Der Mann, der durch den Zeitungsartikel des ermordeten Journalisten Patrick Vogler so viel Häme und Spott hatte ertragen müssen, schien dennoch sanftmütig und konfliktscheu zu sein. Jessica hatte den Mann besucht und am Abend berichtet, der Museumsdirektor sei freiwillig vom Dienst zurückgetreten, um der beworbenen Ausstellung nicht zu schaden, habe seinen Social-Media-Account gelöscht, führe ansonsten aber sein Leben zusammen mit seinem Mann ganz normal weiter. Er habe in der Gegend gute Freunde und ein stabiles soziales Umfeld. Jessica hielt ihn für unschuldig, und Florian vertraute auf die Meinung seiner Frau.

»Klar, Chef.« Berthold nickte eifrig, rief die entsprechende Datei mit seinen Notizen auf dem Bildschirm auf und berichtete. »Sigrid Huber alias Sigi van Guldenveld ist seit fünf Jahren verwitwet. Ihr Mann, Konstantin Huber, war Inhaber eines kleinen Verlages, der seit nunmehr zehn Jahren auch die Bücher seiner Frau herausgibt, ansonsten ausschließlich Fachbücher und Reiseführer. Die Verlagsleitung obliegt jetzt einem ehemals engen Mitarbeiter, doch langfristig soll Adelheid Huber, die Tochter, übernehmen.«

»Gut. Das hat die junge Frau mir bereits erzählt. Was hast du zu der Mutter noch herausgefunden?«

Berthold überflog seine Notizen, sah dann auf und zuckte mit den Schultern. »Sie ist eine geborene Feldgruber. Das ist eine angesehene Oberstdorfer Familie, die ihr Geld mit Allgäuer Ziegenkäse verdient. Vielleicht hast du von der Marke Feldgruber gehört. Sie beliefern Delikatessgeschäfte im Umland und haben sogar gut betuchte Kunden im Ausland.«

Florian schüttelte den Kopf und machte eine kreisende Bewegung mit der Hand, die seinem Kollegen verdeutlichte, dass er zügig fortfahren sollte.

»In ihrer Jugend hat Sigrid Huber hier und da ein wenig über die Stränge geschlagen. Einmal ist sie bei einem Ladendiebstahl erwischt, aber nicht belangt worden. Sie war noch nicht volljährig. Ansonsten liebt die Dame es, rasant Auto zu fahren, hat diverse Punkte in Flensburg. Ach ja, sie nimmt wohl auch kein Blatt vor den Mund. Wegen Beamtenbeleidigung hat sie vor ein paar Jahren ein Bußgeld kassiert. Vor zwei Jahren hat sie ihren Führerschein verloren und bisher nicht neu beantragt. Mehr habe ich nicht gefunden. Jedenfalls nichts Wichtiges.«

Florian hielt die Autorin nicht für eine Mörderin, hoffte jedoch, den Täter im Umfeld der Dame zu finden. Immerhin war beim Mord an dem Mädchen in der Badewanne vor ein paar Monaten der Tatverlauf des ersten Krimis der van Guldenveld exakt nachgestellt worden. Mit dem sechsbändigen Bücherstapel, den Florian von der Schriftstellerin geschenkt bekommen hatte, beschäftigte sich zurzeit sein Schwiegervater Herbert Grothe. Vielleicht ließen sich die folgenden Morde ebenfalls in den Kriminalromanen wiederfinden. Wenn dem so wäre, könnte ein weiterer Toter eventuell verhindert werden.

»Wäre toll, wenn du noch mehr ausgräbst, Berthold. Hat Frau Huber einen Lebensgefährten? Gibt es Freunde oder Kontakte, die auffällig sind? Was hat sie gelernt?« Florian ging zur Tür.

»Welche Frau Huber meinst du, Chef?«

Mit der Hand auf dem Türgriff hielt er inne und drehte sich zu seinem jungen Kollegen um.

»Beide«, beschloss er spontan, öffnete die Tür und trat in den Flur. »Möglicherweise bringt die Überprüfung der Tochter uns dem Tatmotiv und dem Täter näher.«

Die Putzfrau, die gerade dabei war, den Boden zu wischen, sah ihn verunsichert an, nickte vorsichtig und lächelte zaghaft. »Das ist sicher eine gute Idee, Herr Kommissar«, stimmte sie ihm schnell zu, griff nach dem Eimer mit dem Putzwasser und ging zügig den Gang hinunter.

17

Bevor Jessica an der Tür zum Büro der zuständigen Sachbearbeiterin klopfen konnte, wurde diese mit Schwung aufgerissen und eine Frau stürmte aufgebracht heraus.

»Regina«, rief Jessica erschrocken. »Was machst du denn hier?«

Die Stiefmutter ihres Mannes Florian rieb sich den Hals und seufzte. »Jessica, hallo. Dasselbe könnte ich dich fragen.«

Die beiden Frauen umarmten sich und beschlossen, im Wartebereich des Amtes am Eingang gemeinsam einen Kaffee zu trinken. Der überdimensionierte Automat spuckte für zwei Euro pro Becher nur lösliche Heißgetränke aus.

»Hast du dich nach dem Kind erkundigt?«, wollte Jessica von ihrer Schwiegermutter wissen, die nur wenige Jahre älter war als sie selbst. Der Altersunterschied zu Reginas Ehemann Franz-Xaver dagegen war enorm. Gute 30 Jahre lagen zwischen ihm und seiner Frau. »Glaubst du auch, dass es von Franz-Xaver ist?«

Regina brach in Gelächter aus und hielt sich den Bauch. »Herrgott, nein. Wie kommst du darauf?«

»Ganz einfach: Matteo ist nicht der Vater. Oder meinst du, das kleine Mädchen ist doch dein Enkelkind und Florians Nichte?« Jessica beobachtete Regina.

Diese nippte vorsichtig an ihrem Getränk und schaute geistesabwesend aus dem Fenster. »Ich wollte das Baby zu uns holen«, erzählte sie zögernd, ohne auf Jessicas Frage einzugehen. »Das kleine Mädchen gehört nicht in eine

Pflegefamilie zu fremden Menschen. Wir sind seine Familie.«

»Na ja, laut DNA schon.«

Draußen hörte man das permanente Rauschen des Verkehrs auf der vierspurigen Straße direkt vor dem Gebäude. Jemand hatte eines der Fenster auf Kipp geöffnet. »Aber meinst du, Matteo kann die Vaterrolle übernehmen? Er ist noch so jung. Und aus welchem Grund hat die noch immer unbekannte Mutter des kleinen Mädchens das Baby bei Florian abgegeben? Sie hätte es doch auch zu euch bringen können.«

»Nein.« Regina seufzte gequält. »Das hätte sie nicht.«

»Warum nicht?«

Ihre Schwiegermutter griff nach Jessicas Händen. »Mein Mann hätte es nicht gewollt. Du musst verstehen … Du darfst ihn deshalb nicht verurteilen. Er ist ein sehr gläubiger Mann, der seine Prinzipien hat.«

»Das verstehe ich nicht. Was hat Franz-Xaver gegen das Baby, wenn er offensichtlich der Großvater ist?« Jessica entzog ihrer Schwiegermutter die Hände, stand auf, ging zum Fenster und schloss es. Augenblicklich wurde es stiller. »Florians Vater ist doch kein Unmensch!«

Diesmal klang Reginas Lachen verzweifelt. »Er ist eher ein Übermensch. Seine eigene Schuld zwingt ihn zu einem derart radikalen Glauben, dass es manchmal nicht leicht ist, ihm gerecht zu werden. Auch für ihn selbst nicht.«

Die Worte ihrer Schwiegermutter konnte Jessica nicht einordnen. Sie hatte das Gefühl, dass Regina ihr etwas mitteilen wollte, aber nicht mit der Sprache herausrückte. Deshalb zog sie den Stuhl, auf dem sie gesessen hatte, um den Tisch herum direkt neben den von Regina, setzte sich und legte ihren Arm um die Schultern der Frau. »Sag es einfach«, beschwor sie Regina. »Egal was es ist, es gibt für jedes Problem eine vernünftige Lösung.«

*

»Ich bin erst beim dritten Krimi«, sagte Herbert Grothe, legte das Buch beiseite, reichte Florian den in seinen Armen schlafenden Elias und erhob sich von dem Sessel. »Ehrlich gesagt wollte ich nach dem zweiten Buch gar nicht weiterlesen. Es war grauenhaft. Die Geschichte hanebüchen, die Sprache entsetzlich, der Schreibstil unter aller Sau.« Er atmete tief durch, straffte seine Schultern und griff erneut nach dem Buch. »Aber diese Story hier ist wieder um Längen besser. Es scheint fast so, als hätten verschiedene Personen die Bücher geschrieben.«

Florian legte den immer noch schlafenden Elias neben seinen Bruder Lukas in das Kinderbett und strich beiden behutsam über den Kopf.

»Hat sich meine Theorie bestätigt? Ist der Kriminalfall des ersten Buches dem Mordfall ähnlich, den ich vor Kurzem wieder aufgenommen habe? Den mit dem Suizid in der Badewanne, der sich im Nachhinein als Kapitalverbrechen herausgestellt hat?«

»In dem Krimi ›Das Mädchen mit dem Drachentattoo‹ geht es anfangs um die Allgäuer Sage vom ›Drach im Seealpsee‹. Eine junge Frau wird scheinbar zur Besänftigung des sagenhaften Drachens im Wasser des Seealpsees ertränkt. Der Mord findet an diesem speziellen Datum statt, an Fronleichnam.«

»Aber nur, wenn dieser Tag auf den Johannitag fällt«, warf Florian ein und hoffte auf die Bestätigung seines

Schwiegervaters. Das strikte Befolgen diverser Allgäuer Sagen schien dem realen Täter sehr wichtig zu sein.

»Ja, so war es auch im Krimi. Doch die Ermittler waren lange auf dem Holzweg, da sie sich ausschließlich auf die Sagenwelt bezogen und in diesem Bereich den Schuldigen vermutet haben. Das Motiv in der Geschichte war jedoch ein einfacher Eifersuchtsmord, getarnt als eine zusammenfantasierte Tat eines Irren, der Oberstdorf vor einer Überflutung retten und einen Drachen zähmen wollte.«

»Verstehe. Ich darf mich nicht von der Nähe zu den Sagen auf eine falsche Fährte locken lassen. Worum geht es im zweiten Buch?«

»Ich glaube, das können wir ignorieren.« Herbert Grothe setzte sich wieder auf den Sessel, lehnte sich zurück und verschränkte die Arme hinter dem Kopf. »Völlig irre. Es kommen auch nicht die gleichen Ermittler vor. Jemand wird von einem Ufo entführt. Am Ende war alles nur ein Traum. Schwachsinn«, attestierte Florians Schwiegervater dem Buch. »Aber das dritte scheint wieder sehr interessant. Es geht um einen Mord an einem Mann aus einem Trachtenverein, der einen riesigen schneeweißen Hund besaß. Ich bin erst bei der Hälfte der Geschichte. Jedenfalls verschwand der Hund nach der Tötung seines Herrchens, wird jedoch seither immer wieder gesichtet und treibt in der Umgebung sein Unheil.«

»Okay, das muss mit der Sage von diesem Eisbär in Verbindung stehen. Aber der Mord auf der Hohenschwandalpe mit Bezug zu der Sage vom Geißbock wurde vor der Sache mit dem toten, auf der künstlichen Eisscholle drapierten Hund verübt.« Würde sich der Täter nicht an die Reihenfolge der Bücher halten, wenn die Morde in Bezug zu den Krimis der Autorin standen? Oder gab es doch keine Verbindung zu den Büchern? Wenn dem Täter nur die Überlieferung der Sagen wichtig war, mussten sie nicht zwangsläufig mit den Büchern in Verbindung stehen.

»Ich lese weiter, so schnell ich kann«, versprach sein Schwiegervater.

In diesem Moment betrat Jessica das Wohnzimmer ihres Vaters, begrüßte die schlafenden Zwillinge und gab Florian einen Kuss. »Du wirst nicht glauben, was gerade passiert ist. Ich habe bei meinem Besuch im Jugendamt Regina getroffen.«

»Hat sie dir zufällig erzählt, ob ihr Mann wiederaufgetaucht ist?« Nachdem Franz-Xaver nach Florians frühmorgendlichem Überfall fluchtartig das Haus verlassen hatte, wollte dieser seinen Vater dringend zur Rede stellen. Florian glaubte seinem Halbbruder Matteo, dass er mit dem ausgesetzten Baby nichts zu tun hatte. Deshalb stand für ihn fest, dass nur Franz-Xaver als Vater des Säuglings infrage kam. »Falls ja, würde ich gleich noch einmal hinfahren, wenn du nichts dagegen hast.«

Jessica schüttelte den Kopf. »Du musst mit ihm reden, auch um Reginas willen. Bringe ihn bitte zur Vernunft. Das kleine Mädchen ist das Kind von Matteos Zwillingsschwester Magdalena Lorenz. Ich konnte es zuerst auch nicht glauben, habe dann aber, weil ich sowieso schon da war, das Jugendamt informiert. Die Fahndung nach der jungen Frau läuft. Regina hat mir ein Foto ihrer Tochter überlassen. Nun werden wir sie hoffentlich schnell finden.«

18

Das Wetter in den Allgäuer Alpen war regnerisch. Die Wolken hingen tief und trübten die Sicht auf die Gipfel der Berge, die unweit des Ortes hoch in den Himmel ragten. Dazu wehte ein eiskalter Wind.

Der Trampelpfad war matschig, die Wiese am Wegrand nass und rutschig. Adelheids Kleidung war klamm vor Feuchtigkeit und ihre Schuhe so schmutzig, dass sie beschloss, sie gleich am Eingang auszuziehen, bevor sie die schwere Holztür zur Hütte aufstieß.

»Heidi, wie schön, dass du mich besuchen kommst.«

In der ärmlich wirkenden Behausung von Klarissa Jacobi war es immer gemütlich, warm und heimisch. Egal zu welcher Jahreszeit Adelheid Huber ihre leibliche Mutter besuchte – sie fühlte sich jedes Mal willkommen und stets von Liebe und Herzlichkeit umgeben.

»Möchtest du auch einen Tee? Oder darf ich dir etwas Leckeres kochen?«

»Ein Tee wäre großartig.« Adelheid setzte sich an den Esstisch. Von hier aus hatte man einen herrlichen Blick über die leicht abfallenden, saftigen Wiesen, die selbst bei diesem tristen Regenwetter hellgrün zu leuchten schienen. Wäre es heute sonnig gewesen, könnte man bis nach Oberstdorf sehen.

»Ist dir warm genug? Setz dich doch etwas dichter an den Ofen.«

»Danke, Mama. Die Aussicht von dieser Seite des Tisches ist besser.«

Klarissa Jacobi kam zu ihrer Tochter herüber und strich ihr zärtlich über die Wange. »Das hast du schon als Kind immer gesagt. Was hast du auf dem Herzen?« Sie ging zum Ofen, auf dem ein Kessel mit heißem Wasser stand, goss die Kanne mit den losen Teeblättern auf, trug sie zum Tisch und setzte sich zu Adelheid.

»Verstehe mich nicht falsch, Mama«, begann diese zögerlich. »Ich bin Sigrid und dir sehr dankbar, dass ihr mir früh erzählt habt, wer meine Mutter ist, warum ich bei Sigrid und Vater aufgewachsen bin und warum du nicht für mich sorgen konntest.«

»Das war uns sehr wichtig«, bekräftigte Klarissa und legte ihre Hand auf Adelheids Arm. »Ich wollte, dass du sicher und behütet aufwächst. Sigrid und Konstantin konnten dir all das bieten, was ich dir niemals hätte geben können.« Weil Adelheid herumdruckste und noch immer nicht mit der Sprache herausrückte, lächelte Klarissa ihrer Tochter aufmunternd zu. »Du kannst mich wirklich alles fragen, Heidi.«

»Ich fühle … Ich vermute, dass ihr beide mir nicht alles erzählt habt. Die Kripo war bei Mutter. Es ist ein Mord passiert, der … der …«

»Ja, ich weiß.« Klarissa Jacobi sprach leise und sah zu Boden. »Ich habe Sigrids Bücher auch gelesen. Es geht um den Toten von der Hohenschwandalpe, von dem kürzlich in der Zeitung berichtet wurde.«

»Dann ist es also wahr.« Adelheid legte die Finger beider Hände über ihren Mund und sah Klarissa erschrocken an. »Du glaubst auch, dass die Bücher etwas mit den toten Menschen zu tun haben«, nuschelte sie durch ihre Hände.

Klarissa sah überrascht auf. »Gab es etwa mehrere Tote auf der Alpe? In der Zeitung stand nur etwas von einem Mann.«

»Auf dieser Alpe nicht, aber an der Sölleralpe. Er war zuvor auf einem brennenden Pferd geritten. Und bereits im Sommer wurde eine junge Frau mit einem Drachentattoo tot aufgefunden. Erst jetzt messen sie dem Bedeutung bei, weil auch dieser Fall Parallelen zu Mutters Büchern aufweist.«

»Ehrlich? Das ist tragisch.« Vom Regal über dem Spülbecken holte Klarissa zwei Tassen und goss Tee ein. »Vielleicht ist das alles nur Zufall.«

Adelheid glaubte das nicht. »Ich lektoriere Mutters Bücher seit Jahren. Es passt alles. Auch das mit dem Hund. Diesen Eisbär-Hund, von dem in der Tagespresse berichtet wurde. Sogar die Reihenfolge stimmt, denn Buch drei und vier, Hund und Geißbock, hat Papa damals umgekehrt herausgebracht. Wir mussten nur wenige Änderungen vornehmen, damit es passte. Die Einzigen, die davon wussten, waren Mutter, Vater und ich. Nicht einmal du hast davon etwas mitbekommen, oder?«

»Nein, das habe ich nicht gewusst. Deine Mutter und ich waren als Teenager beste Freundinnen, aber später hatten wir wenig Kontakt, wie du weißt. Ich glaube, sie war das letzte Mal hier oben, als du eingeschult worden bist und wir uns geeinigt haben, dir die Wahrheit über deine Abstammung zu berichten.«

»Ich traue weder dir noch Mutter zu, einen Mord begangen zu haben. Warum auch? Um die Buchverkäufe zu pushen? Das ist nicht nötig. Die Vorbestellungen übertreffen bereits jetzt alle Erwartungen.« Mit der warmen Tasse Tee zwischen den Händen starrte Adelheid gebannt aus dem Fenster. Der Regen hatte nachgelassen. Die Wiese vor dem Haus dampfte, und feuchte Nebelschwaden waberten um die Hütte. »Vater ist tot, und ich war es auch nicht.«

Nun sah sie Klarissa durchdringend an. »Sag mir die Wahrheit. Wer könnte noch von der Reihenfolge der Krimis wissen?«

»Diese Frage kann ich dir nicht beantworten. Bitte Sigrid um eine Erklärung, wenn es denn eine gibt.«

»Sie weigert sich, mit mir darüber zu sprechen.« Adelheid Huber klang besorgt. »Wenn das Morden weitergeht, befürchte ich, dass auch ihr Leben in Gefahr ist. Bitte, Mama, sag mir die ganze Wahrheit. Ich muss wissen, was tatsächlich passiert ist.«

*

Er hatte sich weit nach vorn gebeugt, die Ellenbogen auf den Knien abgestützt und die Hände im Nacken ineinander verschlungen. Er atmete hektisch und wippte nervös mit dem rechten Fuß. Das permanente leise Klopfen auf den Holzfußboden machte Florian wahnsinnig.

»Herrgott, hör auf damit!«

»Ich konnte es dir nicht sagen, Florian.« Franz-Xaver sah kurz auf, vergrub das Gesicht dann in seinen Händen und seufzte herzzerreißend.

»Mir ist es gleich, welche Familiengeheimnisse ihr habt. Ich kannte dich bis vor einem Jahr nicht. Dennoch macht es einen Unterschied, dass ich nicht nur einen Halbbruder, sondern auch eine Halbschwester habe. Hast du überhaupt eine Vorstellung davon, was das für Matteo bedeutet, wie er sich fühlt? Oder Regina?« Florian ging unablässig im Wohnzimmer der Familie Lorenz auf und ab. Er war so aufgebracht, dass er sich sehr zusammennehmen musste, um seinen Vater nicht aus dem Sessel zu ziehen und zu schütteln. »Spätestens als klar war, dass du weißt, wer die

Mutter des ausgesetzten Babys ist, hättest du dein verdammtes Maul aufmachen müssen!«

»In meinem Haus wird nicht geflucht!«, warnte Franz-Xaver seinen Sohn. Er war aufgesprungen, stand jetzt direkt vor Florian und drohte ihm mit erhobenem Zeigefinger.

Dieser lächelte überheblich. »Da fehlen dir eindeutig gut 40 Jahre christliche Erziehung, um mich heute noch maßregeln zu können. Was hat deine Tochter getan, dass sie nicht würdig ist, zu deiner Familie zu gehören? Was kannst du ihr nicht verzeihen?«

»Jeder bekommt Vergebung, der darum bittet.« Pfarrer Lorenz faltete wie bei einer Predigt die Hände zum Gebet, schloss ehrfurchtsvoll die Augen und seufzte. »Sie muss nur kommen, beichten und um Gnade bitten. Gott verzeiht alles. Der Herrgott ist gütig und wird sie von jeder Schuld freisprechen.«

»Himmel, Kreizkruzifix! Hör endlich auf mit diesem Gelaber. Was nützt es dem Mädchen, wenn Gott ihr – was auch immer – verzeiht, aber ihr eigener Vater sie verachtet?« Florian konnte seine Wut kaum zügeln. Sein Vater war ihm in diesem Moment noch mehr zuwider als sonst. Er versteckte sich hinter einer urchristlichen Moral, die jegliche Liebe zu seinen Kindern nicht zuließ, wenn diese nicht so gerieten, wie seine persönliche Religion es für richtig hielt. »Was hat sie getan? Womit hat deine Tochter Magdalena deine absolute Verachtung verdient?«, wiederholte er. Erst jetzt merkte er, dass er seinen Vater hart am Arm gepackt hatte, und ließ ihn erschrocken los.

Franz-Xaver rieb sich den Oberarm und sah zu Boden. »Sie hat die größte Sünde auf sich geladen, die ein Mensch begehen kann. Mit 15 Jahren ist sie schwanger geworden.«

Florian schüttelte ungläubig den Kopf. »Das ist tragisch und war sicher nicht geplant. Sie hätte deine Unterstützung gebraucht. Stattdessen schmeißt du sie raus?« Er sah seinen Vater fassungslos an.

Der hatte seinen Blick noch immer nach unten gerichtet, straffte aber nach einem Moment entschlossen die Schultern und sah Florian in die Augen. »Ich habe sie nicht rausgeschmissen«, verteidigte sich Franz-Xaver. »Sie wollte das Kind abtreiben lassen. Das ist Mord. Und Mord ist die schlimmste Sünde auf Erden! Ich habe es ihr verboten. Daraufhin hat *sie* mein Haus verlassen. Ich habe sie seitdem nicht wiedergesehen!« Nachdem die Worte heraus waren, sackte Franz-Xaver erschöpft auf den Sessel zurück. »Gott wird ihr jede noch so große Sünde verzeihen, wenn sie ihn bittet«, wiederholte er, als wäre es sein Mantra.

Mit dem Handrücken rieb Florian sich über die Stirn und kniff die Augen zusammen. Er hatte das Gefühl, nicht zu seinem Vater durchzudringen. Franz-Xaver versteckte sich hinter seinem Gott, seiner Religion und seiner übermenschlichen Moral. Vermutlich war er aber der Einzige, der wusste, wo Matteos Zwillingsschwester Magdalena sich aufhielt.

»Wo, bitte schön, kann ein 15-jähriges Mädchen hingehen, um ein Kind abzutreiben? Ohne Zustimmung der Eltern ist das in Deutschland nur illegal möglich. Sie wird es bekommen haben, vermute ich?« Er setzte sich aufs Sofa seinem Vater gegenüber. »Dieses Kind wäre, sollte es zur Welt gekommen sein, heute sechs oder sieben Jahre alt. Ist es nicht in deiner Verantwortung, Magdalena zu vergeben, sie zu finden und sie mit ihren zwei Kindern bei dir aufzunehmen?«

Sein Vater dachte lange nach und setzte sich aufrecht hin. »Das sind nur Vermutungen. Ich habe Regina zugesagt, dass ich einverstanden bin, das Baby aufzunehmen. Es ist unschuldig.«

»Es ist vor allem dein Enkelkind«, warf Florian ein. »Weißt du, wo Magdalena ist?«

»Sie hat entschieden, sich nicht mit mir auszusöhnen. Lass sie ziehen. Um ihr Kind brauchst du dich nicht zu sorgen, Florian. Es wird es gut bei uns haben.«

»Ich verachte dich, Franz-Xaver!« Florian erhob sich, stellte sich direkt vor seinen Vater, ballte die Hände zu Fäusten und schaute zu ihm hinunter. »Durch deine trübe Brille der falsch verstandenen Religion siehst du eine Sache völlig verkehrt. Keins deiner Kinder kann etwas für den Zwiespalt, in dem du dich befindest. Ein verheirateter katholischer Pfarrer, der noch dazu glücklich ist, den darf es nicht geben – so denkst du doch, oder? Vergib zuerst dir selbst. Dann entschuldige dich bei deiner Tochter. Ich glaube fest daran, dass sie dir verzeihen wird.«

19

Ein lauter Schrei ließ Jessica erschrocken aufhorchen.

»Alles okay bei dir?«, rief sie in Richtung Badezimmer, hörte, wie das Wasser abgedreht wurde und wie Florian, der sich vor wenigen Minuten zum Duschen aufgemacht hatte, nun gottserbärmlich fluchte. Seit er mit seinem Vater gesprochen hatte, hatte er derart schlechte Laune, dass es fast unerträglich war, mit ihm im gleichen Raum zu sein. Die Unterhaltung war bereits drei Tage her, sein Verdruss darüber hielt jedoch noch immer an. Vermutlich lag es daran, dass er sich mehr von dem Gespräch versprochen hatte. Auch bei seinen Ermittlungen lief es derzeit nicht gut. Jessicas Vater Herbert war inzwischen mit den sechs Krimis der Autorin Sigi van Guldenveld durch. Es hatte sich bestätigt, dass die Morde eine entsprechende Geschichte aus den Büchern kopierten. Florian versuchte herauszufinden, ob auch die Motive in den Geschichten mit den Motiven des realen Täters übereinstimmen könnten. Er war jedoch schon beim ersten Fall gescheitert, denn er brachte den Tod der jungen Frau mit dem Drachentattoo einfach nicht mit einer Eifersuchtstat in Verbindung. Morgen stand die Befragung der besten Freundin der Ermordeten an, die Berthold nach über einer Woche endlich ausfindig gemacht hatte. Florian hoffte, dann weiterzukommen.

»Florian? Hast du dich verletzt?«

Die Badezimmertür öffnete sich und Florian erschien im Wohnzimmer, nur mit einem Handtuch um die Hüfte.

Aus seinem Haar rutschten dicke Flocken weißen Schaums über Schulter und Rücken. Wasserrinnsale liefen über seine Brust. Das Gesicht war unter einer dicken Seifenschicht kaum zu erkennen.

»Die Heizung ist kaputt«, verkündete er so trocken, wie es in seinem nassen Zustand möglich war. »Das Wasser ist arschkalt. Den verdammten Schaum bekomme ich so nie vom Körper.« Er wischte sich mit der Hand über die Stirn und verhinderte, dass ihm Wasser und Shampoo aus dem Haar in die Augen liefen. »Ich zieh mir schnell etwas an, gehe in den Keller und schaue nach der Heiztherme. Vielleicht ist nur eine Sicherung rausgesprungen.«

»Stopp!«, befahl Jessica, als Florian Anstalten machte, das Zimmer zu verlassen. Sie kicherte. »Zwei Dinge noch, bevor du in den Keller gehst. Zuerst gibst du zu, dass die Kräuterhexe Jacobi recht hatte.« Sie stellte sich zu ihm unter den Türrahmen, umarmte ihn in Hüfthöhe und legte ihre Hände auf seinen Hintern.

»Was meinst du? Die Frau ist ein Scharlatan.« Doch er lächelte das erste Mal seit Tagen wieder.

»Gib zu, sie hat dir das mit dem eiskalten Wasser vorhergesagt.«

Florian schüttelte leicht den Kopf. »Blödsinn«, flüsterte er. »Und was ist das Zweite? Du hast von zwei Dingen gesprochen.«

»Wenn du es zugibst – und nur dann –, helfe ich dir, den Schaum vom Körper zu bekommen. Anschließend …« Statt weiterzusprechen, küsste sie seine Brust, um kurz darauf voller Abscheu das Gesicht zu verziehen und ein angeekeltes Geräusch von sich zu geben. »Bäh, du schmeckst nach Seife.«

Nun grinste er so breit, dass sie ebenfalls lachen musste.

»Ich glaube, die Frau hatte wirklich jeden Grund, mich vor dem kalten Wasser zu warnen«, stimmte er ihr zu, schaute sie ernst an, hob die Hand, zeigte ihr die überkreuzten Finger und zwinkerte ihr zu. »Jetzt darfst du mir mit dem Schaum helfen, Frau.« Er zog sie ganz fest an sich. »Herrgott, ich liebe dich, Jessy!«

*

Die Freundin der ermordeten Frau mit dem Drachentattoo erschien pünktlich um 9 Uhr im Präsidium, setzte sich auf den Stuhl, den Kommissar Berthold Willig ihr bereitstellte, und bedankte sich höflich für den Kaffee, den Hauptkommissar Forster ihr aus der Personalküche mitgebracht hatte.

»Ich habe nie an einen Selbstmord geglaubt. Silke war der lebensfrohste und quirligste Mensch, den ich kannte. Sie hätte sich nie das Leben genommen. Doch zu ihrem Tod wurde damals niemand befragt. Jedenfalls keiner, der sie näher kannte.«

»Die Untersuchungen zu dem Fall waren tatsächlich etwas oberflächlich«, gab Florian zu. »Die Ermittler sind recht schnell von einem Suizid ausgegangen. Deshalb wurde kaum jemand vernommen.«

»Warum bin ich hier? Gibt es neue Erkenntnisse? Wie kann ich Ihnen helfen?«

»Wir konnten trotz intensiver Recherche bisher nicht ermitteln, ob Ihre Freundin Silke Bösche einen Freund oder Exfreund hatte. Hätten Sie diesbezüglich mehr Informationen für uns?«

»Mit ihrem Freund Mike war sie über drei Jahre zusammen. Die Trennung war einvernehmlich. Mike war ein feiner Kerl, wollte sich aber beruflich verändern und hat einen Job in den USA angenommen. Silke wollte ihn nicht begleiten, also haben sich die beiden entschieden, getrennte Wege zu gehen. Glauben Sie etwa, der Täter kommt aus Silkes nahem Umfeld?«

»Im Moment stellen wir nur Vermutungen an und ermitteln in alle Richtungen«, erklärte Kommissar Willig, machte sich an seinem Bildschirm Notizen und fragte nach dem Nachnamen des Freundes.

»Was hatte es mit dem Drachentattoo auf sich?«, wollte Florian wissen. »War das eine Art Partnertattoo? Hatte ihr Freund Mike auch so eins?«

Die junge Frau lachte. »Vergessen Sie Mike. Der hat Silke nichts getan. Silkes Tattoos fand er zwar nett, konnte aber nicht verstehen, warum sie diese Körperkunst so liebte. Für ihn wäre das nie infrage gekommen. Zum Zeitpunkt ihres Todes war er auf Geschäftsreise in Südamerika und hat dort sofort alle Zelte abgebrochen, um an der Beerdigung teilnehmen zu können. Er ist direkt von Rio nach Deutschland geflogen und hat ein paar Tage bei mir gewohnt. Die beiden waren bis zum Schluss gute Freunde.«

»Verstehe. Fällt Ihnen jemand ein, dem Sie eine solche Tat zutrauen? Hatte Ihre Freundin Feinde?«

»Nein.« Die Befragte dachte eine Weile nach. »Ich verstehe nicht, warum sie sterben musste. Sie war so ein liebenswerter Mensch.« Doch dann kam ihr eine Idee.

Florian sah, wie sich der Ausdruck auf ihrem Gesicht plötzlich änderte. Sie biss sich auf die Unterlippe und starrte wie gebannt den Kaffeebecher auf dem Schreibtisch an.

»Da fällt mir ein …«, begann sie zögernd und verstummte erneut.

»Was fällt Ihnen ein?«, fragte Florian ungeduldig, als sie nach mehreren Sekunden den Satz noch nicht beendet hatte.

»Vor ... Ich weiß es nicht mehr genau ... Vor sieben oder acht Jahren, vielleicht waren es auch zehn, war Silke mal mit einem Typen zusammen. Der war merkwürdig.«

»Aha«, rief Berthold Willig und sah interessiert von seinem Bildschirm auf. »Wie hieß der Mann?«

Die Zeugin kratzte sich nachdenklich am Kinn, griff nach der Tasse und nahm einen Schluck Kaffee. »Ehrlich, das weiß ich nicht mehr. Silke hat sich damals sehr von allen Freunden zurückgezogen. Niemand hat den Kerl jemals zu Gesicht bekommen. Sie hat mir den Namen bestimmt gesagt, aber ... nein ... er fällt mir nicht mehr ein.«

»Warum erwähnen Sie den Mann?«, fragte Florian. Es war ungewöhnlich, dass ein Exfreund, sollte er nach einer Trennung Rachegelüste verspüren, mehrere Jahre wartete, um diese auszuleben. »Sie sagten, die Beziehung sei vor vielen Jahren gewesen.«

»Ja, das ist albern, oder?« Sie kicherte verlegen. »Nur weil niemand den Kerl mochte, muss er schließlich nicht böse sein. Und die Kette, die er ihr geschenkt hat, trug sie trotz Trennung. Sie liebte dieses Teil. Merkwürdig, aber ...« Wieder verstummte sie.

Dieses Mal ließ Florian sie gewähren. Es dauerte eine ganze Weile, bis sie fortfuhr.

»Silke hat mir einmal lachend erzählt, dass sogar der Name ihres Exfreundes, dieses schmierigen Typen, eingraviert war, sie den Anhänger aber so schön fand, dass es ihr nichts ausmachte. Soviel ich weiß, hat sie die Gravur niemals ändern lassen. Das Teil war ein Unikat. Speziell für sie angefertigt. Ein aus Holz geschnitzter Drache, in den mit flüssigem Metall kleine Applikationen eingefügt worden waren. Er wirkte dadurch dreidimensionaler und hatte leuchtende Augen.«

»Hat Silke Bösche diese Kette immer getragen? Niemals abgelegt?«

»Nein, nicht einmal zum Schwimmen oder Duschen.«

Florian musste seinen Kollegen Berthold nur kurz ansehen. Dieser verstand sofort und rief die Fallakte mit den Tatortfotos auf, überflog den Bericht der Spurensicherung, sah dann auf und schüttelte den Kopf.

»Am Tatort wurde keine Drachenkette gefunden«, gab Florian die Informationen an die Zeugin weiter. »Wie sah das Teil aus? Könnten Sie es unserem Zeichner vielleicht beschreiben?«

»Ich kann es Ihnen zeigen«, sagte sie, zog ihr Smartphone heraus und suchte in der Datei mit den Fotos ein Bild ihrer Freundin. »Hier! Wenn Sie wollen, kann ich Ihnen das Bild schicken.«

»Der Verdacht erhärtet sich, dass der Mord an Silke Bösche tatsächlich eine Eifersuchtstat war. Wenn wir den Anhänger finden, haben wir zumindest den Vornamen des mutmaßlichen Täters.« Florian hatte die Zeugin hinausbegleitet und wenige Minuten später das Büro wieder betreten. »Ich fahre noch einmal zu dieser Schriftstellerin. Der Täter kopiert exakt die Taten aus den Kriminalgeschichten. Es muss eine Verbindung geben.«

»Oder es ist ein fanatischer Fan, der Realität und Fiktion vermischt und nicht mehr Herr seiner Sinne ist«, warf Berthold ein.

»Möglich«, stimmte Florian zu und griff nach seiner Jacke. »Doch mein Bauchgefühl sagt mir, dass mehr dahintersteckt, als wir bisher sehen.« An der Tür drehte er sich noch einmal um. »Es wäre prima, wenn du die Eltern der Ermordeten speziell nach dem Anhänger befragen könntest. Sollte er nicht auftauchen, gib ein Foto des Holzdrachen an die Presse. Vielleicht bekommen wir einen entsprechenden Tipp aus der Bevölkerung.«

»Sehr unwahrscheinlich, Chef.«

»Wenn es auch nur bewirkt, dem Täter ein wenig Angst zu machen, hat es seinen Zweck erfüllt.«

Zugegebenermaßen war die Theorie sehr vage. Keiner konnte zum jetzigen Zeitpunkt mit Sicherheit sagen, ob es zwischen Buch und realem Mord wirklich eine Verbindung gab. Vielleicht führten die Ermittlungen komplett in die Irre. Vielleicht interpretierte Florian Fakten in die Taten, die nur zufällig übereinstimmten. Bisher wies ausschließlich die Nähe zu den Allgäuer Sagen und den Kriminalromanen von Sigi van Guldenveld auf eine Verbindung der drei Morde hin – vier, wenn man den Hund mitrechnete. Wenn Berthold recht hatte und die Taten einem geistesgestörten Fan geschuldet waren, der die Geschichten allzu wörtlich nahm, konnten sie noch so sehr nach logischen Zusammenhängen suchen. Dann wäre der Täter unberechenbar und sie könnten seine nächsten Schritte nicht vorausahnen. Das allerdings hoffte Florian. Er wollte verhindern, dass noch ein Mord geschah.

»Ich muss verstehen, worum es in Ihren Krimis geht.« Eine halbe Stunde später saß Florian Sigrid Huber, der Schriftstellerin, gegenüber. Dieses Mal hatte sie ihn in ihr Büro gebeten. Ihr kleiner, struppiger Hund war ungefragt auf seinen Schoß gesprungen und ließ sich ausgiebig von ihm kraulen. »Die Sagenwelt lassen wir außen vor. Was sind die eigentlichen Motive der Täter in Ihren Kriminalgeschichten?«

»Herrje, Herr Hauptkommissar. Hatte ich Ihnen die Bücher nicht gegeben? Ich dachte, es wäre deutlich, worum es jeweils geht.« Sie seufzte theatralisch. »Sagen Sie bloß nicht, Sie haben sie nicht gelesen?«

»Ich würde gern Ihre persönliche Einschätzung dazu hören. Immerhin haben Sie die Geschichten geschrieben«, erklärte Florian, setzte den weißen Terrier auf den Boden, streckte die Beine aus und legte eins über das andere. »Manchmal versteht der Leser etwas anderes, als der Autor meint.«

Sein Schwiegervater hatte ihm zu allen Büchern seine Theorien mitgeteilt. Im ersten Buch ging es um Eifersucht, der fünfte Krimi, dessen Gegenstück die Sage des Reiters auf dem feurigen Ross war, beinhaltete Rache für eine ertragene Demütigung. Auch das passte. Der Journalist hatte die Autorin in seinem Zeitungsartikel gedemütigt. Rache könnte also durchaus das Motiv sein. Doch wer könnte sich gerächt haben? Sigrid Huber alias Sigi van Guldenveld hielt große Stücke auf den Artikel. Er hing eingerahmt über ihrem Schreibtisch. Wenn sie keine Rachegelüste verspürte, wer dann? Und welches Motiv steckte hinter dem Mord auf der Hohenschwandalpe, Thema im vierten Krimi?

»Warum zum Beispiel wurde der Hund in Ihrem dritten Roman am Ende erschossen, obwohl er sich hätte einfangen lassen? Was war der Sinn?«

Lange gab Sigrid Huber keine Antwort.

»Es muss nicht immer alles Sinn ergeben. Die Geschichten sind erfunden. Wenn Ihnen das Ende nicht gefallen hat, entschuldige ich mich und verweise auf meine künstlerische Freiheit.« Das Gespräch langweilte sie. Florian bemerkte, wie sie ständig auf die Uhr ihres Smartphones sah. »Sind wir dann fertig? Ich habe noch eine Verabredung.«

»Es sind mehrere Morde verübt worden. Alle haben einen Bezug zu Ihren Geschichten, Frau Huber«, rief er ungehalten. »Wir sind erst fertig, wenn Sie mir die Informationen geben, die ich brauche.«

Sie hob die Hände gen Zimmerdecke und jammerte vernehmlich. »Herrje, hätte ich gewusst, wie stressig es ist, Autorin zu sein, hätte ich das mit dem Schreiben lieber gelassen. Auf das Geld bin ich nicht angewiesen. Ich bekomme seit Jahren eine Leibrente von meinem Bruder. Außerdem hat mein Vater mir vor einem halben Jahr dieses Haus vererbt, als er endlich das Zeitliche gesegnet hat. Mir geht es hervorragend, auch ohne die dummen Krimis. Wenn irgendwer meint, die Bücher als Ansporn für seine Mordlust verwenden zu müssen, ist das schließlich nicht mein Problem.«

»Hatten Sie kein gutes Verhältnis zu Ihrem Vater?«, hakte Florian nach.

»Nein. Zu meinem Bruder genauso wenig«, bestätigte die Autorin und begann, mit den Fingern ihre Schläfen zu massieren. »Ich erzähle Ihnen gern die Geschichte der Sündenböcke. Und dann gehen Sie, Herr Forster. Ich bekomme von Ihren dummen Fragen Kopfschmerzen.«

20

Drei Tage später nahm der Fall eine entscheidende Wende.

Kurz vor Feierabend betrat Adelheid Huber, die Tochter der Schriftstellerin, Florians Büro und legte zum Erstaunen des Hauptkommissars ein Geständnis ab.

»Sie wollen mir ernsthaft weismachen, Sie hätten drei Menschen und einen Hund getötet?«

»Ja, das habe ich.«

Florian glaubte ihr kein Wort. Jeder war zwar in der Lage, in extremen Ausnahmesituationen einen Menschen zu töten. Das hatte er im Laufe seiner Karriere lernen müssen. Doch diese junge Frau vor ihm wirkte weder rachsüchtig noch eifersüchtig, weder berechnend noch hinterhältig. Eher würde er Adelheid Huber ein komplettes Fehlen von Emotionen attestieren. Dann wäre sie eine Psychopathin, die nur um des Tötens willen mordete.

»Schwachsinn«, quittierte er ihre Aussage. »Sie sind körperlich überhaupt nicht in der Lage, einen 80 Kilo schweren Mann auf ein Pferd zu heben. Die Rechtsmedizin hat bestätigt, dass der Reporter Patrick Vogler auf dem Tier saß, bevor er bei der Sölleralpe abgelegt wurde.« Florian konnte offen über die Tatverläufe sprechen, da die junge Huber ihm in der letzten halben Stunde über all diese Dinge ausführlich berichtet hatte.

»Der Mann war noch am Leben. Er ist eigenständig auf den Hengst gestiegen. Sie müssen mich verhaften. Ich habe Täterwissen«, informierte Adelheid Huber den Hauptkommissar. »Ergo bin ich die Täterin.«

»Das sehe ich anders. Vermutlich wollen Sie den wahren Täter decken. Ihre Informationen haben Sie allesamt aus den Büchern Ihrer Mutter.«

»Das können Sie nicht beweisen«, beschied ihm die Geständige. »Nun führen Sie mich bitte dem Haftrichter vor, damit dieses Morden endlich ein Ende hat. Ich kenne meine Rechte und bestehe darauf, dass Sie mich festnehmen und inhaftieren lassen, Herr Forster.«

Florian fuhr sich mit beiden Händen durch das Haar. Er war fassungslos und hatte mehr und mehr das Gefühl, einen wichtigen Aspekt der Mordfälle immer noch nicht zu durchschauen.

Die Tochter der Schriftstellerin hatte diese Menschen nicht getötet. Kannte sie den Täter? In der Befragung hatte Adelheid Huber angegeben, dass sie alle Opfer außer dem Reporter willkürlich ausgewählt habe. Der Frau mit dem Tattoo sei sie zufällig im Supermarkt begegnet und ihr dann zur Wohnung gefolgt. Auch der auf dem Misthaufen ermordete Mann sei ein Zufallsopfer gewesen.

»Wo ist das Kostüm? Wir könnten es auf Ihre DNA überprüfen.«

»Das Ziegenkostüm? Das habe ich verbrannt.« Adelheid Huber war gut vorbereitet.

Doch als Florian sie wenige Minuten später am Oberarm packte und hinausführte, spürte er, wie sie am ganzen Körper zitterte. Sie hatte merklich Mühe, sich auf den Beinen zu halten. Die Tränen in ihren Augen waren nicht zu übersehen, obwohl sie den Blick permanent zum Boden richtete.

Diese Frau war keine Psychopathin und erst recht keine Mörderin.

Den ganzen Weg nach Hause grübelte Florian nach, bekam jedoch seine Gedanken, die Fakten – sowohl die fiktiven als auch die realen – und die Worte der jungen Frau Huber nicht in Einklang. Irgendetwas übersah er. Wieso sollte Adelheid Huber den wahren Täter schützen wollen? Weil es ihre Mutter war? Aber die verhielt sich in seinen Augen nicht verdächtig. Oder trügte ihn sein Bauchgefühl dieses Mal so sehr? War es möglich, dass Sigi van Guldenveld eine Mörderin war? Doch auch für sie galt all das, was ihre Tochter von jedem Verdacht befreite: das fehlende Motiv und die mangelnde Körperkraft. Selbst wenn die junge Huber die Wahrheit sagte und der Reporter eigenständig auf das Pferd gestiegen war – wie hätte sie das Tier stehlen und ohne Transportmöglichkeit über 100 Kilometer bis nach Oberstdorf bringen können? Sie hatte nicht einmal einen Führerschein. Auch die Schriftstellerin besaß weder ein Auto noch eine gültige Fahrerlaubnis.

Oder musste Florian seine Sicht auf die Dinge komplett überdenken? Wollte die Tochter der Autorin vielleicht nicht den wahren Täter, sondern das nächste Opfer schützen?

Das Thema des sechsten Krimis war Macht, Geld und Reichtum. Angelehnt an die Allgäuer Sage vom »Goldbrünnelein im Balderschwanger Tal« kam darin ein Mann zu Tode, der unerwartet und unrechtmäßig zu Geld gekommen war. Es ging um Geheimnisse, die nie verraten wurden, und Geldquellen, die deshalb versiegten.

Wenn es weiterhin so viele Ungereimtheiten gab, würde er diese Fälle niemals lösen.

Er musste seinen Blickwinkel neu justieren. Dazu brauchte er die Unterstützung seines Schwiegervaters Herbert Grothe.

21

»Du bist zurückgekehrt, mein Kind. Was für eine Freude! Sei herzlich willkommen, Magdalena!« Ewald Meichelböck wies den Mann hinter der jungen Frau an, diese loszulassen. Dazu reichte ein Wink mit der Hand und ein strenger Blick. Der Mann gab endlich ihren Arm frei, den er ihr schmerzhaft hinter dem Rücken verdreht, mit beiden Händen festgehalten und sie so gezwungen hatte, in gebeugter Haltung vor Vater Benignus zu stehen.

Als ihr Peiniger das Zimmer verlassen hatte, wagte Magdalena es, den alten Mann direkt anzusehen. »Ich bin nicht freiwillig hier«, flüsterte sie. In Gegenwart von Vater Benignus hatte sie noch nie laut gesprochen.

»Das weiß ich, Kind.« Seine Stimme klang sanft, aber sein Lächeln war teuflisch. »Du hattest keine Wahl. Nirgends bist du so sicher wie bei uns. Irgendwann wirst du mir dankbar sein.«

Er ging auf sie zu, kam so dicht heran, dass sie einen Schritt zurückwich und wieder demütig zu Boden sah.

»Ich werde dich bestrafen müssen. Das verstehst du doch, oder?«

Magdalena nickte. Man würde sie – wie bereits im letzten Jahr – für mehrere Wochen in den dunklen Keller einsperren. Die Kälte konnte sie aushalten. Der Hunger verging nach ein paar Wochen. Doch der Durst war unerträglich. Das wenige Wasser, das sie damals bekommen hatte, reichte gerade zum Überleben.

»Du musst das verstehen, Kind.« Meichelböck streckte die Hand nach ihr aus, hielt aber kurz vor ihrer Wange inne.

Im Gegensatz zu allen anderen seiner Anhänger hatte er Magdalena noch niemals berührt. Das wurde ihr in diesem Moment bewusst.

»Fluchtversuche müssen sanktioniert werden«, sagte er und zog die Hand zurück. »Auch Bruder Leon hat seine Strafe bekommen. Er war schwach. Nun ist er wieder auf dem rechten Weg.« Die Hände hinter seinem Rücken ineinandergelegt schritt er durch das Zimmer und blieb vor dem großen Fenster an der Südseite stehen. »Wer ist der Vater?«, fragte er so unerwartet, dass Magdalena erschrocken zusammenzuckte.

Doch sie straffte die Schultern und sagte: »Du, Vater Benignus, du bist der gütige Vater.«

Er lachte so laut, dass Magdalena die Vibrationen seines tiefen Basses in ihrem Körper spürte.

»Du weißt genau, was ich meine, Kind. Wer ist der Vater des Babys, das du bekommen hast? Des kleinen Mädchens, das jetzt bei einer Pflegefamilie lebt?«

Magdalena schwieg beharrlich. Woher wusste er von dem Kind? Sie hatte die Schwangerschaft geheim gehalten und war rechtzeitig seinem Einfluss entkommen, bevor ihr Zustand für Außenstehende sichtbar geworden war.

»Warum hast du es nicht zu Franz-Xaver gebracht? Hattest du Angst, er würde es verstoßen, wie er dich verstoßen hat?« Während er sprach, sah er unentwegt aus dem Fenster. Doch er beobachtete sie, denn ihr Bild spiegelte sich in der großen Glasscheibe. Als sie fest die Arme um ihren eigenen Körper schlang, lächelte er überlegen. »Sag mir, wer der Vater ist«, wiederholte er. »Deine Strafe wird dir erlassen, sobald ich seinen Namen habe.« Er drehte sich zu ihr um. »Solltest du weiterhin schweigen, werde ich deine Bestrafung um ein Vielfaches erhöhen.«

Seinem Blick konnte sie nicht standhalten.

Dieses Mal würden sie die Entbehrungen, die Angst und die körperlichen Qualen umbringen. Dieses Mal gab es nichts, wofür es sich zu kämpfen lohnte. Ihre Tochter, damals noch in ihrem Bauch, war heute in Sicherheit. Franz-Xavers Sohn, der Kriminalbeamte, würde dafür Sorge tragen, dass ihrem Mädchen nichts geschah. Bei ihrem letzten heimlichen Treffen vor fast einem Jahr hatte Matteo ihr versichert, dass der Polizist ein guter Mensch sei.

Dieses Mal würde sie nicht überleben.

»Ich will den Namen!«

Magdalena sah auf, starrte ihm direkt in seine teuflischen Augen und schüttelte so heftig den Kopf, dass ihr schwindelig wurde. »Nein, sein Name wird mit mir sterben. Und wenn du mir in ein paar Monaten oder Jahren in die Hölle folgst, werde ich dort auf dich warten, alter Mann!«

»So soll es denn sein«, sagte er gelassen, rief nach dem jungen Mann, der Magdalena vorhin hereingeführt hatte, und setzte sich auf den Sessel neben dem alten Bauernschrank.

»Sie ist nicht einsichtig, Bruder Stephan. Wir haben das im Vorfeld besprochen.« Er nickte Stephan zu.

Der verbeugte sich ergeben. Dann drehte er sich blitzschnell um, holte weit mit dem Arm aus und rammte Magdalena die Faust brutal in den Bauch. Diese sackte augenblicklich zusammen und stöhnte schmerzerfüllt auf. Bevor sie nach Luft schnappen konnte, riss Stephan sie an den Haaren vom Boden hoch, schlug ihr erbarmungslos mit der flachen Hand ins Gesicht und warf sie gegen die Fensterbank.

»Hab ich dir nicht gesagt, Bruder Stephan, dass die flache Hand nur bei leichten Vergehen benutzt wird? Magdalena hat sich derart versündigt, dass bei ihr nur die Faust hilft.«

Als Bruder Stephan erneut nach Magdalena greifen wollte, hielt Vater Benignus ihn zurück.

»Halt«, rief er. »Geben wir der Sünderin die Chance, sich doch noch herauszuwinden. Sag mir, Magdalena, wer ist der Vater des Babys?«

Ihre Lippe blutete von dem heftigen Schlag in ihr Gesicht. Ihr Körper schmerzte, und sie wusste nicht, ob sie noch mehr dieser Schmerzen ertragen konnte. Doch sie erhob sich, schritt mit aufrechtem Gang und klarem Blick auf Meichelböck zu und lächelte. »Dann wirst du mich nun wohl töten müssen, alter Mann.«

Vater Benignus' Wutschrei dröhnte durch das Zimmer, traf und erschütterte sie, bevor die Faust von Bruder Stephan schonungslos gegen ihre linke Schläfe donnerte und ihr das Bewusstsein raubte.

*

»Kümmere du dich um Franz-Xaver, Jessy. Dafür habe ich zurzeit keinen Nerv«, rief er in Richtung Küche, ließ seinen Vater vor der Haustür stehen, ohne ihn auch nur zu grüßen, und lief die Treppe hinauf. Berthold hatte ihm eine Nachricht auf sein Smartphone geschickt und um Rückruf gebeten. Florian vermutete, dass er wichtige Informationen über Adelheid Huber ausgegraben hatte, deren Weitergabe nicht bis morgen warten konnte.

Die heutige Befragung des Ehepaares Simmerbach, das gestern endlich aus dem Urlaub zurückgekehrt war, hatte nichts ergeben. Die Tierkostüme in ihrem Schuppen, die der Gärtner von Hans-Heinrich Greiter erwähnt hatte, waren allesamt Importe vom afrikanischen Kontinent und ausschließlich von dort heimischen Tieren wie Zebra, Gnu und Elefant. Ein Ziegenkostüm gab es in diesem Schuppen nicht. Auch ein Motiv fehlte gänzlich.

Als Jessica die Haustür erreichte, stand ihr Schwiegervater noch genau so da, wie Florian ihn verlassen hatte.

»Franz-Xaver. Schön, dass du da bist. Komm doch herein. Die Kinder und ich essen gerade zu Abend. Wenn du willst, kannst du dich zu uns setzen.«

Ihr Schwiegervater nickte zustimmend.

In der Küche drückte Jessica ihm ungefragt den kleinen Elias in den Arm und forderte den neunjährigen Tobias auf, seinem Großvater vom letzten Fußballturnier zu erzählen.

Das lockerte die Stimmung ein wenig auf. Franz-Xaver entspannte sich merklich.

Erst eine Stunde später war sie mit ihrem Schwiegervater allein. Die Kleinen schliefen, Svenja und Tobias saßen vor dem Fernseher im oberen Stockwerk. Florian hatte sich in der Küche nicht mehr blicken lassen.

»Was hast du auf dem Herzen, Franz-Xaver?« Jessica reichte ihm eine Tasse frisch aufgebrühten Tee und setzte sich zu ihm an den Esstisch. »Hat sich deine Tochter bei dir gemeldet?«

»Sie wird nicht zu mir kommen.« Er legte seine Hände um die warme Tasse, beobachtete, wie heiße Dampfschwaden aus dem Tee aufstiegen, und sah dann zur Tür. »Florian wird ebenfalls nicht wiederkommen, oder?«

»Ich denke nicht«, sagte Jessica. Sie wusste, dass sie ihren Mann nicht überreden konnte, mit seinem Vater zu sprechen. Florian hatte die letzte Unterhaltung mit ihm immer noch nicht verdaut. »Meinst du, du kannst auch mir sagen, um was es geht?«, bot sie deshalb an.

Es dauerte eine Weile, bis er sich auf ihr Angebot einließ.

»Florian hat dir sicher von dem Zerwürfnis zwischen mir und meiner Tochter erzählt. Dieser Streit wurde genutzt, um sich an mir zu rächen. Ich habe es geschehen lassen, weil ich zu stolz war, meine Mitschuld einzugestehen.«

»Das verstehe ich nicht.« Jessica beobachtete ihren Schwiegervater aufmerksam. Franz-Xaver hatte Mühe, seine Hände ruhig zu halten. Fast krampfhaft hielt er sich an der Tasse fest.

»Ich muss etwas weiter ausholen, um es zu erklären«, sagte er und schloss die Augen. »Bereits als ich mit meinem Studium fertig war, wusste ich, dass mich alles zum katholischen Glauben zog. Doch ich wurde evangelischer Pfarrer, weil ich Regina liebte und heiraten wollte. Es gab einen Mann, den ich einst bewundert habe. Pfarrer Ewald Meichelböck. Er hat mich bestärkt und unterstützt. Er hat dafür gesorgt, dass ich endlich in einer katholischen Kirche meinen wahren Glauben leben und predigen durfte. Es ist nahezu unmöglich, eine Zölibatsdispens zu erhalten. Weißt du, was das bedeutet?«

»Ja, Florian hat es mir erklärt. In Ausnahmefällen ist es möglich, dass ein katholischer Pfarrer sich nicht an das Zölibat halten muss und heiraten darf«, erklärte Jessica.

»Na ja, fast. Ich war ja schon verheiratet, als ich die Religion gewechselt habe, und durfte es dank der Dispens bleiben«, berichtete Franz-Xaver. »Es wurde mir mit der Hilfe von Pfarrer Meichelböck sogar ermöglicht, eine eigene Gemeinde zu übernehmen. Ich verdanke ihm viel.«

»Verstehe. Aber was hat dieser Pfarrer mit deiner Tochter zu tun?«

»Er ist es, der sich an mir rächen will und dafür den Streit zwischen mir und Magdalena ausnutzt.«

»Aus welchem Grund sollte dieser Pfarrer sich heute an dir rächen wollen?«, fragte Jessica. »Und was meintest du vorhin damit, dass du es hast geschehen lassen, weil du dich mitschuldig fühlst?«

»Meichelböck hat Spendengelder veruntreut, das Beichtgeheimnis gebrochen und schreckte auch vor Erpressung nicht zurück. Ich habe ihn bei der Bistumsleitung angezeigt. Er wurde suspendiert.« Weil Jessica nichts sagte, fuhr er seufzend fort: »Er hat mein Kind. Meine Tochter ist nach unserem Streit mit ihm fortgegangen. Ich bin überzeugt, dass sie noch immer bei ihm ist, auch wenn er es leugnet.«

22

Durch das vergitterte Fenster fiel Licht in den kargen Raum. Die nackten Betonwände, der Tisch aus Leichtmetall und die zwei Plastikstühle ließen das Zimmer kalt und ungemütlich wirken. Doch für eine kurze Befragung reichte es vollkommen aus.

»Wieso haben Sie uns nicht gesagt, dass Sigrid Huber nicht Ihre leibliche Mutter ist?« Die Überprüfung der Frau hatte ergeben, dass der verstorbene Herr Huber zwar der leibliche Vater, aber Frau Huber nicht die Mutter ist. Einen Eintrag über die leibliche Mutter gab es in den Akten des Standesamtes nicht.

Die blonde Frau ihm gegenüber sah ihn teilnahmslos an.

Hauptkommissar Forster hatte, nachdem er am heutigen Vormittag bei der Autorin keine Informationen erhalten hatte, einen Besuchstermin in der JVA angemeldet. Die Tochter, die seit zwei Tagen – seiner Meinung nach unbegründet – in Untersuchungshaft saß, war ebenso verschwiegen wie ihre Adoptivmutter.

»Ich glaube, Sie opfern sich für eine Sache, die Sie nicht vollständig durchdacht haben«, hielt Florian ihr vor. »Es gibt nur zwei Möglichkeiten. Erstens: Sie kennen den wahren Täter und wollen ihn schützen …« Florian machte eine Pause, um ihre Reaktion zu beobachten.

In ihrem gleichgültigen Gesichtsausdruck blitzte für den Bruchteil einer Sekunde Fassungslosigkeit auf.

»Verstehe«, sagte Florian, legte die Unterarme auf den Tisch und beugte sich vor. »Sie wissen auch nicht, wer der Täter ist. Dann steckt also Möglichkeit zwei dahinter: Sie haben sich verhaften lassen, um das nächste Opfer zu schützen.«

Adelheid Huber senkte ihren eben noch fest auf den Hauptkommissar gerichteten Blick und starrte auf ihre Hände, die sie flach auf den Tisch gelegt hatte.

»Sind Sie das nächste Opfer?«

Sie gab keine Antwort.

»Haben Sie die Presse über Ihre Inhaftierung informiert?«

Die junge Frau schwieg beharrlich.

In der aktuellen Tageszeitung stand heute ein ausführlicher Bericht über die Verhaftung Adelheid Hubers, die Morde und die angeblich hervorragende Arbeit der Kemptener Kripo. Kommissar Willig war bereits beauftragt, in der Zeitungsredaktion nach der Quelle dieser Informationen zu fragen, doch Florian war sich sicher, dass all das zum Plan der jungen Huber gehörte. Er hätte nur gern von ihr gewusst, warum sie so handelte.

»Sie müssen nicht mit mir reden, Frau Huber. Aber es wäre hilfreich, wenn Sie mir als Lektorin der Krimis zumindest unsere Theorie zu den Todesfällen bestätigen. Sie sind mit den Büchern genauso vertraut wie die Autorin selbst.«

Da sie ihn nun wieder aufmerksam ansah, fuhr er fort: »Ich glaube nicht, dass der wahre Täter sich davon abhalten lässt, weitere Morde zu begehen. Zwei Bücher fehlen noch, also auch zwei Morde. Stimmen Sie mir zu, Frau Huber?«

Sie nickte zögernd, und Florian hatte zum ersten Mal das Gefühl, der Lösung des Falles sehr nahe zu sein.

»Im ersten Krimi Ihrer Mutter ist das Motiv des Mordes an dem Mädchen mit dem Drachentattoo nicht die

Nachstellung der Allgäuer Sage, sondern schlichtweg Eifersucht«, erklärte Florian seine Theorie und hoffte auf Bestätigung der jungen Frau. »Leider können wir dieses Motiv nicht problemlos auf den realen Mord übertragen. Wir haben bisher keine Person ermittelt, die akut eifersüchtig war und eine Tat im Affekt begangen haben könnte.«

Adelheid Huber wollte etwas sagen, doch Florian unterbrach sie.

»Lassen Sie mich bitte ausreden«, bat er und sah kurz auf seine Notizen. »Im fünften Teil der Krimiserie ist Rache das tragende Motiv. Das passt ganz gut zum realen Mordfall an dem Reporter, aber …«

»Rache? Nein, nicht Rache.«

Florian erschrak regelrecht, als sie plötzlich zu sprechen begann.

»Damit hat das nichts zu tun. Auch nicht mit Eifersucht. Sie missverstehen die tiefgründigen Aussagen der Krimis, Herr Hauptkommissar.«

»Erklären Sie es mir«, forderte er, schob sein Smartphone zurück in die Tasche, stützte die Ellenbogen auf dem Tisch ab und faltete die Hände. »Was ist das Motiv beim Krimi ›Feuerpferd‹, der Bezug nimmt auf die Allgäuer Sage vom Reiter auf dem feurigen Ross? Wenn es nicht Rache ist, habe ich die Geschichte nicht verstanden.«

»Es ist Überheblichkeit, Arroganz oder besser: Hochmut.« Sie erhob sich. »Ich möchte zurück in meine Zelle. Wenn Sie den nächsten Mord verhindern, bin ich gern bereit, noch einmal mit Ihnen zu sprechen. Wenn nicht, hoffe ich, dass meine Art, mit dem Unglück umzugehen, wenigstens den letzten Mord verhütet. Auf Wiedersehen, Herr Forster. Viel Erfolg.«

»Wie meinen Sie das?«

Doch sie schwieg und ließ sich von dem Vollzugsbeamten an der Tür zu dem Straftrakt führen, in dem sie ausharren wollte, bis das Morden ein Ende hatte.

*

Als Florian am Nachmittag das Büro betrat, zog sein Kollege Berthold sich gerade seine Jacke an, schaltete PC und Bildschirm aus und griff nach dem Papier, das im Drucker steckte.

»Ich habe dir alles zusammengefasst, was mir wichtig erschien«, sagte er und drückte seinem Chef den Zettel in die Hand. »Ich muss los.«

»Der Arzttermin ist heute?«, fragte Florian und sah sich Bertholds Notizen an.

»Genau. Schönen Feierabend!« Berthold verschwand durch die offene Tür in den Flur.

Was Florian bereits vermutet hatte, bestätigten Bertholds Recherchen. Die junge Huber hatte die Informationen für den Zeitungsartikel persönlich bei der Redaktion abgegeben. Im Anschluss war sie direkt zu ihm gekommen und hatte sich verhaften lassen.

Noch immer verstand Florian ihre Beweggründe nicht vollständig. Wenn sie sich nicht selbst für das nächste Opfer hielt, wen wollte sie dann durch ihre unüberlegte Aktion schützen? Auch ließ ihn der Gedanke nicht los, dass er mit seinen, wie er meinte, gut durchdachten Mordtheorien auf dem Holzweg war. Das behauptete zumindest Adelheid Huber.

Jemand klopfte an den Türrahmen.

Als Florian aufsah, hob Detlef Kern, der Beamte, mit

dem Jessica vor der Geburt der Zwillinge im Team zusammengearbeitet hatte, grüßend die Hand.

»Detlef, komm rein. Was verschlägt dich zu mir in den ersten Stock?«

»Deine Frau ist nicht mehr im Haus. Ich komme nur, um dir zu sagen, dass das Material für eine Hausdurchsuchung ausreicht. Würdest du ihr das bitte heute Abend mitteilen? Sie geht nicht an ihr Handy«, fügte er erklärend hinzu und wollte wieder verschwinden.

»Warte, Detlef.« Florian sprang auf und holte seinen Kollegen im Flur ein. »Welche Hausdurchsuchung? Worum geht es eigentlich?«

Kern drehte sich langsam um und grinste. »Ich dachte, sie hätte es dir erzählt. Dann ging es nicht nur mir so. Jessica ist eigenbrötlerisch und verschwiegen wie eh und je.«

Florian sah Kern aufgebracht an.

»Mach dir nichts draus«, beruhigte ihn der Kollege. »Deine Frau ist eine hervorragende Ermittlerin. Das ist doch die Hauptsache.«

Weil Florian verärgert brummte, fuhr Detlef fort: »Sie hat mich mit einem Hintergrundcheck zu diesem ehemaligen Pfarrer Meichelböck beauftragt. Mit dessen Finanzen stimmt einiges nicht. Die Spenden für den eingetragenen Verein, den er gegründet hat, die ›Kinder des Glücks‹, sind nicht nachvollziehbar, nur zum Teil versteuert und ungewöhnlich hoch. Für einen Blick in die Bücher reicht das. Die Staatsanwaltschaft ist informiert. Wenn Jessy das Ganze schnell durchziehen will, würde sie heute noch den Wisch der Behörde bekommen.«

23

Heute nahm er den direkten Weg.

Der Trampelpfad zum Anwesen war nicht leicht zu finden gewesen, obwohl er doppelspurig und mit einem Auto befahrbar war. Schließlich war es ihm jedoch gelungen, und er stand nach einem kurzen Marsch durch einen kleinen Wald zum zweiten Mal in diesem Monat an der Steinbrücke über den breiten Graben vor dem imposanten Herrenhaus.

Verwundert sah er sich um. Er hatte erwartet, wieder empfangen zu werden, doch es kam niemand aus dem Haus oder dem Garten.

Die breite Doppeltür am Eingang war nur angelehnt.

Franz-Xaver Lorenz schob sie vorsichtig auf und spähte hinein. Keine Menschenseele war im großen Foyer, keine Stimmen und Geräusche drangen aus den angrenzenden Zimmern. Waren die Bewohner des Anwesens allesamt ausgeflogen?

Die Tür zu Ewald Meichelböcks Zimmer lag links neben der alten Steintreppe. Wenn der ehemalige Pfarrer ebenfalls nicht da war, könnte Franz-Xaver die privaten Gemächer nach Hinweisen zum Verbleib von Magdalena durchsuchen. Er wünschte sich gegenwärtig nichts mehr, als seine Tochter hier zu finden. Doch weil niemand anwesend zu sein schien, schwand diese Hoffnung mehr und mehr.

Das Erste, was er sah, als er das herrschaftliche Zimmer betrat, war der weit geöffnete Bauernschrank neben dem Fenster. Auf dem Boden verteilt türmten sich Ordner, Bücher und lose Zettel.

»Oh Gott!«, entfuhr es ihm, als sein Blick beim Ohrensessel ankam.

Direkt davor lag Ewald Meichelböck, die Arme ausgestreckt über dem Kopf, die Augen leblos und starr zur Decke gerichtet. Mit wenigen Schritten war Lorenz bei dem Mann, den er einst so bewundert hatte und den er heute, Gott möge ihm vergeben, abgrundtief hasste. Er kniete sich neben ihn, legte zwei Finger an den Hals des Mannes und suchte den schlagenden Puls – vergeblich.

»Er ist tot, Pfarrer Lorenz«, sagte plötzlich eine Stimme hinter ihm.

Franz-Xaver fuhr erschrocken herum und stieß dabei schmerzhaft gegen die offene Tür des Bauernschrankes. »Du?« Er starrte den jungen Mann in der typisch hellen Kleidung, die jeder von Meichelböcks Jüngern trug, sekundenlang an. »Ich dachte …«

Dieser Junge hatte vor ein paar Jahren in seinem Beichtstuhl gesessen. Von ihm hatte Lorenz die Ortsbeschreibung des Anwesens erhalten. Damals hatte er gesagt, er habe die Gemeinde verlassen. Warum war er zu Meichelböck zurückgekehrt?

»Benjamin!« Franz-Xaver war der Name des jungen Mannes wieder eingefallen.

»Warum kommen Sie erst heute, Pfarrer Lorenz? Vielleicht ist es zu spät.«

Weinte er? Lorenz sah, wie er sich mit dem Ärmel seines Hemdes über das Gesicht wischte.

Benjamin ging forschen Schrittes auf den Geistlichen zu und blieb einen Meter vor ihm abrupt stehen. »Warum haben Sie ihr nicht geholfen?«

*

Die Sonne, die über die Gipfel der Berge ins Gunzesrieder Tal schien, blendete ihn, als er aus dem Auto stieg. Er schloss die Augen, hielt kurz inne, fuhr sich mit den Fingern durchs Haar, verschränkte diese am Hinterkopf, legte den Kopf in den Nacken und stieß einen derart lauten Wutschrei aus, dass sich die Beamten des zweiten Streifenwagens erschrocken umsahen.

»Alles okay bei Ihnen, Hauptkommissar Forster?«, fragte eine besorgte Kollegin.

»Lassen Sie uns einfach anfangen und die Sache hinter uns bringen«, winkte Florian ab, legte die flache Hand über seine Augen, um sie vor der Sonne zu schützen, und sah zum Haus hinüber. Ein so großes Gebäude hatte er hinter dem kleinen Wäldchen nicht erwartet. Man konnte es von der Dorfstraße aus nicht sehen, da es in einer Senke lag. Niemand hätte ein derart imposantes Gutshaus in dieser Gegend vermutet.

Für die unbedachten Worte und die unbegründeten Vorwürfe, die er Jessica heute früh gemacht hatte, musste er sich entschuldigen. Daran führte kein Weg vorbei. Seine Wut hatte nicht ihr, sondern seinem Vater gegolten. Warum musste sie diesem selbstgerechten, pseudoreligiösen Menschen überhaupt helfen? Franz-Xaver erzählte irgendeine vermaledeite Geschichte von Gottesstrafe und seiner abtrünnigen Tochter, die ein antichristlicher Sektenführer in seine Fänge bekommen hatte, und Jessica hatte nichts Besseres zu tun, als diesen Blödsinn zu glauben. Mit ihrer Bitte, Florian solle die Hausdurchsuchung schnellstmöglich durchführen, um seinem Vater zuvorzukommen, setzte sie dem Ganzen die Krone auf. Jessica befürchtete, dass Franz-Xaver spätestens morgen zu diesem Meichelböck gehen würde, um von ihm die Herausgabe seiner

Tochter zu verlangen. Herausgabe – als ob Matteos Zwillingsschwester als erwachsene Frau nicht selbstbestimmt entscheiden könnte, wo sie leben möchte. Franz-Xavers Erzfeind, wie Jessica Meichelböck nannte, hielt Magdalena Lorenz doch nicht gefangen! Was für ein Blödsinn! Und was für eine Verschwendung seiner Arbeitszeit. Es ging hier lediglich um Steuerhinterziehung. Jeder andere Beamte hätte diese Hausdurchsuchung leiten können. Als ob er nichts Besseres zu tun hatte. Sein eigener Fall löste sich schließlich nicht von selbst.

»Die Eingangstür steht offen«, rief einer der Beamten direkt vom Haus. »Sollen wir reingehen?«

»Klar. Gehen Sie rein«, befahl Florian und suchte in der Innentasche seiner Jacke nach dem Bescheid der Staatsanwaltschaft. »Wenn sich jemand beschwert, schicken Sie ihn zu mir.«

»Scheiße! Was hast du getan?« Florian rannte durch das Zimmer, riss Franz-Xaver von dem am Boden liegenden Körper weg und beugte sich über den leblosen Mann.

Kein Puls. Keine Atmung.

»Ist das Meichelböck?«, fragte er, wartete aber die Antwort nicht ab. »Warum hast du ihn getötet? Was ist nur los mit dir? Bist du jetzt vollkommen verrückt geworden?« Als Franz-Xaver Anstalten machte, zur Tür zu gehen, sprang Florian ihm hinterher und packte ihn am Arm. »Hast du mir zugehört? Warum musstest du ihn töten?«

Lorenz starrte seinen Sohn nur wortlos an. Er stand unter Schock.

»Herrgott, was ist das heute für ein beschissener Tag!«, schimpfte Florian.

Franz-Xaver atmete tief ein und setzte zum Sprechen an.

Doch Florian fuhr ihn wütend an: »Komm mir bloß nicht mit Ermahnungen. Ich fluche, wann und wo ich will, Himmel-Herrgott-Kreizkruzifix, verdammter Mist!«

»Ich bin erst vor ein paar Minuten angekommen. Er war schon tot. Ich habe ihn so vorgefunden.«

»Ach ja? Und warum rufst du nicht die Polizei oder einen Notarzt? Stattdessen hockst du dich neben ihn und führst Selbstgespräche.«

»Ich habe für ihn gebetet.« Franz-Xaver griff nach Florians Hand, die immer noch seinen Arm umklammerte, und löste sich behutsam aus dem festen Griff. »Benjamin hat die Polizei informiert«, sagte er leise. »Ich habe mich schon gewundert, wie ihr so schnell hier sein konntet.«

»Wer zur Hölle ist Benjamin? Wir haben bisher niemanden angetroffen außer dir und der Leiche.« Florian schloss die Augen und atmete tief durch. »Wer ist dieser Benjamin? Hat er Meichelböck getötet?«

»Für Erklärungen ist später noch genug Zeit, Florian.« Franz-Xaver sah ihn flehend an. »Bitte, ich möchte zu Magdalena. Sie muss hier irgendwo sein.«

»Gut«, entschied Florian nach kurzer Überlegung. »Wenn du sie gefunden hast, dann wartet ihr beide beim Streifenwagen vor der Brücke. Hast du das verstanden?«

Der Pfarrer nickte. »Danke, mein Sohn.«

Florian hatte Verstärkung angefordert.

Die Beamten der Spurensicherung und ein Rettungswagen waren unterwegs. Bis zum Eintreffen der Einheiten beorderte er eine Kollegin ab, den Tatort zu sichern, vergewisserte sich, dass die Arbeit der anderen Beamten gut voranging, und sah sich in der oberen Etage um. Irgendwo mussten die Bewohner des Hauses schließlich sein. Doch auch in diesem Stockwerk fand er niemanden.

Als er in die Küche im Erdgeschoss kam, öffnete sich im gleichen Moment eine kleine Seitentür, die in den Keller führte. Einer der jungen Kollegen trat heraus. Er war leichenblass und atmete hektisch.

»Was ist passiert? Haben Sie einen Geist gesehen?«, zog Florian ihn amüsiert auf.

»Hauptkommissar Forster? Ich glaube …«, stammelte der Polizist und lehnte sich rückwärts gegen die Wand neben der Tür. »Ich habe noch nie im Leben eine Leiche gesehen. Ich glaube, sie ist … Ich …« Er kniff die Augen zusammen und schien gegen eine aufsteigende Übelkeit anzukämpfen.

Florian legte ihm beide Hände auf die Schultern. »Gehen Sie nach draußen. Wenn der Rettungswagen kommt, schicken Sie die Sanitäter zuerst in den Keller. Sie sollen sich beeilen.« Dann ließ er den Mann los, riss die Kellertür auf und stürmte die Treppe hinunter.

In der ersten Tür zu einem der Kellerräume blieb er abrupt stehen. Das Bild, das sich ihm bot, erschütterte ihn bis ins Mark.

Franz-Xaver Lorenz kniete am Boden, hielt den geschundenen, mit unzähligen Verletzungen übersäten Körper seiner Tochter ganz fest, wiegte sein Kind sanft und weinte tonlos. Das Gesicht der jungen Frau zierten dunkle Hämatome. Über ihrer rechten Schläfe glänzte im Licht der matt leuchtenden Glühbirne, die an zwei einfachen Drähten von der kahlen Decke hing, frisches Blut aus einer offenen Wunde. Ihr Kopf lag leblos in der rechten Armbeuge ihres Vaters, aus dem Mundwinkel tropfte blutiger Speichel auf den dreckigen Steinboden.

»Lebt sie?« Florian verharrte in einer Art Schockstarre. Das Denken fiel ihm schwer.

Sein Vater antwortete nicht. Er schien in seine eigene Welt versunken.

Plötzlich schlug Magdalena Lorenz die Augen auf. Ihr Mund öffnete sich, ihre Lippen zitterten. Sie war zu schwach, um ihren Kopf anzuheben oder zu drehen, doch ihre geflüsterten Worte konnte man gut verstehen. »Vater, vergib mir, denn ich habe gesündigt«, begann sie ihre Beichte, würgte, hustete und spuckte einen ganzen Schwall frischen Blutes über ihre Schulter und ihren Arm.

»Still, mein Kind«, beschwor Pfarrer Lorenz seine Tochter, küsste ihre Stirn und wischte ihr mit der bloßen Hand das Blut aus dem Gesicht. »Nicht sprechen. Gleich kommt ein Arzt. Bitte gib nicht auf!« Verzweifelt sah Lorenz zu seinem Sohn auf, der bestätigend nickte.

Magdalenas Atem klang röchelnd. Sie hustete immer wieder, stöhnte schmerzerfüllt auf und konnte ihre Augen nicht länger als ein paar Sekunden aufhalten.

»Magdalena, mein geliebtes Kind.« Franz-Xaver Lorenz liefen die Tränen über die Wangen. »Vergib mir, Kind, denn ich war es, der gesündigt hat. Ich habe dich verleugnet aus purem Selbsterhalt. Meine Sturheit hat mich geblendet. Ich war nicht für dich da. Das werde ich mir nie verzeihen! Du bist mein Glück, meine einzige Tochter! Ich liebe dich von ganzem Herzen. Du bist perfekt. Vergib mir, ich habe gesündigt.« Sein schmerzvoller Ruf nach Vergebung endete in einem Ausbruch von Trauer und verzweifeltem Wehklagen. Der einzige Grund dafür, dass er nicht gänzlich zusammenbrach, war der eiserne Wille, seine Tochter nicht loszulassen.

»… mein Kind …«, brachte sie gequält heraus.

»Dem Baby geht es gut. Es freut sich sicher darauf, wieder in deinen Armen liegen zu dürfen.« Florian hatte Mühe, deutlich zu sprechen, so groß war der Kloß in seinem Hals. Diese Frau, seine Halbschwester, sah aus, als würde sie jeden Augenblick sterben. Selbst wenn schnell ein Arzt kommen würde – Florian hatte wenig Hoffnung auf Rettung. Das Blut in ihren Atemwegen war vermutlich ihr Todesurteil.

»… nennt sie Johanna …« Sie hustete und rang nach Sauerstoff. »… Johannes 4, Vers 10 … ›Darin besteht …‹«

Einem tiefen Seufzer aus ihrem Mund folgte eine unerträgliche Stille.

Sie hatte aufgehört zu atmen.

Franz-Xavers widerhallender, ohrenbetäubender Verzweiflungsschrei wollte nicht enden. Florian riss Magdalena aus den Armen des Vaters, legte seine Hände auf ihren Brustkorb und begann mit der Wiederbelebung. Die Tränen in seinen Augen raubten ihm die Sicht, doch er hörte die Stimme seines Vaters.

»Johannes 4, Vers 10: ›Darin besteht die Liebe, nicht dass wir Gott geliebt haben, sondern dass er uns geliebt hat und gesandt … sein Kind … zur Versöhnung für unsere Sünden.‹«

24

Im Gebäude der Rechtsmedizin war um diese Uhrzeit kaum noch jemand anwesend. Die Dame vom Empfang am Eingang packte bereits ihre Sachen, begrüßte Florian, meldete seinen Besuch in der Pathologie telefonisch an und verabschiedete sich in den Feierabend.

»Endlich! Glaubst du, ich habe kein Privatleben? Hättest du nicht ein oder zwei Stunden früher kommen können?« Florians bester Freund Erwin Buchmann hatte schlechte Laune.

»Was kannst du mir zu der Leiche sagen?« Florian ignorierte Ewes Ärger, setzte sich auf den Besucherstuhl vor dem Schreibtisch des Rechtsmediziners und signalisierte ihm so, dass er auf gar keinen Fall den toten Körper sehen wollte. Alle Ergebnisse der Untersuchung konnte Ewe ihm auch hier mitteilen.

»Ich hätte dir meinen Bericht einfach per E-Mail schicken können.« Erwin Buchmann ließ sich seufzend auf den Bürostuhl fallen, verschränkte die Arme vor der Brust und starrte auf den eingeschalteten Bildschirm.

»Ich will nur wissen, ob es Fremdverschulden war. Wurde Meichelböck ermordet?« Bei dem Erstkontakt mit der Leiche hatte Florian keine offenen Verletzungen oder Würgemale festgestellt. Doch das musste nichts heißen, es gab unzählige Varianten, einen Menschen zu töten.

»Das kann ich nicht eindeutig sagen«, berichtete Ewe. »Was ich sagen kann, ist, dass er an einer Medikamentenüberdosis gestorben ist. Was ich nicht weiß: Hat er diese

Medizin versehentlich selbst überdosiert? Wurde sie ihm verabreicht? Oder war es ein beabsichtigter und erfolgreicher Suizid? Jedenfalls hätte der Mann eh nicht mehr lange gelebt. Leberzirrhose im Endstadium.«

»Aha. Wie lange, meinst du, hätte er noch gehabt?«

Der Rechtsmediziner überlegte kurz. »Ein paar Tage. Vielleicht ein paar Wochen. Aber auf jeden Fall kein Vierteljahr mehr.«

»Verstehe. Wenn die Spurensicherung keine tatrelevanten Abdrücke oder DNA gefunden hat, werde ich den Fall ad acta legen. Den Bericht bekomme ich hoffentlich morgen.« Er beugte sich vor, stützte die Unterarme auf den Beinen ab und schaute zu Boden. »Gibt es … Hast du schon Ergebnisse zu …?«

»Zu Magdalena Lorenz?«, unterbrach Ewe das Gestammel seines Freundes. »Ich verstehe nicht, warum du dich nicht persönlich informieren wolltest. Aber ja, ich habe im Krankenhaus angerufen. Die junge Frau liegt im künstlichen Koma. Das schwerwiegendste Problem ist der traumatische Pneumothorax. Der behandelnde Arzt meinte, sie sei in einem sehr kritischen Zustand. Das bedeutet, sie …«

»Ich weiß, was das bedeutet. Ihre Überlebenschancen sind … sehr schlecht.« Florian blickte auf und sah, wie Ewe bedauernd nickte.

»Du solltest dich bei Matteo und deinem Vater melden. Sie brauchen jetzt jede Unterstützung«, riet Ewe, wusste jedoch, dass Florian dazu im Moment nicht in der Lage war. Er kämpfte mit seinen eigenen Dämonen. Die Schuldgefühle fraßen ihn regelrecht auf. Hätte er seinen Vater mit dessen Sorgen ernst genommen, wäre all das nicht passiert.

»Ich muss ein paar Morde aufklären und ein paar weitere verhindern«, verkündete Florian pragmatisch, erhob sich und ging zur Tür. »Genieße deinen wohlverdienten Feierabend.« Er verließ das Büro, steckte aber kurz darauf den Kopf noch einmal durch die Tür. »Danke, Ewe!«

*

Das warme Wasser der Dusche tat gut.

Sigi van Guldenveld beobachtete, wie der letzte Rest Seifenschaum am Boden der Duschwanne in den Abfluss verschwand, drehte das Wasser ab und stieg aus der Kabine.

Mit einem Handtuch um ihr Haar gewickelt und einem kurzen seidenen Morgenmantel bekleidet, lief sie barfuß durch den kleinen Flur in ihr Büro, blieb an der offenen Terrassentür stehen und schaute in den Garten. Zum Hinausgehen war es zu dieser Jahreszeit bereits zu kalt, vor allem in ihrem aktuellen Outfit.

Draußen arbeiteten zwei Gärtner. Alessandro, der junge Italiener, sah kurz zu ihr herüber und zwinkerte ihr zu. Sein Kollege Gerd beachtete sie nicht. Ob er wusste, dass Alessandro extra eine halbe Stunde früher gekommen war?

Natürlich war sich Sigi bewusst, dass Alessandro sich nur auf sie einließ, weil sie ihn dafür fürstlich entlohnte. Doch das war egal. Ihre Bedürfnisse wurden zu ihrer vollen Zufriedenheit allesamt und regelmäßig erfüllt. Sie liebte seinen Körper. Er war über 20 Jahre jünger als sie, aber er verstand es – mehr als ihr verstorbener Ehemann –, ihre außergewöhnlichen Fantasien zu bedienen. Ab und zu besuchte er sie nachts, machte ihr Angst, packte sie hart an. Das war es, was sie wollte. Das war es, was nur er ihr geben konnte. Er kündigte seine nächtlichen Besuche nie an, schlich sich in ihre Wohnung, versteckte sich meist in ihrem Schlafzimmer und überwältigte sie wie ein Einbrecher. Sie erschrak jedes Mal fürchterlich, doch ihr gefiel dieser Nervenkitzel.

Der Umschlag mit den Geldscheinen, den sie ihm vorhin zugesteckt hatte, ragte aus der Gesäßtasche seiner grünen Arbeitshose. Der komplette Betrag ging geradewegs nach Sizilien, wo ein Teil seiner Familie lebte. Die konnte das Geld gut gebrauchen, hatte er Sigi einmal erzählt.

Als das Smartphone auf dem Schreibtisch klingelte, schaute sie kurz aufs Display, lehnte das eingehende Gespräch genervt ab und ging nach nebenan in ihr Schlafzimmer. Sie würde sich den heutigen Tag, der so gut angefangen hatte, nicht durch ein anstrengendes Telefonat verderben lassen. Wer etwas von ihr wollte, konnte es morgen wieder versuchen.

*

Es war weit nach Mitternacht, als Florian beschloss, das Bett zu verlassen und im Wohnzimmer noch ein wenig fernzusehen. Seit über zwei Stunden bekam er kein Auge zu, wälzte sich von links nach rechts, versuchte, die wirren Gedanken, die ihn wach hielten, zu verdrängen. Doch nichts half. Er war schon auf dem Weg ins Wohnzimmer, als er sich kurzerhand umentschied und nach unten in die Küche ging. Hier würde er niemanden stören.

Die Zeit rannte ihm davon. Sosehr er sich auch anstrengte, ihm wurde nicht klar, was er übersah. Wie sollte er den nächsten Mord verhindern, wenn er nicht einmal begriff, was das Motiv sein könnte? Laut der inhaftierten Adelheid Huber hatte er bisher mit seinen Vermutungen falschgelegen. Nicht Rache, sondern Arroganz war das Motiv im fünften Krimi ihrer Mutter, in dem es um die Sage mit dem feurigen Ross ging. Doch tötete man aus Arroganz? Das konnte er sich nicht vorstellen.

»Kannst du nicht schlafen?« Jessica stand plötzlich hinter ihm, legte ihre Arme um seinen Körper und verschränkte die Hände vor seiner Brust. Er spürte ihren warmen Atem in seinem Nacken.

»Kann man aus Arroganz töten?« Die Frage lag ihm wie ein schwerer Stein im Magen. Bevor er die Antwort darauf nicht gefunden hatte, würde er nicht zur Ruhe kommen.

»Wie meinst du das?«

Sie ließ ihn nicht los. Ihre Nähe tat gut.

»In der Sage vom Reiter auf dem feurigen Ross wird Rache geübt an einem Tierquäler. Ein Mann reitet ein Pferd fast zu Tode und lässt es schließlich verhungern. Dieser Mann musste deshalb sterben und geistert seitdem in der Gegend um die Sölleralpe herum. Er musste aus Rache an dem Frevel sterben. Nicht aus Arroganz. Was verstehe ich nicht, Jessy?« Er drehte sich zu ihr um, umarmte sie und legte die Stirn an ihre. »Wieso behauptet Adelheid Huber, das Tatmotiv sei Arroganz oder Hochmut? Gut, der Reiter fühlte sich dem Pferd haushoch überlegen, aber …«

»Wieso der Reiter?«, fiel Jessica ihm ins Wort. »Wieso nicht der Täter?«

»Das kapiere ich nicht.« Florian ließ seine Frau los und rieb sich mit den Handflächen über die Augen. »Das Opfer musste sterben, weil es hochmütig gehandelt hat. Das Motiv des Täters ist also Rache.«

Jessica dachte lange nach. »Ich glaube, ich hab's. Es geht um deine Arroganz, nicht um die des Täters.«

»Oh Gott, Jessy. Ich glaube, wir sollten schlafen gehen. Deine Theorie ist total bescheuert! So kommen wir auch nicht weiter.«

»Warte, Florian. Du hast mir doch von dem Brief an dich erzählt, der bei dem toten Hund gefunden wurde. Da fragte der Täter, ob er nun endlich deine Aufmerksamkeit habe. Und vergiss die Worte auf den Steinen nicht. Der Täter hat dich vorgeführt, dir gezeigt, dass du – obwohl du die Chance hattest – nicht rechtzeitig beim Opfer warst. Vielleicht ist der Hochmut der ermittelnden Beamten gemeint, die glauben, sie hätten alles im Griff.«

Jessica sah, wie Florian angestrengt nachdachte. Er starrte an ihr vorbei ins Leere.

»Mein Vater hat immer zu mir gesagt«, fuhr sie fort, »wenn du nicht weiterkommst, dann tritt nicht nur einen Schritt zurück, sondern gehe ganz aus dem Raum heraus und betrachte die Situation durch ein Fenster.«

»Du könntest recht haben«, stimmte er seiner Frau zu. »Mein Name stand auf den Steinen, zusammen mit den Worten ›Lüge‹ und ›Wahrheit‹. Aber mal ehrlich, was ist so schlimm an ein bisschen Hochmut? Du jedenfalls hast mal behauptet, du stehst auf meine arrogante Art.« Er griff nach ihrem Kinn und hob sanft ihren Kopf. »Ich bin einfach unwiderstehlich!«

Jessica lachte.

»Ein wenig gefährlich und überheblich ist wirklich sexy. Aber du weißt schon, mein geliebter Ehemann, dass Hochmut eine der sieben Todsünden ist?«

25

Die Tür zu seinem Büro wurde so schwungvoll geöffnet, dass der Griff ungebremst gegen den Aktenschrank knallte.

Adelheid Huber, die wütend ins Zimmer stampfte, ignorierte den lauten Aufprall, baute sich vor Florian auf, der neben Bertholds Schreibtisch stand, und atmete schnaubend. Ob es daran lag, dass sie die Treppen zu schnell hinaufgerannt war, oder ob sie ihren Ärger kaum im Zaum halten konnte, wusste Florian nicht. Er wunderte sich, dass die junge Huber überhaupt zu solchen Emotionen fähig war. Er hatte sie bisher für nahezu empathielos und in sich gekehrt gehalten.

»Guten Morgen, Frau Huber. Was verschafft mir die Ehre Ihres Besuchs?«

»Warum haben Sie veranlasst, dass ich aus der U-Haft entlassen wurde? Ich hatte Ihnen doch erklärt, weshalb eine Inhaftierung nötig ist.« Sie hängte die Handtasche über die Stuhllehne, zog ihre Jacke aus und setzte sich ungebeten auf den Platz gegenüber von Kommissar Willig. »Können Sie mich bitte wieder ins Gefängnis stecken?«

»Nein.«

»Ich habe die Morde gestanden«, rief sie verzweifelt. »Sie können mir nicht beweisen, dass ich nicht die Täterin bin.«

»Doch, das kann ich.« Florian setzte sich auf die Kante des Schreibtisches und sah Adelheid Huber von oben herab an. Als ihre Verzweiflung wieder in Wut umschlug, als ihre Augen sich zu schmalen Schlitzen verengten und kleine Falten zwischen den Augenbrauen zu sehen waren, grinste er schief.

»Hat Ihnen eigentlich schon mal jemand gesagt, dass Sie verdammt arrogant sind, Herr Hauptkommissar Forster?« Ärgerlich verschränkte sie die Arme vor der Brust.

»Ja, gerade gestern erst«, sagte er, drehte sich zu Berthold um und tippte auf den Zettel neben dessen Bildschirm. »Kümmere dich bitte noch schnell darum. Ich mache Mittagspause und gehe mit Frau Huber eine Kleinigkeit essen. Und Sie«, er wandte sich wieder an die junge Frau, »Sie erzählen mir alles über Ihre Theorie zu den sieben Todsünden.«

Ihre Gesichtszüge entgleisten, und sie schaute den Hauptkommissar fassungslos an.

»Ich hoffe, Ihr fasziniertes Entsetzen gilt meiner hervorragenden Kombinationsgabe bezüglich der Tatmotive, nicht meiner Einladung zum Essen.« Er rutschte vom Schreibtisch und ging zur Tür. »Kommen Sie, Frau Huber. Ich habe leider nur eine sehr kurze Mittagspause.«

In dem kleinen Bistro in der Innenstadt taute Adelheid Huber merklich auf. Florian berichtete ihr von dem Schreiben an die Staatsanwaltschaft. Jemand mit Täterwissen hatte eine DNA-Probe in Form eines benutzten Taschentuchs an das Amt geschickt und Florian in den Zeilen direkt beschuldigt, die falsche Person verhaftet zu haben. Da Adelheid Hubers Geständnis große Lücken aufwies und an allen Tatorten ausschließlich männliche DNA sichergestellt worden war, konnte der Haftbefehl nicht mehr aufrechterhalten werden. Florian war das nur recht. Er hatte nie geglaubt, dass die Tochter der Schriftstellerin van Guldenveld schuldig war.

»Ich bin sehr beeindruckt, dass Sie auf die sieben Todsünden gekommen sind.« Adelheid Huber lächelte zum ersten Mal seit ihrem ungebetenen Besuch im Präsidium. »Wie haben Sie es herausgefunden?«

»Ich hatte ein wenig Hilfe«, gab er zu, nahm der Kellnerin die Getränke ab und reichte der jungen Huber ihr Wasserglas. »Jetzt hoffe ich auf noch mehr Hilfe, speziell von Ihnen.«

»Wissen Sie, Herr Forster«, begann sie, bedankte sich höflich bei der Bedienung für den servierten Salat, schob den Teller jedoch beiseite und legte ihre Hände auf dem Tisch übereinander. »Ich habe wirklich keine Ahnung, wer all diese armen Menschen getötet hat. Wenn es ein fanatischer Fan der Bücher meiner Mutter gewesen wäre – hätte er sich dann nicht an die vorgegebene Serie gehalten? Das zweite Buch hat der Täter ignoriert, die Taten, die dem dritten und vierten Buch entsprechen, in der Reihenfolge vertauscht. So sagten Sie es mir am Tag meines Geständnisses.«

»Ich habe die Krimis nicht gelesen«, gab er zu. »Aber mein Schwiegervater, und der hat mir berichtet, dass das zweite Buch nicht zum restlichen Konzept passt, andere Ermittler und eine etwas krude Geschichte hat. Warum ist Ihre Mutter mit Band zwei von der Serie abgewichen, die sie dann ab dem dritten Buch weitergeführt hat?«

»Das weiß keiner«, sagte Adelheid Huber und machte ein nachdenkliches Gesicht. »Mein Vater weigerte sich damals sogar, Band zwei in seinem Verlag zu veröffentlichen. Aber wenn meine Mutter sich etwas in den Kopf gesetzt hat, bekommt sie, was sie will. Das war schon immer so. Das Buch war ein totaler Flop.«

»Trotzdem gab es einen dritten Band, der mit den Figuren und der Handlung an den ersten anknüpfte. Und danach noch weitere. Lagen die Manuskripte Ihrem Vater bereits vor, als Band zwei erschien?«

»Das weiß ich nicht.« Sie griff nach der Gabel und zog den Teller zu sich heran. »Allerdings hat meine Mutter die Fälle in Band drei und vier in umgedrehter Reihenfolge geschrieben, also zuerst die Geschichte mit dem Hund, dann die mit dem Geißbock auf der Hohenschwandalpe. Mein Vater hat sie entgegen dem Wunsch meiner Mutter vertauscht herausgebracht. Die Einzigen, die von der Änderung wussten, waren meine Eltern.«

»Und Sie«, fügte Florian hinzu. »Dann habe ich Sie vermutlich doch zu früh entlastet.« Seine Aussage war scherzhaft gemeint, aber Adelheid Huber seufzte verzweifelt.

»Hat Ihre Mutter vielleicht jemandem davon erzählt? Vielleicht hat sie einen Testleser gehabt. Eine beste Freundin? Einen Verwandten?« Das Schnitzel auf seinem Teller wurde langsam kalt, doch die Befragung war im Moment wichtiger. »Fällt Ihnen jemand ein, der …?«

»Meine Mutter hat keine Freunde«, unterbrach ihn die junge Huber. »Mit ihrem Bruder hat sie seit Jahren kein einziges Wort gewechselt, und ihr Vater ist tot. Er ist unglücklich eine Treppe hinuntergefallen. Mutter hat deswegen nur müde gelächelt und war auch nicht auf der Beerdigung. Sie ist eine schwierige Person.« Sie starrte auf ihren Teller, ohne den Salat anzurühren.

»Apropos Mutter. Sie haben bisher beharrlich darüber geschwiegen, was Ihre leibliche Mutter betrifft. Wie ist Ihre Adoption zustande gekommen? Die Unterlagen des zuständigen Standesamtes belegen, dass Ihr Vater als leiblicher Vater geführt wird, Ihre Mutter Sigrid Huber aber Ihre Adoptivmutter ist. Angaben zu Ihrer leiblichen Mutter fehlen. Ist sie verstorben? Sind Sie deshalb von Ihrer Stiefmutter adoptiert worden?«

»Wissen Sie, Herr Forster, ich habe bei Ihnen immer das Gefühl, dass Sie die Dinge recht schnell durchschauen, aber oft die Tragweite nicht begreifen.«

Er sah Adelheid Huber misstrauisch an. »Herzlichen Dank für das schmeichelhafte Kompliment«, bemerkte er sarkastisch. »Was habe ich jetzt wieder übersehen?«

»So war das nicht gemeint. Entschuldigen Sie. Ich wollte nicht Ihre Kompetenz infrage stellen, sondern vielmehr meine eigene Auffassungsgabe. Ihnen fallen innerhalb kürzester Zeit Dinge auf, die ich mein ganzes Leben lang nicht hinterfragt habe. Erst vor knapp einer Woche habe ich damit angefangen«, erklärte sie ihm. »Meine Mutter Sigrid konnte keine Kinder bekommen. Ich habe immer gewusst, wer meine leibliche Mutter ist, und geglaubt, sie habe mich in die Obhut von Sigrid gegeben, weil sie es sich nicht zugetraut hat, mich aufzuziehen. Heute weiß ich, dass es anders war. Klarissa war ihrer damals besten Freundin Sigrid einen Gefallen schuldig. Mein Vater war nur Mittel zum Zweck. Sigrid machte es nichts aus, dass ihr Mann sie betrog, ihr ging es ausschließlich um das daraus entstandene Baby.«

Florian war schockiert. »Ihre leibliche Mutter ist diese Kräuterfrau Klarissa Jacobi?«

»Ich sag doch, Sie haben einen scharfen Verstand und eine unheimlich gute Kombinationsgabe.«

*

Die Auffahrt zum Haus war mit insgesamt vier Autos blockiert.

Als Florian am späten Nachmittag nach Hause kam, musste er deshalb am Straßenrand vor dem Grundstück parken. Sein Schwiegervater Herbert wohnte gerade mal seit einem Jahr im Allgäu, hatte es aber im Laufe der letzten Monate geschafft, ein paar Freunde für eine komplette Skatrunde zu finden. Üblicherweise wurde hier im Süden eher Schafkopf gespielt.

»Guten Abend, Herr Forster.« Die Nachbarin von gegenüber lehnte sich weit über den Gartenzaun. »Sagen Sie mal, das stimmt doch nicht, oder?«

Wenn die Sätze von Frau Krautwaschl so begannen, folgte meist irgendein Gerücht, das sie aufgeschnappt hatte, oder ein Geheimnis, das gleich keins mehr war.

Er drehte sich zu ihr um und grüßte freundlich, hinterfragte ihre Andeutung allerdings nicht.

Doch Frau Krautwaschl ließ nicht locker. »Stellen Sie sich vor, die Tochter einer Bekannten aus dem Kegelverein hat Sie, Herr Forster, zusammen mit einer hübschen jungen Blondine beim Essen gesehen. Das behauptet sie. Natürlich habe ich ihr gesagt, dass sie sich irren muss. Der Herr Forster ist seiner Frau treu.«

»Tja, wissen Sie, Frau Krautwaschl, meine Frau hat mit den Zwillingen alle Hände voll zu tun. Da komme ich als Mann viel zu kurz.« Er konnte sich kaum das Grinsen verkneifen und räusperte sich vernehmlich. »Ein Mann hat eben Bedürfnisse, wenn Sie verstehen, was ich meine. Aber das bleibt unter uns! Es würde Jessica schwer treffen. Sie braucht alle Kraft für die beiden Racker.« Er drehte sich schnell um, schob sich beim Weggehen die Faust in den Mund und biss hinein, um einen aufsteigenden Lachanfall zu unterdrücken.

Kurz darauf trat er mit dem Fuß die Haustür hinter

sich zu, warf den Schlüsselbund auf die Anrichte neben der Treppe und zog die Jacke aus.

»Hat die Krautwaschl schon angerufen?«, rief er nach oben.

»Warum sollte sie?« Jessica kam aus der Küche und wischte sich die nassen Hände an ihrer Jeans ab.

»Könnte sein, dass du demnächst von meiner viel zu jungen Geliebten erfährst«, sagte er trocken, gab ihr einen Kuss und stieg die Stufen hinauf. »Ich gehe duschen.«

»Okay.« Jessica nickte und verschwand wieder in der Küche.

Auf dem oberen Treppenabsatz blieb Florian stehen und lächelte zufrieden. Er hatte die beste Ehefrau der Welt.

26

Vor dem großen Fenster im Besucherraum gleich neben dem Fahrstuhl stand Franz-Xaver Lorenz, die Hände am Rahmen abgestützt, und schaute hinaus. Der Himmel war klar, die Temperaturen heute erstmals in diesem Herbst unter fünf Grad.

»Hier steckst du. Matteo hat mir gesagt, wo ich dich finde.« Florian blieb in der Tür stehen. Als Franz-Xaver sich langsam zu ihm umdrehte, erschrak er. Sein Vater sah schlecht aus. Er wirkte erschöpft. Die dunklen Ränder unter seinen Augen ließen ihn um Jahre älter wirken.

»Ich freue mich, dich zu sehen, Florian«, flüsterte er, lachte verlegen und sprach dann in normaler Lautstärke weiter. »Bei Magdalena im Zimmer rede ich immer sehr leise.«

»Wie geht es ihr? Hat sich ihr Zustand gebessert?«

»Das wird schon. Wir müssen auf Gott vertrauen. Sie ist ein tapferes Mädchen. Der Arzt sagt, wir müssen Geduld haben. Es kann dauern, bis sie aufwacht.«

»Verstehe.« Der Zustand von Magdalena rief Florian schlagartig sein Versagen ins Gedächtnis zurück. Er mochte sich nicht ausmalen, was es für die Eltern und seinen Halbbruder Matteo bedeuten würde, wenn Magdalena starb. »Mir ist bewusst, dass es unpassend ist, aber ich hätte ein paar Fragen bezüglich meines aktuellen Falls.«

»Gern. Regina ist gerade bei unserer Tochter. Es wäre schön, das Krankenhaus für einen kurzen Augenblick zu verlassen. Wir könnten einen Kaffee trinken gehen. Der aus dem Automaten ist fürchterlich.«

Das Café in der Nähe des Stadtparks war winzig, doch um diese Uhrzeit nur spärlich besucht.

»Wie kann ich dir helfen?« Franz-Xaver goss Sahne in den Kaffee, rührte um und legte den Löffel auf die Untertasse. »Geht es wieder um einen kirchlichen Feiertag?«

»Es geht um die sieben Todsünden. Ich vermute, du kennst dich damit aus.« Es klang wie ein Vorwurf, obwohl es das nicht sollte. Als Florian sich dessen bewusst wurde und zu einer Erklärung ansetzte, winkte sein Vater schmunzelnd ab.

»Du hast recht. Mit Sünden jeder Art kenne ich mich aus. Hast du gewusst, dass jeder Mensch alle sieben Todsünden in sich trägt? Manche treten offensichtlich zutage, andere werden problemlos im Verborgenen gehalten. Deine offensichtlichste Todsünde ist …«

»Der Hochmut«, vervollständigte Florian den Satz seines Vaters. »Das höre ich nicht zum ersten Mal.«

Franz-Xavers schallendes Lachen dröhnte durch den kleinen Gastraum. »Das ist mein größtes Laster, glaube ich jedenfalls«, sagte der Pfarrer und legte seine Hand auf den Unterarm seines Sohnes. »Es ist schön, dass wir etwas gemeinsam haben«, scherzte er. »Doch ich dachte bei dir an eine andere Todsünde. Du bist zornig. Manchmal mehr, als dir guttut.«

Florian entzog seinem Vater den Arm und schob beide Hände in die Hosentaschen. »Es geht um die Morde, die ich aufklären muss. Kennst du die Bücher der Autorin Sigi van Guldenveld?«

»Ja, die kenne ich tatsächlich. Großartige Krimis. Brillant durchdachte Fälle. Das zweite Buch war allerdings schlecht.« Er nahm einen Schluck aus seiner Tasse. »Jetzt verstehe ich, worauf du hinauswillst. Die Tatmotive der Kriminalfälle nehmen jeweils Bezug auf eine Todsünde.«

»Das vermute ich. Allerdings kann ich beim besten Willen nicht alle Taten einer Sünde zuordnen. Die Tochter und Lektorin der Schriftstellerin behauptet, im ersten Buch, ›Das Mädchen mit dem Drachentattoo‹, gehe es um Zorn. Aber Zorn worauf? Auf den Drachen? Oder auf das Mädchen? Oder ist der Täter zornig auf sich selbst?«

»Der Zorn des Täters richtet sich auf den Ort Oberstdorf«, erklärte Franz-Xaver seinem Sohn. »Wie in der Sage von dem Drachen im Seealpsee, der den Ort durch eine Flut zerstören kann, will der Täter im Buch den Drachen nicht töten, sondern das Unheil über Oberstdorf hereinbrechen lassen. Der findige Kommissar in der Kriminalgeschichte weiß das zu verhindern.«

»Interpretierst du da etwas hinein, oder meinst du das wirklich ernst? Soviel ich weiß, stirbt im Buch ein Mädchen mit Tattoo. In der Realität war es genauso.«

»Ja, als letzter Ausweg, nicht von Anfang an geplant.«

Draußen wurde es langsam dunkel.

Florian gab auf. Er verstand den tieferen Sinn einfach nicht. War der Täter, den er suchte, hochintelligent oder geistesgestört? »Was ist mit dem Eisbärhund? Warte.« Florian zog sein Smartphone heraus und zeigte seinem Vater ein Foto des realen, im Ort Scheidegg aufgebahrten Hundes.

»Völlerei«, sagte sein Vater nur. »Das ist eindeutig.«

»Völlerei? Ehrlich? Wie kommst du darauf?«

Franz-Xaver tippte auf den kleinen Bildschirm des Smartphones. »Delikatessengeschäft, Pralinenladen, ein Weinhandel, Boutiquen. Siehst du? Eindeutig Völlerei.«

Die Geschäfte im Hintergrund des Fotos waren Florian nicht wichtig erschienen. Doch jetzt war alles klar.

»Ich weiß, du möchtest schnellstmöglich wieder zu Magdalena, aber kannst du mir bitte noch sagen, ob meine Theorie stimmt, dass es sich im sechsten Buch, ›Der leuchtende Bach‹, um Habgier handelt? Wenn ich die Todsünde dieses Buches und somit das Motiv kenne, kann ich den nächsten Mord vielleicht verhindern.« In Erwartung einer schnellen Zustimmung hob Florian die Hand und rief die Bedienung an den Tisch. »Wir möchten gern zahlen.«

»Da irrst du dich gewaltig. In diesem Krimi geht es um die Todsünde Wollust.«

Florian rieb sich verzweifelt die Augen und stöhnte genervt. »Wollust? Ich dachte, es geht um Geld, Macht und Reichtum.« Langsam trieb dieser Fall ihn in den Wahnsinn. Wie sollte er einen weiteren Toten verhindern, wenn er nicht begriff, worum es dem Täter ging? Vielleicht wäre es einfacher gewesen, die Krimis selbst zu lesen.

»Ich bringe dich jetzt zurück«, beschloss er, zahlte den Kaffee und folgte seinem Vater nach draußen.

»Die Todsünden sind nicht durchweg schlecht, Florian«, sagte Franz-Xaver, griff nach den Armen seines Sohnes und umfasste sie auf Höhe der Ellenbogen. »Dein Zorn wird dir helfen, den Mörder dieser Menschen zu finden. Aber wenn du ihn gefunden hast, lasse weder den Zorn noch den Hochmut die Oberhand gewinnen. Güte, Herzlichkeit und der dringliche Wunsch, deine Liebsten zu schützen, müssen immer oberste Priorität haben. Das macht einen guten Menschen aus. Das macht dich aus, mein Sohn.«

*

»Wollust?« Berthold sah seinen Chef ungläubig an. »Müssen wir den nächsten Mord in einem Bordell verhindern? Wie soll das gehen? Es gibt Hunderte dieser Etablissements im Allgäu. Glaube ich zumindest«, fügte er kleinlaut hinzu. »Nicht dass du denkst, ich kenne mich aus.«

Florian hatte seinem Kollegen Berthold Willig ausführlich von dem Gespräch mit seinem Vater berichtet. Die neuen Erkenntnisse brachten sie bisher aber leider nicht weiter.

»Fakt ist, dass alle unsere Mordfälle Bezug auf die Bücher von Sigi van Guldenveld nehmen.« Florian begann, langsam im Büro auf und ab zu gehen. Das beruhigte ihn und half ihm beim Denken. »Außerdem vermute ich, dass der Täter aus Oberstdorf kommt. Mein Vater sagte etwas von einem Zorn auf den Ort. Was macht einen Menschen zornig auf eine Stadt oder ein Dorf?«

Berthold zuckte mit den Schultern.

»Unser Mörder muss dazu die Umstände der Veröffentlichung der Bücher kennen. Nur die Schriftstellerin, ihr mittlerweile verstorbener Mann und Adelheid Huber wussten, dass Band drei und vier andersherum herausgebracht als geschrieben wurden. Der Täter wählte die ursprüngliche Reihenfolge. Ist das Zufall?« Er setzte seinen Marsch durch den Raum fort, blieb dann aber vor dem Aktenschrank stehen. »Es scheint dem Täter ebenfalls wichtig zu sein, dass er im Fokus der Ermittlungen bleibt. Immerhin hätte er sich mit dem Geständnis von Adelheid Huber aus der Affäre ziehen können. Doch der Mörder selbst oder ein Mitwisser ließ uns den entscheidenden Hinweis für die Unschuld der Tochter zukommen. Warum?«

Immer noch starrte Berthold seinen Chef fragend an, ohne etwas beizutragen.

»Mein Gefühl sagt mir, der Dreh- und Angelpunkt all der Fälle liegt bei Sigi van Guldenveld. Bei ihr laufen alle Stränge zusammen. Sie ist der Ursprung all der Geschichten und damit auch unserer realen Morde. Jetzt muss ich nur noch herausfinden, warum dem Täter diese Verbindung zu der Autorin so wichtig ist.«

27

»Was wollen Sie schon wieder hier? Und sagen Sie nicht, Sie hätten Sehnsucht nach mir. Ich vermute, Sie stehen mehr auf meine Tochter als auf mich. Habe ich recht?« Sigrid Huber ließ ihn an der offenen Haustür zurück und rief nach Adelheid. »Sie ist Ihnen übrigens sehr dankbar, Herr Hauptkommissar. Das Gefängnis ist nichts für so ein zartes Pflänzchen wie meine Heidi.«

»Ich bin Ihretwegen hier, Frau Huber.« Florian Forster betrat unaufgefordert das Haus und schloss die Tür hinter sich. Die gerufene Tochter der Schriftstellerin gab weder eine Antwort noch erschien sie im Flur. »Ich habe Fragen zu Ihren Büchern. Mir ist nicht ganz klar …«

»Herrjemine, immer die Bücher. Bücher sind zum Lesen da, nicht zum Philosophieren über den Inhalt. Reine Unterhaltung ohne Hintergedanken. Alles andere ist mir viel zu anstrengend!« Sie drehte sich zum Hauptkommissar um, berührte ihn am Oberarm und lächelte kokett. »Sie werden wohl oder übel mit mir allein vorliebnehmen müssen. Adelheid ist nicht zu Hause.«

Als sie sich abwandte und den Weg Richtung Wohnzimmer einschlug, schüttelte Florian verständnislos den Kopf. Hörte die Frau ihm überhaupt zu? Er folgte ihr und stieß, kurz nachdem er den Raum betreten hatte, fast mit ihr zusammen, weil sie so abrupt stehen blieb und sich umdrehte.

»Hoppla, Herr Forster. Nicht so stürmisch.« Ihr schallendes Lachen erfüllte das Zimmer. Sie legte ihre Hand auf seine Brust und sah ihn durchdringend an. »Sie sind kein Typ für Champagner«, stellte sie fest, ignorierte, dass Florian ärgerlich ihre Hand wegschob, und tippte ihm stattdessen mit dem Zeigefinger ans Kinn. »Whisky. Sie sind mehr der erdige Typ, der gleich in die Vollen geht. Ohne Eis, nehme ich an?« Sie wartete seine Antwort nicht ab, drehte sich um und öffnete den verglasten Barschrank neben der Tür.

»Ich möchte nichts.« Langsam verlor er die Geduld. »Lassen Sie mich kurz ein paar Fragen stellen, dann bin ich auch schon wieder weg.« Als sie ihm ein volles Glas reichte, schob er beide Hände in die Hosentaschen und schüttelte heftig den Kopf. »Danke, nein.«

»Ich verrate es auch keinem«, flüsterte sie verschwörerisch, nippte an dem Glas und hielt es ihm unter die Nase. »Er ist nicht vergiftet und frei von K.-o.-Tropfen. Das habe ich nicht nötig. Oder doch?«, scherzte sie und überging sein genervtes Grummeln.

Als sie erneut die Hand nach ihm ausstreckte, platzte Florian der Kragen. »Frau Huber. Setzen Sie sich hin!«, befahl er streng. »Wir werden uns über die sieben Todsünden unterhalten. Sie sind der rote Faden in Ihren Büchern. Warum?«

»Ich mag dominante Männer, Herr Forster«, versuchte Sigrid Huber es erneut, zuckte dann aber resigniert mit den Schultern und nahm auf dem Sofa Platz. »Über welche Sünde möchten Sie sprechen?«

»Fangen wir mit der Wollust an«, sagte er spontan, bereute es kurz und schob den Gedanken beiseite, dass er der Frau damit vielleicht wieder Hoffnungen machte. Sein einziges Anliegen war, einen weiteren Toten zu verhindern. Wenn der Mörder sich an die Reihenfolge der

Bücher hielt, wäre Wollust das nächste Tatmotiv. Einen weiteren Toten galt es unbedingt zu verhindern. »Ihr letztes Buch, ›Der leuchtende Bach‹, orientiert sich an der Allgäuer Sage vom ›Goldbrünnlein im Balderschwanger Tal‹. Darin geht es um Macht, Geld und einen Mord an einem jungen Mann, der nach all dem strebte. Erklären Sie mir die Verbindung zur Todsünde Wollust.«

»Glauben Sie wirklich, dass Wollust eine Todsünde ist, Herr Hauptkommissar?« Sie hielt nach wie vor das Whiskyglas in ihrer Hand, nippte erneut daran, verzog das Gesicht und stellte das Glas auf dem Tisch ab. »Champagner ist mir lieber«, ließ sie ihn wissen. »Und Sex ist immer eine Sünde wert, meinen Sie nicht?«

»Haben Sie einen Freund? Einen Liebhaber?«, korrigierte er sich und sah sie absichtlich provozierend an. Vielleicht war es nur möglich, sie zum Reden zu bringen, wenn er das Spiel mitspielte. »Ist Wollust für Sie keine Todsünde?«

»Nein, aber Frigidität ist eine Sünde. Und ja, ich habe einen Liebhaber. Doch weder bin ich ihm noch ist er mir treu. Wir sehen das nicht so eng.«

»Sie führen keine feste Beziehung?«

»Nein, es ist nur eine Bettgeschichte.« Sie lehnte sich zurück und verschränkte die Arme hinter dem Kopf. »Aber glauben Sie mir, er ist jeden Cent wert, den ich ihm zustecke.«

»Sie bezahlen ihn?« Langsam wurde die Sache klarer. Geld und Macht spielten ebenfalls eine Rolle. Sein Instinkt hatte ihn nicht getrügt. Die Verbindungen der Morde zu den Büchern der Autorin waren unverkennbar. Jetzt musste er nur noch den Namen des Mannes erfahren, mit dem sich Sigrid Huber traf. »Wie heißt Ihr Geliebter?«

»Ich möchte keinen Namen nennen. Diskretion ist alles, wenn man wie ich auf guten Sex in der Zukunft nicht verzichten möchte.« Als sie bemerkte, dass Florian Forster sich mit dieser Antwort nicht zufriedengab, seufzte sie genervt. »Ich habe es ihm versprochen. Es gibt sonst nur Gerede im Dorf. Das verstehen Sie doch, oder?«

»Nein«, erwiderte Florian kurz. Sein strenger Blick brachte sie zum Schmunzeln.

»Also gut. Sie wissen, dass ich weiche Knie bekomme, wenn ein Mann energisch und gnadenlos maskulin auftritt. Schade, dass Sie so unverbesserlich treu sind. Sie wären definitiv eine Todsünde wert.«

»Den Namen«, erinnerte er Frau Huber und hatte Mühe, nicht ausfällig zu werden. Die Frau raubte ihm den letzten Nerv.

»Schauen Sie, Herr Hauptkommissar. Der junge Mann arbeitet für mich als Gärtner. Ich möchte nicht, dass er Ärger von seinem Chef bekommt.«

Hinter Florian schepperte es laut. Er fuhr erschrocken herum.

Adelheid Huber starrte mit Tränen in den Augen an ihm vorbei. Sie hatte die Tasche mit den Einkäufen fallen gelassen. Eine Flasche war zerbrochen, und der Inhalt ergoss sich über das Parkett.

»Alessandro? Du schläfst mit Alessandro?«, flüsterte die junge Huber entsetzt. »Du kannst jeden haben. Warum ausgerechnet er?« Sie schlug die Hände vors Gesicht und stürmte schluchzend aus dem Wohnzimmer.

»Adelheid, komm zurück!«, rief Sigrid Huber ihrer Tochter hinterher. »Wenn du schon die Champagnerflasche zerschlägst, sag mir wenigstens, dass du an die Pralinen aus Scheidegg gedacht hast.« Sie stand auf und inspizierte die Einkaufstasche, die auf der Türschwelle lag. Zufrieden lächelnd zog sie die in glänzendes Zellophan verpackten Leckereien aus dem Beutel. »Ich liebe die Dinger. Möchten Sie eine probieren, Herr Forster?«

*

Aus dem oberen Stockwerk erklang die Titelmusik einer bekannten Zeichentrickserie.

»Ich bin wieder da«, rief Florian, zog die Schuhe aus und hängte seine Jacke an die Garderobe neben der Eingangstür.

Ein lautes »Hallo« aus dem Obergeschoss war die einzige Antwort, die er bekam. Als er die Küche betreten wollte, versperrte ihm Jessica den Weg. Sie sah ärgerlich aus.

»Wo warst du?«

»Arbeiten«, sagte er und sah seine Frau verwundert an. »Wo sind die Zwillinge?«

»Lenk nicht ab«, fuhr Jessica ihn rüde an. »Warst du bei ihr? Du hast seit über einer Stunde Feierabend.«

Er öffnete den Mund, erwiderte aber nichts. Stattdessen legte er den Kopf schräg und schaute so verunsichert, dass Jessica ihre gespielte Wut nicht aufrechterhalten konnte und prustend vor Lachen in die Küche zurücklief.

»Verstehe«, sagte Florian und folgte seiner Frau. »Unsere werte Nachbarin Frau Krautwaschl hat dir das mit meiner Freundin gesteckt. Kann ich mich in der Nachbarschaft jetzt noch blicken lassen, oder sollte ich die nächsten Tage lieber im Haus verbringen?«

»›Dieses bildhübsche Geschöpf ist gerade einmal volljährig‹, hat sie gesagt.« Jessica reichte Florian einen Teller mit Eintopf und setzte sich an den Küchentisch. »Ich finde, es hätte schlimmer kommen können«, fuhr sie fort. »Ein oder zwei Jahre jünger, dann hättest du dich strafbar gemacht.«

»Glück gehabt. Dabei möchte ich zurzeit nichts lieber als diese junge Dame finden. Wir haben sie zur Fahndung ausschreiben lassen.«

»Die Tochter dieser Autorin van Guldenveld? Ist sie doch tatverdächtig? Ich dachte, sie sei unschuldig.«

Florian setzte sich zu ihr an den Tisch und stellte den Teller ab, da klingelte es an der Haustür. Er erhob sich wieder. »Frau Huber hat zumindest ein Motiv«, erklärte Florian. »Sie hat die Bücher ihrer Mutter lektoriert. Sie kannte die Vorliebe der Guldenveld für Pralinen und Champagner aus dem Delikatessengeschäft in Scheidegg, und sie hat allen Grund, ihre Mutter zu hassen.«

»Pralinen? Was haben Delikatessen mit den Morden zu tun? Das verstehe ich nicht.«

»Der tote Hund aus Scheidegg«, half er ihr auf die Sprünge, erkannte aber aus ihrem fragenden Blick, dass sie ihm nicht folgen konnte.

Es klingelte erneut.

»Ich erkläre dir alles später.« Er verließ die Küche und ging zur Haustür.

Seinen Vater hatte er nicht erwartet.

Pfarrer Lorenz stand auf dem Treppenabsatz vor der Tür. Seine Hände zitterten, sein Gesicht war versteinert. »Bitte begleite mich in die Klinik.« Dieser Satz kostete den alten Mann mehr Kraft, als er hatte, denn nun schwankte er bedrohlich. Florian griff blitzschnell nach seinem Ellenbogen und verhinderte, dass Franz-Xaver die Treppe hinabfiel.

»Was ist passiert? Geht es Magdalena schlechter?« Die Frage war sinnlos, denn es war offensichtlich, dass der Zustand seines Vaters mit Florians Halbschwester Magdalena zu tun hatte. Außerdem konnte es einem Menschen, der bereits an unzähligen Geräten hing und im Koma lag, kaum schlechter gehen. »Entschuldige«, sagte er, ließ den Arm seines Vaters los und ging zurück ins Haus. »Natürlich komme ich mit.«

Eine halbe Stunde später betraten die Männer das Krankenzimmer. Franz-Xaver hatte die ganze Fahrt über kein einziges Wort verloren, doch als er nun seine Tochter erblickte, die reglos auf dem Bett lag, rief er ihren Namen und brach in herzzerreißendes Schluchzen aus.

»Alles gut«, flüsterte Regina, die am Bett saß und der schlafenden Magdalena die Hand hielt. Auch sie hatte geweint. »Noch ist es nicht so weit.«

Am Fenster stand Matteo und nickte Florian zum Gruß stumm zu.

Erst jetzt fiel Florian auf, dass einige der Geräte ausgeschaltet waren. Magdalena atmete eigenständig. Ein Bildschirm neben dem Bett zeigte ihren Herzschlag an. Ihr Puls schlug viel zu langsam. Auf seiner Schulter spürte er die Hand seines Vaters.

»Sie hat darum gebeten, dich zu sehen, Florian.«

»Sie ist aufgewacht? Das ist doch ein gutes Zeichen, oder?« Florian sah ihn hoffnungsvoll an.

Franz-Xaver schüttelte langsam den Kopf. »Es geht zu Ende.«

Seine Stimme war so leise, dass Florian zuerst dachte, er hätte sich verhört. Doch sein Vater fuhr unbeirrt fort und klang zum ersten Mal an diesem Abend gefasst. Das machte seine Worte fast unerträglich. »Sie hat noch ein paar Stunden, vielleicht noch eine Nacht. Der Arzt sagt, alle ihre Organe versagen ihren Dienst. Man kann nichts mehr für sie tun. Sie wollte dich sehen, und ich möchte ihr diesen letzten Wunsch erfüllen.«

Florian wurde übel. Er kannte die junge Frau auf dem Bett kaum. Ihr Schicksal, ihr bevorstehender Tod und die unendliche Traurigkeit, die den Raum erfüllte, überforderten ihn gänzlich.

Erst nach ein paar Minuten schaffte er es, sich der Sterbenden zu nähern.

Er griff nach ihrer Hand.

»Hallo, kleine Schwester«, sagte er und konzentrierte sich auf seine Atmung. »Es ist schön, dass es dich gibt. Ich habe mir immer eine Schwester gewünscht.«

Hinter ihm hörte er das laute Schluchzen seines Vaters.

»Hab keine Angst, ich bin bei dir.«

Sie schlug so plötzlich die Augen auf, dass er erschrak.

»Versprich mir, dass du dich um Johanna kümmerst. Du sollst ihr Vater sein«, bat sie ihn flehend. »Nimm sie zu dir, sie wird es gut bei dir haben. Das ist mein letzter Wille.«

»Das … das …« Das war unmöglich. Er konnte seiner sterbenden Schwester diesen Wunsch nicht abschlagen, aber es war unmöglich. Ein weiteres Kind konnten sie sich nicht leisten. Und er konnte es nicht mit Jessica besprechen. Doch das spielte keine Rolle. Es ging nicht, egal, wie sehr er Magdalenas Wunsch erfüllen wollte. Er ließ die Hand seiner Schwester los, sprang auf und lief mit großen Schritten zur Tür.

Franz-Xaver ging ihm schnell nach, legte erneut seine Hand auf Florians Schulter und verhinderte, dass dieser den Raum verließ. »Ich bitte dich inständig, Florian. Lass sie in Frieden gehen. Gib ihr die Gewissheit, dass alles gut wird. Bitte, mein Sohn, ich flehe dich an! Für den Seelenfrieden einer Sterbenden erlaubt unser allmächtiger Gott auch eine Lüge. Es wird sich alles finden, später. Schenke ihr jetzt das Glück des Friedens.«

Florian legte seine Stirn an die geschlossene Tür und seufzte. Dann straffte er die Schultern und ging zum Bett zurück. Er beugte sich zu seiner Schwester hinunter, küsste ihren Haaransatz und strich ihr eine Strähne aus dem Gesicht. »Ich verspreche dir: Ich werde mich immer um die kleine Johanna kümmern. Du kannst dich auf mich verlassen.« Seine Tränen fielen auf ihr Gesicht.

Sie lächelte. »Johanna wird bei dir leben. Richtig?« Magdalena sah ihn hoffnungsvoll an.

Florian zögerte, wischte vorsichtig mit dem Daumen über die Wange seiner sterbenden Schwester und nickte. »Richtig. Ich werde sie lieben wie mein eigenes Kind. Das verspreche ich.«

»Dann ist es gut«, waren ihre letzten Worte. Sie schloss die Augen und atmete flach, aber regelmäßig.

Eine Stunde später hörte ihr Herz auf zu schlagen.

28

»Hauptkommissar Forster kommt heute erst später. Er ist auf einer Beerdigung«, verkündete Kommissar Willig der jungen Frau und bot ihr einen Platz zum Sitzen an. »Ihnen ist schon klar, dass ich Sie verhaften muss? Sie sind mit Ihrer Flucht und dem eindeutigen Mordmotiv wieder ins Zentrum der Ermittlungen gerückt.«

»Mordmotiv? Herrgott, wie kommen Sie darauf?« Adelheid Huber ließ sich auf dem Stuhl nieder, den Kommissar Willig ihr neben den Schreibtisch gestellt hatte, und vergrub das Gesicht in den Händen. »Mein anfängliches Geständnis war dumm. Das weiß ich heute. Ich kannte die Toten doch gar nicht.«

»Florian meint …« Berthold Willig verstummte, schaute die verunsicherte Frau hilflos an, ging zur offenen Bürotür und schloss sie. »Hauptkommissar Forster meint«, begann er erneut, setzte sich an seinen Arbeitsplatz und legte die Hände auf den Tisch. »Er meint, Sie hatten allen Grund, Ihrer Mutter schaden zu wollen. Hassen Sie Ihre Mutter?«

Eine Zeit lang schwieg sie, dann holte sie tief Luft und nickte. »Ich bin verdammt wütend auf sie, das stimmt«, gab sie zu. »Aber es macht keinen Unterschied. Solange ich denken kann, nimmt sie sich alles, was sie will. Ohne Rücksicht auf Verluste. Ich habe mich damit abgefunden.«

»Hatten oder haben Sie …«, er suchte die richtige Datei, öffnete sie und überflog die Angaben auf dem Bildschirm, »ein Verhältnis mit Alessandro Bottaro?«

»Wir sind ein paarmal ausgegangen. Mehr nicht.« Frau Huber seufzte verzweifelt. »Er war so rücksichtsvoll, hat mir Komplimente gemacht. Gleichzeitig war er geduldig und hat mich zu nichts gedrängt.« Sie lachte niedergeschlagen. »Ich hätte gedacht, dass gerade ein Italiener nur auf Eroberung aus ist. Aber das hatte er nicht nötig. Ihm reichte der Spaß mit meiner Mutter. Mich brauchte er nicht.«

»Soviel ich weiß, wurde Herr Bottaro von Ihrer Mutter für seine … ähm … Dienste bezahlt. Haben Sie davon gewusst?«

»Klar habe ich das. Ich wusste, dass sie ihre Männer gern ›kauft‹. Sie steht auf jüngere Kerle. Aber ich habe geglaubt, dass sie ihre Energien auf den Chef, diesen Gerd, verschwendet, weil sie mitbekommen hat, wie sehr ich für Alessandro geschwärmt habe. Mein Fehler.«

»Das tut mir leid. Können Sie uns sagen, wo wir Alessandro Bottaro finden? Der Hausmeisterservice, für den er arbeitet, hat laut Internetauftritt zurzeit Betriebsferien. Eine private Adresse konnten wir nicht ermitteln, weder von Herrn Bottaro noch von seinem Chef. Haben Sie mehr Informationen für uns?«

»Alessandro ist bei seiner Familie in Italien. Seine Schwester heiratet an diesem Wochenende. Eine Adresse von dort habe ich nicht. Wann er zurückkommt, weiß ich auch nicht. Meinetwegen kann er bleiben, wo der Pfeffer wächst. Ich will den Idioten nie mehr wiedersehen.«

*

In den frühen Morgenstunden hatte es heftig gestürmt, doch nun war der Himmel klar. Keine einzige Wolke war zu sehen, und die Gipfel der Berge am Horizont leuchteten im hellen Tageslicht. Es wirkte, als hätte das Wetter seinen Frieden gefunden. Genau wie Magdalena.

Florian zog seine Sonnenbrille aus der Innentasche seines schwarzen Jacketts und wischte die Gläser am Ärmel ab, bevor er sie aufsetzte.

Während Franz-Xaver und Regina vor der Kapelle die Beileidsbekundungen der Trauergäste entgegennahmen, stand Matteo abseits der Gesellschaft an dem gusseisernen Zaun, der den gepflasterten Bereich vor der Aussegnungshalle vom Friedhof abgrenzte.

»Ich habe sie an unserem 15. Geburtstag zum letzten Mal glücklich gesehen. Danach ist sie verschwunden«, sagte Matteo und drehte sich zu seinem Bruder um. »Jetzt ist sie tot.«

Florian nickte. »Du kennst mich, Matteo. Ich hab's nicht so mit Gott und der Kirche. Aber ich glaube fest daran, dass es deiner Schwester viel bedeutet hat, euch alle noch einmal gesehen zu haben. Ihr wart für sie da, und sie ist ohne Groll auf das Leben, auf ihr Schicksal, und ohne Angst friedlich eingeschlafen. Und da drin«, er tippte auf Matteos Brust, dann auf seine Stirn, »wird sie weiterleben. Es ist nun deine Aufgabe, deiner kleinen Nichte von ihrer Mutter zu berichten. Das kann keiner so gut wie du.«

»Darf ich mitkommen?« Matteo sah seinen Bruder bittend an. »Ich kann nicht zu dem Leichenschmaus.«

»Ich fahre zu einer Befragung. Da kann ich dich nicht mitnehmen. Wir können am Wochenende gern etwas gemeinsam unternehmen.«

»Ich bleibe im Auto sitzen. Bitte, ich störe dich nicht, versprochen, aber ich will hier schnell weg.«

Franz-Xaver war nicht begeistert von Florians Vorschlag, Matteo für den Rest des Tages von der Trauergesellschaft fernzuhalten, doch Regina lächelte. »Danke, Florian. Du bist für meine Kinder der beste große Bruder, den wir uns wünschen können.«

»Wo fahren wir hin?« Seit sie vor einer halben Stunde ins Auto gestiegen waren, hatte Matteo kein Wort gesagt. Jetzt sah er Florian an. »Geht es immer noch um den Mörder, der Allgäuer Sagen zum Vorbild nimmt?«

»Wir fahren zu einer jungen Frau, die das erste Mordopfer kannte.« Florian setzte den Blinker, drosselte das Tempo und bog von der Landstraße in eine Nebenstraße ab. »Mehr darf ich dir dazu nicht sagen, solange die Ermittlungen noch laufen.«

»Ist das die Leiche mit dem Drachentattoo?«

Florian brummte verärgert und beeindruckt zugleich. »Woher weißt du das mit dem Tattoo?«

»Papa hat gesagt, der Typ mordet nach den Kriminalgeschichten dieser Sigi van Guldenveld. Ihre Bücher habe ich alle gelesen. Ich habe mir übrigens überlegt, auch Kriminalbeamter zu werden. Mit meinem Abitur kann ich doch weit kommen bei der Polizei, oder? Verdient man gut in deinem Job? Egal, Hauptsache, die Mädels sind beeindruckt. Mit einem gefährlichen Job kommt man besser bei den Frauen an.« Sein Redefluss endete erst, als Florian neben ihm in schallendes Gelächter ausbrach.

»Das mit den Frauen kannst du dir gleich abschminken. Die sind sofort weg, wenn du zweimal hintereinander eine Verabredung absagst, weil du Überstunden machen musst. Und bis du nach mehreren Jahren im gehobenen Dienst endlich als Polizeipräsident hinter irgendeinem Schreibtisch endest, ärgerst du dich jahrelang mit Kleinkriminellen und aufsässigen Teenagern herum, schreibst Berichte, bis die Finger wund sind, und wirst von deinen Vorgesetzten permanent rundgemacht. Spaß sieht anders aus.«

»Bist du schon einmal in Lebensgefahr gewesen? Hat jemals einer auf dich geschossen? Oder hast du mal jemanden getötet?«

Florian starrte durch die Windschutzscheibe, lenkte den Wagen an den Straßenrand und schaltete den Motor aus. Er löste den Gurt und öffnete die Fahrertür.

»Du wartest hier. Ich bin gleich wieder da.« Er stieg aus und ging um den Wagen herum. »Wie wär's mit Zahnarzt? Der Job ist ähnlich blutig. Die verdienen gut, haben pünktlich Feierabend, und das Einzige, was denen passieren kann, ist eine Bisswunde an einem ihrer Finger. Zahnarzt wäre super. Denk mal darüber nach.«

29

Nachdem Florian seinen Bruder nach der Befragung am späten Nachmittag in Kempten abgesetzt hatte, fuhr er weiter nach Oberstdorf.

Die Freundin des ersten Mordopfers Silke Bösche, welche ertränkt und in ihrer Badewanne drapiert worden war, hatte ihm dank Bertholds Recherche weiterhelfen können. Sein Kollege hatte ihm während der Trauerreden am Vormittag ein Foto von dem gesuchten Italiener aufs Smartphone gesendet, das Florian zwei Stunden später Frau Bösches Freundin unter die Nase gehalten hatte. Diese hatte den jungen Mann sofort als eine kurze Affäre ihrer Freundin Silke erkannt und berichtet, dass Alessandro Bottaro von Silke Bösche nach wenigen Wochen der Untreue überführt worden war. Was ihre Freundin dabei am meisten gekränkt hatte, war die Tatsache, dass Alessandros Affäre fast doppelt so alt gewesen war wie sie selbst. Die Vermutung lag nun nahe, dass es sich bei der Dame um Sigrid Huber handelte. Wenn dem so wäre, hätte Florian auch für den ersten Mordfall eine direkte Verbindung zu der Autorin und ihren Krimis. Die Auswahl der Opfer war also nicht wahllos, sondern traf gezielt Menschen, die mit der Schriftstellerin in Verbindung standen. Wie diese Verbindung im Fall des Paares auf der Hohenschwandalpe ausgesehen haben könnte, war ihm allerdings nach wie vor ein Rätsel.

»Hauptkommissar Forster. Was für eine Freude, Sie wiederzusehen! Wo haben Sie Ihre Frau gelassen? Schade, dass sie nicht dabei ist.« Hans-Heinrich Greiter, der Vorsitzende des Oberstdorfer Trachtenvereins, griff mit beiden Händen nach Florians und schüttelte sie überschwänglich. »Sind Sie in Ihrem Mordfall weitergekommen? Oder brauchen Sie noch mehr Informationen zur Allgäuer Sagenwelt?«

»Nein. Heute interessiere ich mich mehr für Ihren Untermieter Alessandro Bottaro.« Florian zog sein Smartphone aus der Hosentasche und rief die neuen Informationen auf, die Berthold ihm vor einer halben Stunde geschickt hatte. »Es war gar nicht so einfach, seinen Wohnort ausfindig zu machen. Offiziell ist er in München gemeldet. Unsere Recherchen haben ergeben, dass der junge Mann bei Ihnen wohnt.«

»Ja, in der Einliegerwohnung im Keller. Aber er ist zurzeit in Italien. Seine Schwester heiratet.« Greiter schaute auf das Display des Smartphones, das Florian ihm hinhielt. »Was ist das?«

»Das ist ein Durchsuchungsbeschluss, der Ihnen spätestens morgen Vormittag auch in Papierform vorliegt. Ich bitte Sie, mich schon heute in die Wohnung von Herrn Bottaro zu lassen, damit ich mir einen kurzen Überblick verschaffen kann. Es geht darum, einen Mord zu verhindern. Es zählt jede Minute.«

Entgegen Florians Vermutung stimmte Herr Greiter sofort zu. »Ich hoffe, mein Mieter hat nichts mit der Sache zu tun. Er ist mir immer höflich und äußerst zuvorkommend begegnet. Ein netter Mensch. Kommen Sie, hier entlang. Ich wollte sowieso gerade nach der Ziege schauen. Ich kümmere mich um das Tier, solange mein Mieter verreist ist. Eine Ziege als Haustier. Sachen gibt's«, amüsierte er sich.

Die winzige Kellerwohnung bestand aus einem einzigen Zimmer mit integrierter Küchenzeile und einer Schlafcouch unter dem kleinen Fenster, das direkt an die Zimmerdecke grenzte. Eine Tür trennte Toilette und Dusche vom Wohnbereich. Komfortables Leben sah anders aus. Es gab nicht einmal einen Fernseher oder einen Computer, dafür ein Bücherregal. Die Krimis von Sigi van Guldenveld fand Florian nicht, aber neben Büchern in italienischer Sprache das eine oder andere deutsche Werk. An den Wänden hingen ein paar eingerahmte Fotos sowie Fanschals und Poster eines italienischen Fußballvereins, den Florian nicht kannte.

Der Inhalt des Kleiderschrankes war überschaubar. Ein paar grüne Arbeitshosen, mehrere Turnschuhe und T-Shirts in unterschiedlichen Farben. Drei Regalböden im Schrank waren leer, in einem vierten stand eine kleine, kunstvoll bemalte Holzkiste. Den Deckel zierte ein Bild eines haarigen Wesens, das Florian auf dem Plakat im Haus des Vereinsleiters schon einmal gesehen hatte. Ein Wildes Mändle. Diese Oberstdorfer Traditionsfigur war recht untypisch für einen italienischstämmigen Arbeiter und passte nicht zum Stil der restlichen Einrichtung. Der Inhalt der Kiste gab Florian weitere Rätsel auf. Ein Knopf aus Hirschhorn, eine Haarsträhne, zusammengebunden mit einem roten Samtband, eine verrostete Büroklammer und ein abgenutzter und viel zu kurzer Bleistift. Am Boden der Holzbox lag ein Foto von einer Frau mit einem Baby auf dem Arm. Das Foto war neu und sah aus wie frisch entwickelt, doch die Personen auf dem Bild trugen Kleidung aus den 70er- oder 80er-Jahren. Die Farben wirkten matt und leicht vergilbt. Das Foto war ein wenig überbelichtet und unscharf. Ob das Baby Alessandro war? Oder zeigte das Foto seine Mutter zusammen mit seiner Schwester? An der Kleidung war nicht ersichtlich, ob das Kind männlich oder weiblich war. Auch erkannte er keine Ähnlichkeit zu den Personen auf den Bildern an den Wänden, aber das hatte nichts zu sagen.

Florian schob seinen Fund in eine Beweismitteltüte. Anschließend kontrollierte er die Küchenschränke und die Schubladen der kleinen Kommode neben dem Sofa, fand jedoch nichts, was ihm wichtig erschien. Er zog die Latexhandschuhe aus und wischte sich die verschwitzten Hände an seiner Jeans ab. Dann fotografierte er die gerahmten Aufnahmen neben dem Sofa mit seinem Smartphone ab, verließ die Wohnung und zog die Tür hinter sich zu.

»Haben Sie etwas gefunden? Ich hoffe, Ihr Verdacht hat sich nicht bestätigt. Ich kann mir nicht vorstellen, dass Alessandro ein Mörder ist.« Herr Greiter hatte geduldig vor der Wohnung gewartet und nahm jetzt den Schlüssel von Florian entgegen.

»Unsere Ermittlungen laufen noch, aber ich kann Sie beruhigen. Zurzeit liegt kein dringender Tatverdacht gegen Herrn Bottaro vor.«

Florians Smartphone klingelte.

»Wenn Ihr Mieter aus dem Urlaub zurück ist, wäre ich für eine Info dankbar. Sie entschuldigen mich?« Er hob demonstrativ das Telefon in die Höhe, winkte mit der freien Hand, ging mit großen Schritten zu seinem Auto und nahm das Gespräch entgegen.

»Berthold. Was gibt's?« Er stellte laut, legte das Smartphone aufs Autodach und öffnete die hintere Tür.

»Ich habe herausgefunden, worum du mich gebeten hast, Chef«, erklang Kommissar Willigs Stimme. »Wir haben jetzt die Verbindung.«

Florians Jacke landete auf dem Rücksitz. »Zwischen der Autorin und dem Pärchen von der Hohenschwandalpe? Super!«

»Na ja, nicht direkt«, gab Berthold zu. »Dieser Alessandro hat doch in München gewohnt. Wir haben seine alte Adresse.« Eine Pause entstand.

»Ja, und? Geht die Geschichte noch weiter? Wo ist die Verbindung zu unserem Mordopfer von der Hohenschwandalpe?«

»Im selben Wohnviertel hat für mehrere Monate auch der Ermordete gelebt – in einer Pension. Er hat dort einen Auftrag für ein Bauprojekt geleitet, das im letzten Jahr fertiggestellt wurde. Das kann doch kein Zufall sein, oder, Chef?«

Florian antwortete nicht.

»Beide Personen lebten zur selben Zeit in München«, versuchte Berthold, seine Theorie zu verteidigen. Er spürte, dass seine Argumentation seinen Vorgesetzten nicht beeindruckte. »Herr Bottaro war laut Angaben der Finanzbehörden Hilfsarbeiter auf Baustellen. Unter anderem auch auf der Baustelle, die der Ermordete betreut hat. Das passt doch alles!«

»Kennt die Verlobte des Toten Herrn Bottaro? Hat ihr Mann den Italiener mal erwähnt?«, wollte Florian wissen, nahm sein Smartphone und stieg in den Wagen.

»Nein, bisher nicht. Aber es könnte doch sein …«

»Herrgott, Berthold. München hat gut 1,5 Millionen Einwohner. Dass sich davon zwei kennen, von denen wir den einen nicht mehr und den anderen noch nicht befragen können, ist eine sehr vage Theorie, findest du nicht? Hast du stattdessen etwas zu Sigrid Huber herausgefunden? Gibt es eine Verbindung zu der Autorin?«

»Und Herrn Bottaro?«

»Nein, Berthold. Zwischen der Guldenveld und den beiden auf der Hohenschwandalpe. Kennen sie die Bücher? Hatten sie Kontakt? Der Mörder, wer auch immer es ist, hat einen Bezug zu der Autorin, muss aber die Opfer nicht zwingend kennen. Ich vermute, es geht mehr um die Kriminalgeschichten und um Sigrid Huber als um die Opfer.«

»Verstehe, Chef. Dann rufe ich die Verlobte noch einmal an. Ich melde mich später.«

»Nicht nötig. Ich bin in einer halben Stunde im Präsidium.«

30

Die Stimmen und Geräusche der vielen Menschen, die unzähligen Gespräche, die Wortfetzen und das laute Lachen, das aus allen Richtungen auf ihn einprasselte, vermengte sich zu einem monotonen Brummen, das ihm Kopfschmerzen bereitete. Fast 200 Gäste waren zu der Lesung der Krimiautorin Sigi van Guldenveld gekommen, verteilten sich im Sitzungssaal des Oberstdorfer Bürgerhauses und warteten gespannt auf das Eintreffen der Schriftstellerin. Einige hatten bereits in den bestuhlten Sitzreihen Platz genommen, andere verschafften sich einen Überblick über die Auslage des hiesigen Buchhändlers, der diese Veranstaltung organisiert hatte und nun hoffte, das eine oder andere Exemplar der Krimireihe an den Kunden zu bringen oder die ersten Vorbestellungen für das neue Buch entgegenzunehmen, das in Kürze erschien.

»Ich finde es nett, dass du mal etwas mit deiner alten Mutter unternimmst«, sagte Maria Forster, nickte grüßend einem vorbeigehenden Ehepaar zu und hakte sich bei ihrem Sohn unter. »Mir war gar nicht bewusst, dass du dich für Kriminalromane interessierst. Hast du überhaupt ein einziges Buch gelesen, seit du aus der Schule bist?«

»Deine habe ich alle gelesen. Bei einer Gymnasiallehrerin für Deutsch und Geschichte …«

»In Pension«, warf Maria ein und lächelte vergnügt. Seit sie in Rente war, schrieb sie selbst – nicht ohne Erfolg –, vor allem historische Romane.

»Jedenfalls ist man als Kind einer Deutschlehrerin vorbelastet. Du hättest mir was gehustet, wenn ich die gängigen Klassiker nur halbherzig hinuntergewürgt hätte. Ich musste dir zu jedem Buch Rede und Antwort stehen. Aber was hat es mir gebracht? Ich scheitere am Begreifen einfacher Krimis. Und das als Kriminalhauptkommissar«, spottete er, zog seinen Arm aus ihrem Griff und legte ihn um ihre Schultern. »Wollen wir uns setzen?«

Sie entschieden sich für die dritte Reihe. Florian wollte weder ganz vorn Platz nehmen noch in einer der hinteren Reihen nicht alles mitbekommen. Er war hier, um sich ein Bild von der Fangemeinde der Autorin zu machen. Es bestand eine hohe Wahrscheinlichkeit, dass sich der Täter unter den Zuschauern befand. Florian war inzwischen überzeugt davon, dass den Mörder eine Art Besessenheit antrieb. Ob es dabei um die van Guldenveld selbst oder nur um ihre Bücher und Kriminalfälle ging, konnte er nicht sagen.

»Die Krimis dieser Autorin sind auch besonders tiefgründig«, griff Maria Forster das Gespräch wieder auf. »Keine leichte Kost, hervorragend geschrieben, anspruchsvoll, aber auf eine sehr unterhaltsame Art und Weise. Ich liebe die Bücher von Sigi van Guldenveld und freue mich schon auf den nächsten Teil.«

»Du weißt, warum wir hier sind, Mama? Ich bin mir sicher, dass diese Lesung mir hilft, den Täter zu überführen. Vielleicht taucht er auf, und ich kann ihn direkt verhaften«, verkündete er hoffnungsvoll, wusste aber, dass sein Wunsch etwas weit hergeholt war.

»Noch nicht. Erst später«, hörte er die Stimme der blonden Frau, die in der Sitzreihe direkt vor Maria saß.

Florian war irritiert. »Entschuldigung?«, sprach er sie an. »Reden Sie mit mir?«

Sie drehte sich langsam um und sah ihn an. Dann lächelte sie milde. »Nein, ich habe mit meiner Begleitung gesprochen.« Die Frau wandte sich ab und setzte ihre Unterhaltung mit ihrer Sitznachbarin fort.

»Weißt du, wer das war?«, flüsterte Maria aufgeregt und knuffte ihrem Sohn mit der Faust an den Oberarm. »Das war Mia Brunner. Sie schreibt auch Allgäukrimis. Sie kommt aus Norddeutschland.«

Florian rümpfte verächtlich die Nase. »Eine Norddeutsche kann doch keine Allgäukrimis schreiben«, sagte er laut und deutlich. Jeder im näheren Umkreis konnte es hören.

Die blonde Frau vor ihm kicherte.

»Unterschätze die norddeutschen Frauen nicht. Das könnte übel für dich enden, mein Sohn.«

»Redest du von Jessica?« Seine Frau war gebürtige Hamburgerin und lebte erst seit ein paar Jahren im Allgäu. Florian sah fragend zu seiner Mutter.

Diese hob grinsend die Schultern. »Möglich«, sagte sie und tätschelte liebevoll seine Wange.

Der tosende Applaus aus den Reihen der Zuschauer wollte nicht enden. Sigrid Huber alias Sigi van Guldenveld genoss den Zuspruch, den sie hier bekam. Die Lesung war wider Erwarten sehr emotional, spannend und unterhaltsam gewesen, die Passagen, die die Autorin aus ihrem neuen Buch vorgelesen hatte, allerdings kaum aussagekräftig. Florian war keinen Deut klüger als vorher – weder, was ein mögliches neues Motiv anging, noch bezüglich eines nächsten Opfers.

»Lassen Sie mich abschließend noch kurz ein paar Worte sagen«, rief Sigi van Guldenveld über den Lärm, den das Publikum verursachte, hinweg. Sie hielt das Mikrofon, das während der Lesung an einem Band um ihren Hals gehangen hatte, jetzt in ihrer Hand und stand auf. Der Beifall verstummte und es wurde still.

»Ich habe unter den Zuhörern und Zuhörerinnen viele bekannte Gesichter entdeckt und freue mich über jeden, der heute an dieser Lesung teilgenommen hat. Doch eine Person möchte ich Ihnen gern vorstellen. Dort in der dritten Reihe sitzt mein werter Freund Florian Forster. Er ist Kripobeamter bei der Kemptener Polizei.«

Florian schloss die Augen und fluchte genervt. Einige im Publikum sahen sich zu ihm um. Sollte der Täter unter den anwesenden Gästen sein, wäre er jetzt gewarnt.

»Der junge Mann ist sehr bemüht, all die schlimmen Mordfälle aufzuklären, die rund um meine Bücher gerade passieren«, fuhr die Autorin unbeirrt fort. Florian sah, wie Adelheid Huber, die abseits der kleinen Tribüne an der Stirnseite des Raumes gestanden hatte, nun zu ihrer Mutter eilte.

»Wer auch immer diese armen Menschen getötet hat, hat mir in puncto Verkaufszahlen immerhin einen riesigen Vorteil verschafft.« Sie lachte überschwänglich und winkte Florian zu. »Ich möchte sagen …«

Adelheid Huber stürmte auf das Podium, riss ihrer Mutter das Mikrofon aus der Hand und hielt es sich vor ihren Mund. Einen kurzen Moment, in dem das Publikum irritiert, aber neugierig auf weitere Worte wartete, brauchte Adelheid, um sich zu sammeln.

»Was die Autorin sagen wollte«, begann sie mit zitternder Stimme. Das Rampenlicht war nichts für die schüchterne junge Frau. »Sie bedauert den Tod der Menschen sehr und hofft inständig, dass es der Kemptener Abteilung für Kapitalverbrechen schnellstmöglich gelingt, den Täter zu ergreifen. Sie ist untröstlich über die schrecklichen Verluste und die unendliche Traurigkeit, die diese Taten bei den Familien auslösen. Außerdem möchte sie beteuern, dass die Geschichten in ihren Krimis frei erfunden sind und nicht die Absicht hatten, im wahren Leben jemandem Schaden zuzufügen. Sie sind rein für Lesespaß und Kurzweil erdacht. Unser Verlag, alle Mitarbeiter und natürlich auch unsere werte Autorin Sigi van Guldenveld sprechen den Hinterbliebenen ihr herzliches Beileid aus. Doch nun lassen Sie uns ein letztes Mal – sozusagen als Zugabe – ein paar weiteren Zeilen aus dem neuen Krimi von Sigi van Guldenveld lauschen, der demnächst in allen Buchhandlungen erhältlich ist. Im Anschluss können Sie sich gern ein Exemplar der bereits erschienen Krimis signieren lassen. Vielen Dank, dass Sie so zahlreich gekommen sind.« Sie reichte ihrer Mutter das Mikrofon, flüsterte ihr kurz etwas ins Ohr und verließ die Bühne.

Kurz darauf nahm Adelheid Huber auf dem freien Stuhl neben Florian Platz. »Ich möchte mich für meine Mutter vielmals bei Ihnen entschuldigen, Herr Forster. Sie denkt oft nicht nach, wenn sie so im Redefluss ist«, flüsterte sie und achtete penibel darauf, dass die Zuschauer um sie herum nichts von dem Gespräch mitbekamen. »Ich möchte mich außerdem dafür bedanken, dass ich trotz der momentanen Ermittlungslage auf freiem Fuß bin. Ich schwöre Ihnen, ich habe niemanden getötet.«

»Und ich möchte mich schon vorab für meine nächsten Sätze entschuldigen«, erwiderte Florian frustriert. »Ihre Mutter ist eine gottverdammte Plage. Eine Strafe Gottes! Herrje, wie schaffen Sie es nur, mit dieser Frau zusammenzuleben?« Er stand auf und bat die Tochter der Schriftstellerin, ihn zu begleiten. »Ich brauche Ihre Hilfe, Frau

Huber. Sie sind doch bei Lesungen Ihrer Mutter immer dabei, oder?«

Sie nickte.

»Dann sagen Sie mir, ob Ihnen unter den Zuschauern eine Person auffällt, die häufiger an den Veranstaltungen teilnimmt. Würden Sie das bitte für mich tun?«

31

Als die Haustür sich öffnete, erschrak er.

»Hast mich wohl nicht erwartet«, wurde er von Sigrid Huber begrüßt. Sie lächelte überheblich. »Ich dich auch nicht«, fuhr sie fort. Ihre Worte klangen erfreut. »Ich dachte, du bist in Italien.«

»Und ich dachte, du bist bei deinem wöchentlichen Pilates-Kurs.« Er trat einen Schritt zurück und fiel beinahe von dem niedrigen Treppenabsatz vor dem Haus. »Ist Heidi zu Hause?«

»Mein lieber Alessandro, du enttäuschst mich sehr.« Sigrid Huber griff nach seinem Unterarm und zog ihn in den Flur. »Glaubst du wirklich, dass meine Tochter dich noch sehen will, nachdem du mindestens ...« Sie hob ihre Hände und zählte direkt vor seinem Gesicht laut ihre Finger ab. Als es bei der Zahl zehn nicht mehr weiterging, zuckte sie mit den Schultern und sah ihn provozierend an. »Ich schätze, es waren etwa 30 Mal, was meinst du?«

Er presste die Lippen zusammen und gab keine Antwort. Sein Blick strotzte vor Verachtung.

»Ach komm schon, Junge. Immerhin hast du gut verdient.« Sigrid wollte sein Gesicht berühren, doch er drehte sich energisch weg.

»Das spielt nun keine Rolle mehr.« Alessandro konnte sich kaum beherrschen, so wütend war er. »Du hast mir vor einer Woche versprochen, dass du nichts mehr von mir verlangst und Adelheid nichts von uns erzählst. Wenn du dich daran gehalten hast, besteht kein Grund, warum sie mich nicht sehen will. Ist sie zu Hause?« Er schaute die Treppe hinauf, doch der Flur im oberen Stockwerk war dunkel. »Ich will mit ihr sprechen. Sofort!«

»Ich mach dir einen Vorschlag«, begann Sigrid und konnte sich ein Grinsen nicht verkneifen, als sie seine zitternden Hände bemerkte. »Du kommst ein allerletztes Mal mit in mein Schlafzimmer und …«

»Nein, das werde ich nicht tun! Ich will dein Geld nicht. Ich will dich nicht!«

»Himmel, Junge, du bekommst auch kein Geld von mir«, ließ sie ihn amüsiert wissen. »Was du bekommst, ist einzig und allein deine Freiheit.« Wieder hob sie die Hand, um sein Gesicht zu berühren. Jetzt ließ er es geschehen. Sein wütendes Schnauben quittierte sie mit einem anerkennenden Nicken. »Solltest du dich allerdings weigern, werde ich meiner Tochter ausführlich von jedem einzelnen unserer zahlreichen Tête-à-Têtes berichten. Das wird ihr gar nicht gefallen.«

Weiter kam sie nicht. Mit Wucht prallte ihr Körper gegen die Wand in ihrem Rücken. Die Finger von Alessandros rechter Hand umschlossen unnachgiebig ihren schlanken Hals und drückten ihr brutal die Luft ab.

»Sei falso come un serpente …«, fluchte er. »Du bist eine falsche Schlange! Hätte ich mich nur nie auf dich eingelassen, diavolessa!«

Sie röchelte, versuchte verzweifelt zu atmen und riss mit beiden Händen an seinem Unterarm.

Als ihr Gesicht rot anlief, ließ er sie frei.

Mit den Fingern rieb Sigrid ihren schmerzenden Hals und sog scharf die Luft ein. »Das hättest du dir früher überlegen müssen. Entscheide dich: Du darfst gehen und siehst Adelheid niemals wieder. Oder du folgst mir ins

Schlafzimmer und bist ein freier Mann. Natürlich erst *danach.*« Sie tippte ihm mit der Fingerspitze an die Nase und zwinkerte ihm zu. »Ich weiß, du wirst die richtige Wahl treffen.«

Einen kurzen Moment blieb er reglos stehen und schloss resigniert die Augen. Er fühlte sich ausgeliefert und bloßgestellt. Er hasste diese Frau mehr, als ihm guttat.

Sein plötzlicher Wutschrei ließ Sigrid erschrocken zusammenfahren. Dann stöhnte sie wohlig. »Komm schon, Junge. So schwer ist es doch gar nicht.« Sie wusste, dass sie gewonnen hatte.

Er griff brutal nach ihrem Oberarm, drehte sie mit dem Gesicht von sich weg und presste sie schonungslos mit seinem Körper gegen die Wand. »Diavolessa«, fauchte er ihr ins Ohr. »Das ist das letzte Mal. Wenn nicht, bringe ich dich um, das schwöre ich dir!« Er zerrte Sigrid hinter sich her durch den Flur und verschwand mit ihr im angrenzenden Büro.

Oben im dunklen Flur wischte sich Adelheid ihre Tränen von den Wangen und ging lautlos zurück in ihr Zimmer. Warum hatte Alessandro es nicht getan? Er hätte nur ein kleines bisschen länger zudrücken müssen. Sie hätte ihn nicht aufgehalten.

Sigrid hätte es verdient.

*

»Ein paar Tage vor dem tragischen Tod meines Verlobten waren wir auf einer Lesung der Autorin van Guldenveld. Ist das denn wichtig?«

Am Montag in der Früh hatte Berthold die junge Urlauberin, deren Freund auf der Hohenschwandalpe getötet worden war, endlich telefonisch erreicht und das Gespräch zu Florian durchgestellt. Nun sprachen die beiden seit einigen Minuten miteinander.

»Was hat die Schriftstellerin mit dem Mord zu tun? Glauben Sie, diese Frau steckte in dem Ziegenkostüm, Herr Hauptkommissar?«

»Nein, das glaube ich nicht. Es mehren sich allerdings die Hinweise, dass Ihr Verlobter bewusst als Opfer ausgewählt worden ist, und wir suchen nun nach einer Verbindung«, erklärte Florian. »Ist Ihnen bei der Lesung etwas Ungewöhnliches aufgefallen? Haben Sie vielleicht jemanden kennengelernt? Haben Sie sich mit jemandem unterhalten?« Der Besuch bei der Veranstaltung von Sigi van Guldenveld am Wochenende hatte keine neuen Hinweise gebracht. Entweder war der Täter nicht da gewesen, oder er war so unscheinbar, dass er in der Masse nicht aufgefallen war.

»Nicht mehr als schlichte Floskeln über das Wetter und den Urlaub im Allgäu im Allgemeinen. Es waren fast ausschließlich Touristen bei der Lesung.«

»Ist Ihnen vielleicht ein Italiener aufgefallen?«, riet Florian ins Blaue hinein.

Doch seine Gesprächspartnerin verneinte diese Frage. Sie beschwor außerdem, dass sie niemanden der Anwesenden nach der Lesung wiedergesehen hatte. Weder im Hotel noch auf der Straße. Auch Namen kannte sie nicht.

»Und was ist mit der Autorin? Haben Sie mit Sigrid … ähm … Sigi van Guldenveld gesprochen?«

»Ja, wir haben kurz mit ihr geplaudert. Ich habe das erste Buch von ihr signieren lassen. Es sollte ein Weihnachtsgeschenk für meine Schwiegermutter werden. Sie liebt Krimis.«

»Worum ging es in dem Gespräch?«

Aus dem Telefonhörer erklang ein leises Lachen. Dann seufzte die junge Frau vernehmlich. »Wir haben über die Wilden Mändle geredet, diese haarigen Figuren, die in alter Oberstdorfer Tradition alle paar Jahre auf einem Fest auftreten. Frau van Guldenveld bemerkte scherzhaft, dass mein Verlobter ein gutes Wildes Mändle abgeben würde mit seinem viel zu langen Rauschebart. Ach ja, und sie wollte sich beim Trachtenverein persönlich dafür einsetzen, dass wir einen Blick auf die Proben und die Kostüme werfen dürfen. Das sei Nicht-Oberstdorfern eigentlich nicht gestattet, doch der Leiter des Vereins schulde ihr noch etwas, sagte sie.«

Nach ein paar weiteren Fragen bedankte Florian sich bei der Frau und beendete das Gespräch.

»Ich werde noch einmal nach Oberstdorf fahren«, sagte er zu Berthold. Er schaute auf die Uhr über der Bürotür. »Jessica hat gleich Feierabend«, stellte er fest und winkte seinen Kollegen heran. »Dann musst du mit. Schnapp dir die Fallakte. Ich muss wissen, ob sich die erste Aussage der jungen Witwe mit den neuen Erkenntnissen aus dem eben geführten Telefonat deckt. Außerdem sollten wir herausfinden, in welcher Beziehung Greiter, der Vereinsvorsitzende, zu Sigrid Huber steht. Vielleicht kannst du das von unterwegs aus prüfen. Es muss doch möglich sein, diesen vermaledeiten Fall endlich aufzuklären.«

*

Erst als sie das alte Gartentor hinter sich geschlossen und den Weg zum Haus zur Hälfte zurückgelegt hatte, bemerkte sie Franz-Xaver. Er stand vor dem Treppenabsatz und wippte behutsam einen dunkelblauen Kinderwagen. Dazu summte er die Melodie eines Schlafliedes.

»Jessica, schön, dass du kommst. Es hat niemand aufgemacht.« Er wies mit der Hand zur Tür, ohne hinzusehen. Stattdessen lächelte er freundlich in ihre Richtung.

»Die zwei Großen sind noch in der Schule, und mein Vater wird mit Elias und Lukas unterwegs sein«, erklärte sie. »Das Wetter ist heute traumhaft.«

»Aber kalt«, fügte Florians Vater hinzu, hob beide Hände vor das Gesicht und blies warme Atemluft in seine Handflächen. »Ich stehe schon eine halbe Stunde hier. Dürfen wir reinkommen? Auf einen Tee?«

Kurze Zeit später saß Pfarrer Lorenz am Küchentisch vor einer dampfenden Tasse Earl Grey. Jessica hatte die kleine Johanna aus dem Kinderwagen genommen und wiegte sie sanft in den Armen.

»Was verschafft mir die Ehre deines Besuchs, Franz-Xaver? Falls du mit Florian sprechen wolltest, dann …«

»Nein, ich möchte zuerst mit dir reden«, unterbrach er sie, wärmte die eiskalten Finger an der heißen Tasse und beobachtete die Schwaden des aufsteigenden Wasserdampfes. Er seufzte und sah zu ihr auf. »Pass auf, Kind«, begann er. »Florian hat meiner Tochter auf dem Sterbebett versprochen, dass er sich um Johanna kümmert, und ich …«

»Nein!« Jessica sprang entsetzt auf und schüttelte den Kopf. »Du hast gesagt, seine Worte wären für den Seelenfrieden deiner Tochter wichtig gewesen, müssen aber nicht in die Tat umgesetzt werden. Wir können unmöglich ein weiteres Kind aufziehen! Es ist jetzt schon schwer genug. Außerdem hat Regina erzählt, dass man die Vormundschaft für die Kleine bereits euch zugesprochen habe.«

»Beruhige dich bitte.« Er stand auf und nahm ihr das Baby aus dem Arm. Behutsam legte er Johanna zurück in den Wagen. »Die Sache ist etwas komplizierter.«

»Bitte, Franz-Xaver, das schaffen wir wirklich nicht! Wenn wir meinen Vater nicht hätten, wären wir jetzt schon total aufgeschmissen.« Jessica ließ sich verzweifelt auf den Stuhl fallen und sah ihren Schwiegervater flehend an. »Du weißt genau, dass Florian sein Wort halten würde, wenn du es von ihm verlangst. Aber unsere Ehe würde das nicht aushalten. Und ich könnte nicht mehr arbeiten. Finanziell wäre es auch eine Katastrophe.«

»Johanna ist unser Enkelkind. Ich werde alles in meiner Macht Stehende tun, dass sie gut und finanziell abgesichert aufwachsen kann.« Er setzte sich ebenfalls zurück an den Tisch. »Ich werde nur nicht ewig da sein, um mich zu kümmern. Was ist, wenn … wenn ich nicht mehr helfen kann?«

Seine Worte ließen Jessica aufhorchen. Es ging nicht darum, das Kind weiterzugeben. Franz-Xaver verfolgte ein anderes Ziel. »Was ist los? Bist du krank?«

Er schüttelte den Kopf. »Das ist es nicht, Jessica. All die Jahre habe ich meine Tochter verleugnet. Ich war kein Vater für sie. Das möchte ich ändern.«

»Magdalena ist tot. Du kannst nichts mehr für sie tun. Außer für ihr Kind zu sorgen. Das ist …« Sie verstummte augenblicklich, als er bedauernd nickte. »Du willst sie rächen, stimmt's?«

Franz-Xaver blieb ihr eine Antwort schuldig. »Ich muss wieder los«, sagte er und erhob sich. »Ich erwarte, dass Florian sich an sein Versprechen hält, und dulde keine Alternative. Regina wird euch die Kinder gern so oft wie möglich abnehmen, alle fünf. Sie kann tagsüber ins Haus kommen und alle versorgen.«

Jessica hielt Franz-Xaver am Arm fest. »Was hast du vor?«

»Die Polizei hat die Ermittlungen eingestellt, weil Meichelböck verstorben ist. Doch er ist nicht allein schuld. Magdalenas Tod wird gesühnt werden, und mein Enkelkind wird bei euch glücklich aufwachsen. Frag Florian, der Fall wurde zu den Akten gelegt. Und das werde ich nicht akzeptieren!« Er riss sich los und ging Richtung Küchentür.

Jessica sprang auf und versperrte ihrem Schwiegervater den Weg. »Wenn du glaubst, Florian lässt die Misshandlungen seiner Halbschwester auf sich beruhen, dann irrst du. Er war zwar als naher Verwandter nicht an den Ermittlungen beteiligt, nutzt aber trotzdem jede freie Minute, um Nachforschungen zu den Mitgliedern der Sekte anzustellen. Erst recht, seitdem die Ermittlungen eingestellt wurden. Du wirst ihn seine Arbeit machen lassen. Die Sektenleute werden ihre gerechte Strafe bekommen, und du wirst für dein Enkelkind da sein. Denn *das* bist du deiner Tochter schuldig. Nicht mehr und nicht weniger.«

32

»Ich lass mich doch von so einem dahergelaufenen Weibsbild nicht erpressen! Wo kommen wir denn da hin?« Der Vorsitzende des Oberstdorfer Trachtenvereins winkte amüsiert ab, wurde aber schlagartig still, als er den strafenden Blick seiner Frau bemerkte.

»Darf ich Ihnen einen Kaffee anbieten, Herr Forster?«, fragte Frau Greiter, goss Florian ein und wandte sich dann an Berthold. »Möchten Sie auch, Herr …?«

»Willig. Ja, will ich«, sagte der junge Beamte und kicherte über seinen eigenen Wortwitz.

»Herr Greiter, was genau hat Sigi van Guldenveld von Ihnen verlangt?« Der Hauptkommissar trat Berthold unter dem Tisch heftig gegen das Schienbein.

Dieser verstummte.

»Und warum sprechen Sie von Erpressung? Gibt es etwas, das die Dame Ihnen vorwerfen kann?«

»Da habe ich mich wohl falsch ausgedrückt. Wissen Sie, Frau Huber hatte eine Lesung in unserem Vereinshaus geplant und gedroht, diese abzusagen, wenn ich nicht einem jungen Mann gestatte, an den diesjährigen Proben zum ›Wilde-Mändle-Tanz‹ teilzunehmen. Das ist natürlich unmöglich. Nur gebürtige Oberstdorfer dürfen in das Kostüm schlüpfen. Ehrlich, eine Absage der Lesung hätte ihr mehr geschadet als uns. Das Vereinshaus stellten wir ihr kostenlos zur Verfügung. Verdient hätte einzig und allein der Initiator der Veranstaltung, ein hiesiger Buchhändler, außerdem der Verlag und die Autorin selbst.«

»Verstehe. Sie machen grundsätzlich keine Ausnahme, das sagten Sie bereits bei unserem ersten Treffen. Der junge Mann war schließlich nicht einmal Allgäuer, sondern nur ein Tourist.«

Greiter sah den Hauptkommissar zweifelnd an. »Wie kommen Sie darauf, dass es sich um einen Touristen handelte?«

»Wir haben ermittelt, dass die Autorin zu einem Urlauber sagte, er würde gut zu den Wilden Mändle passen. Kurz darauf ist er ermordet …« Weiter kam Berthold nicht. Erneut traf ihn ein Fußtritt seines Chefs.

»Für wen hat Frau Huber um eine Teilnahme gebeten?«, lenkte Florian das Gespräch wieder in geordnete Bahnen.

»Für den Gärtner.« Greiter sah fragend zu seiner Frau. »Ich habe mich gewundert, warum der Mann ihr so wichtig war. Aber es ging ohnehin nicht, er ist kein gebürtiger Oberstdorfer.«

»Richtig. Er ist Italiener«, erwähnte Berthold unbedacht, besann sich augenblicklich und zog instinktiv seine ausgestreckten Beine unter den Stuhl. Doch der erwartete Fußtritt blieb aus, weil Greiter heftig mit dem Kopf schüttelte.

»Nein, nicht Alessandro. Ich meine seinen Chef, den Gerd.«

»Ach«, sagte Florian verwundert und versuchte Zeit zu gewinnen, indem er nach der Kaffeetasse griff und nachdenklich aus dem Fenster sah. Das passte alles nicht zusammen. In welcher Beziehung standen der Eigentümer des Hausmeisterservices und die Autorin? Auch zeitlich funktionierte es nicht. Die Lesung, von der die Witwe gesprochen hatte, war Anfang September gewesen. Nach der Aufführung des Wilde-Mändle-Tanzes. »Wie kann es sein, dass Sigi van Guldenveld ihre Bitte vorträgt, wenn laut des Datums auf den Plakaten in Ihrem Foyer die Veranstaltung schon vorbei war?«

»Das haben Sie falsch verstanden, Herr Hauptkommissar.« Greiter sah wieder zu seiner Frau. »Wann hat die Huber hier bei uns gesessen? Das muss im Februar oder März gewesen sein. Und die Lesung war für den Mai geplant, nicht wahr?«

Frau Greiter stimmte ihrem Mann nickend zu.

*

»Wo kommst du her?«

Alessandro erschrak so heftig, dass er reflexartig zur Seite sprang und mit der Schulter in ein Regal krachte. Ein paar Metallteile rutschten über die Kante und fielen scheppernd zu Boden.

»Mamma mia, hast du mich erschreckt! Ich habe dich schon überall gesucht. Du warst nicht zu Hause.« Der junge Italiener fasste sich theatralisch an sein Herz und wischte sich mit dem Handrücken über seine Stirn. »Ich hätte tot umfallen können«, bemerkte er amüsiert und lächelte entwaffnend. »Schön, dich zu sehen.«

Sein Gegenüber lächelte nicht. »Wieso musste ich von anderen erfahren, dass du früher aus Italien zurück bist?«

Aus dem hinteren Teil der Scheune erklang der laut meckernde Ruf einer Ziege.

»Du hast La Colpa mitgebracht? Warum?«, fragte Alessandro arglos. Erst als er zu dem Tier gehen wollte, um es zu begrüßen, wurde ihm bewusst, in welcher Gefahr er sich befand. Das leise Klacken hinter ihm ließ ihn abrupt innehalten. Langsam drehte er sich um und starrte direkt in den Lauf eines Gewehres.

»Die Ziege ist deine Lebensversicherung. Ihr Leben gegen deines.«

»Du willst sie erschießen?« Langsam wich Alessandro zurück, doch als die Spitze des Gewehres schmerzhaft gegen seinen Brustkorb drückte, blieb er stehen. Er wagte kaum zu atmen.

»Blödsinn. Ich werde das Tier nicht töten. Du wirst es tun.« Wieder meckerte die Ziege. Sie war an dem Aufsitzrasenmäher seines Chefs angebunden. Der Mäher stand am anderen Ende der Scheune neben dem Regal mit dem Dünger. »Siehst du das Messer auf der Werkbank? Daneben steht ein Glas. Du darfst entscheiden, ob du das Glas leer trinkst oder deiner geliebten Ziege die Kehle aufschlitzt.«

»Wieso? Was ist in dem Glas?« Alessandros Frage blieb unbeantwortet, doch er ahnte, was er trinken sollte. Die Flüssigkeit schäumte. Beißender Dampf stieg auf. Es roch scharf nach einer ätzenden Lauge. Er schüttelte langsam den Kopf. »Das Zeug bringt mich um!«

»Das ist der Plan«, wurde er aufgeklärt. »Du hast eine Todsünde begangen. Nun musst entweder du oder dieses Tier dafür büßen. La Colpa – du hast sie ›die Schuld‹ genannt, weil sie schon einmal all deine Sünden auf sich genommen hat. Nun kann sie es ein zweites Mal tun.«

»Ich werde sie nicht töten. Was ist nur in dich gefahren? Ich erkenne dich nicht wieder! Warum … Was faselst du … von Todsünde?« Seine Stimme, die streng und fest klingen sollte, wurde mit jeder Silbe leiser. Dann verstummte er. Seine Angst wurde übermächtig. Wie sollte er aus dieser Situation heil herauskommen?

»Wollust, mein Lieber. Eine der schlimmsten Todsünden überhaupt. Du hättest sie nicht anfassen dürfen. Das stand dir nicht zu, du hast …«

»Du weißt es? Es sollte nie jemand erfahren.«

Ein Schuss löste sich aus der Waffe. Der donnernde Knall erfüllte den Raum. Die Ziege sprang erschrocken gegen den Rasenmäher, schrie laut auf und zerrte voller Panik an dem Seil.

»Der nächste Schuss trifft! Willst du das Tier nicht endlich erlösen?«

Das krächzende Entsetzen, das meckernde Brüllen der Ziege war kaum zu ertragen. Alessandro hatte den dringenden Wunsch, zu ihr zu laufen und sie zu beruhigen, doch versagten ihm seine Beine den Dienst. Er sank neben der Werkbank zu Boden und starrte voller Grauen zu seinem Peiniger hinauf. »Ich werde trinken. Ich will dein Wort, dass La Colpa nichts passiert.«

»Selbstverständlich nicht«, wurde ihm trocken bestätigt. »Na dann, Prost!«

Der Italiener zog sich an der Werkbank hoch. Als er mit zitternder Hand nach dem Glas griff, spürte er den Gewehrlauf in seinem Rücken.

»Nur damit du nicht auf dumme Gedanken kommst.«

Die Flüssigkeit stank bestialisch, die aufsteigenden Dämpfe brannten in der Nase und trieben ihm die Tränen in die Augen.

»Und trink schnell. Es wird schlimmer, wenn du es hinauszögerst.«

Er musste nicht lange überlegen. Eigentlich dachte er gar nicht mehr nach, sondern reagierte nur noch. Blitzschnell drehte sich Alessandro um, griff mit der freien Hand nach der Waffe, drehte sie von seinem Körper weg und schüttete die ätzende Flüssigkeit aus dem Gefäß seinem Angreifer entgegen.

Ein lauter Schrei.

Etwas fiel zu Boden.
Ein lauter Knall erfüllte den Raum.
Dann wurde es schlagartig still.
Selbst die Schuld schwieg.

33

Florian stieg aus dem Dienstwagen und warf seinem Kollegen den Autoschlüssel zu. Berthold lief um das Auto herum und quetschte sich laut stöhnend hinter das Lenkrad. Dann griff er unter den Sitz, entriegelte ihn und schob ihn weit nach hinten. Auch die Rückenlehne musste er verstellen. Bei einer Körpergröße von über zwei Metern waren seine Arme und Beine für ein normales Auto fast zu lang.

»Okay, Chef«, rief er, zog die Tür zu und öffnete das Fenster. »Soll ich dich später wieder abholen?«

»Das wäre äußerst hilfreich, Berthold.« Florian sah den jungen Polizisten ungläubig an. »Oder wie, meinst du, soll ich zurück nach Kempten kommen?«

Berthold dachte kurz nach und schüttelte amüsiert den Kopf. »Klar. Dumm von mir. Ich denke, länger als eine halbe Stunde wird die Befragung nicht dauern. Dann komme ich zurück.«

Der Dienstwagen fuhr die Anliegerstraße entlang und bog auf die Dorfstraße ab.

Die Haustür stand sperrangelweit offen, und Florian sah sich suchend um. Weder im Vorgarten noch im schmalen Flur war jemand zu sehen.

»Hallo?«, rief er ins Haus, blieb aber auf der Türschwelle stehen.

»Kommen Sie endlich herein, Herr Hauptkommissar. Ich habe Sie schon erwartet.«

Sigrid Huber saß hinter dem Schreibtisch in ihrem Büro. Die Terrassentür war ebenfalls weit geöffnet, obwohl es draußen bitterkalt war. Für das Wochenende war in den Tieflagen erster Schnee angekündigt. Die Gipfel der Berge waren schon seit Wochen weiß.

»Der Hund ist draußen«, erklärte sie und zog die Strickjacke enger um ihren Körper. »Ich mache die Tür zu, sobald er fertig ist. Hat Ihnen meine Lesung im Bürgerhaus gefallen?« Sie wartete seine Antwort nicht ab. »Wollen Sie etwas trinken? Heidi?«, rief sie laut. »Bringst du uns einen Kaffee?« Anschließend hielt sie inne, schüttelte den Kopf und erhob sich. »Heidi ist gar nicht zu Hause«, kicherte sie. »Dann gibt es leider keinen Kaffee. Ich kann die blöde neumodische Maschine nicht bedienen.«

»Was ist passiert?« Der Ausdruck auf Florians Gesicht war ernst. Ihm war der desolate Zustand der Frau aufgefallen.

»Mit Adelheid? Nichts. Hat das Mädchen etwas ausgefressen? Ich habe sie seit gestern Abend nicht gesehen.« Frau Huber schien verwirrt und hob fragend die Augenbrauen.

»Was ist mit *Ihnen* passiert?«, wiederholte Florian seine Frage und deutete auf ihren Hals. »Das sieht aus, als hätte sie jemand gewürgt.«

»Das stimmt.« Sie lächelte beseelt und rieb mit den Fingern über die Hämatome direkt über ihrem Schlüsselbein, schob die Strickjacke über ihre Schulter und zeigte dem Hauptkommissar ihren Oberarm. »Und hier sind noch mehr blaue Flecken.« Als Florian Forster wütend brummte, lachte Sigrid Huber schallend.

»Wer war das? Möchten Sie eine Anzeige machen?«

»Ach was. Ich mag es, wenn ein Mann ein wenig grob ist.« Ihr herausforderndes Zwinkern quittierte Florian mit einem verächtlichen Grummeln.

»Wer ist der Mann? Das sind keine leichten Verletzungen, die im Eifer des Gefechts versehentlich passieren können. Das sieht eher so aus, als habe Sie jemand ernsthaft und mit voller Absicht verletzen wollen.«

Der weiße Terrier stolzierte ins Büro, würdigte Florian keines Blickes und verschwand ins Schlafzimmer. Da Frau Huber keine Anstalten machte, die Terrassentür zu schließen, und sich stattdessen wieder hinter ihren Schreibtisch setzte, übernahm kurzerhand Florian die Aufgabe.

»Wissen Sie eigentlich, dass Ihre Tochter sich große Sorgen um Sie macht? Sie vermutet, dass Sie in Gefahr sind, Frau Huber. Und ich glaube inzwischen, sie könnte recht haben.« Unaufgefordert lehnte er sich auf die Kante des Schreibtisches und schaute streng zu der sorglosen Autorin hinunter. »Wer hat Sie derart zugerichtet?«

»Ich muss Ihnen diese Frage nicht beantworten, aber da ich jede Sekunde der Zweisamkeit mit Alessandro genossen habe und keine Anzeige erstatten will wegen der paar Kratzer, mache ich mal eine Ausnahme. Alessandro ist ein guter Mensch und ein ausgezeichneter Liebhaber.«

»Laut Herrn Greiter ist sein Untermieter Alessandro Bottaro erst seit heute früh wieder in Oberstdorf.«

Der Vorsitzende des Trachtenvereins hatte vor einer Stunde angerufen und von der Rückkehr des Italieners berichtet. Berthold besuchte in diesem Moment den jungen Mann, um ihn zu befragen.

»Sie wollen also behaupten, dass sein erster Weg direkt zu Ihnen führte, Frau Huber?«

»Ist das so abwegig?« Sie schien beleidigt. »Vielleicht wollte er auch zu Adelheid, aber wenn meine werte Tochter nicht zu Hause ist, dann …«

»Die Hämatome sehen nicht so aus, als wären sie gerade

erst entstanden«, unterbrach Florian die Autorin. »Ihre Behauptung ist also nicht tragbar. Herr Bottaro kann Sie nicht gewürgt haben, wenn er erst heute aus Italien gekommen ist.«

»Er war bereits gestern bei mir.« Sie seufzte gelangweilt. »Ist das Verhör jetzt beendet? Ich arbeite an meinem nächsten Krimi und habe keine Lust mehr auf Ihre Fragen.«

»Noch nicht ganz. Vielleicht kann ich doch einen Kaffee haben? Oder einen Tee?«

»Adelheid ist nicht da. Das sagte ich schon.«

»Bitte, Frau Huber. Sonst muss ich ewig draußen in der Kälte warten, bis mein Kollege mich abholt. Der kommt frühestens in einer Dreiviertelstunde.« Er lächelte charmant und berührte kurz ihre Schulter. »Was meinen Sie, Frau Huber? Wir setzen uns ins Wohnzimmer und trinken gemeinsam einen Tee. Hatten Sie nicht einige Fragen zur Polizeiarbeit? Vielleicht kann ich Ihnen diesbezüglich für Ihren nächsten Krimi ein paar Tipps geben.«

Sie dachte kurz nach, erhob sich und strich mit den Fingern über seine Brust, als sie an ihm vorbeiging und das Zimmer verließ. »Nicht weglaufen, Herr Hauptkommissar. Ich bin in spätestens zehn Minuten wieder bei Ihnen«, hörte er sie rufen und wartete gerade so lange, bis er ihre leisen Schritte über die Küchenfliesen laufen hörte. Dann setzte er sich auf den Stuhl, verschaffte sich einen kurzen Überblick über die Dateien auf ihrem Rechner, rief den einen oder anderen Text auf und versuchte zu ergründen, welcher zu dem aktuellen Krimi gehörte. Er musste wissen, wie der Krimi ausging, um dem Mörder zuvorzukommen und eine weitere Leiche zu verhindern, die laut Adelheid Huber mit großer Wahrscheinlichkeit die Autorin selbst sein konnte.

Die Frau, die im Türrahmen stand und ihn beobachtete, bemerkte er nicht.

»Die Datei heißt ›Am Ende wird alles Böse gut‹«, hörte er Adelheid Huber sagen und schloss ertappt die Augen. Anschließend sah er auf und schaute schuldbewusst zu der jungen Frau.

»Ich möchte mich in aller Form entschuldigen. Das ging zu weit.« Er klappte den Laptop zu und stand auf. »Ich wäre Ihnen dankbar, wenn Sie von einer Dienstaufsichtsbeschwerde absehen. Ich möchte nichts weiter als einen Mord verhindern.«

»Hier«, sagte sie, ging auf ihn zu und streckte ihm die Hand entgegen. »Der druckfertige Krimi ist auf dem USB-Stick. Ich habe ihn erst kürzlich der Druckerei zukommen lassen. In vier Wochen erscheint das Buch.«

Florian zögerte. Der USB-Stick lag auf ihrer flachen Hand direkt vor ihm, doch was ihn irritierte, war der dicke Verband um ihren rechten Unterarm. Weil er zu lange auf den verletzten Arm starrte, ohne den Stick zu nehmen, griff Adelheid Huber nach seiner Hand und legte den Stick hinein.

»Ich habe mich mit heißem Wasser verbrüht. Die neue Kaffeemaschine ist der Teufel in Person. Ich habe sie kurzerhand Diavolessa getauft.« Sie lachte, doch ihre gute Laune schien Florian gespielt zu sein. »Ich sehe von der Beschwerde ab, wenn Sie mir versprechen, dass niemand außer Ihnen den Krimi liest. Nichts davon darf vor Veröffentlichung des Buches nach außen dringen. Haben wir einen Deal?«

Florian nickte und verließ zügig und wortlos das Haus.

34

Das Blaulicht der Krankenwagen auf dem Parkplatz des Vereinsgebäudes war schon von Weitem zu sehen und durchaus beunruhigend. Doch erst als Florian inmitten des hektischen Trubels von umherlaufenden Sanitätern und angespannten Polizeibeamten in das Gesicht des völlig verstörten Vereinsvorsitzenden blickte, begriff er das Ausmaß der Tragödie.

»Herr Hauptkommissar«, stammelte Hans-Heinrich Greiter und schüttelte ihm etwas zu lang die Hand. Er zitterte am ganzen Körper und atmete hektisch. »Entschuldigen Sie, dass nicht ich Sie abgeholt habe. Ich habe … ich habe den Alessandro gefunden … Ich konnte nicht … mehr fahren.«

»Schon gut.« Florian entzog ihm seine Hand und sah sich suchend um.

Frau Greiter, die ihn anstelle von Berthold bei Sigrid Huber abgeholt hatte, legte den Arm um die Schulter ihres Mannes und redete beruhigend auf ihn ein.

»Es ist drüben in der Scheune passiert«, berichtete Greiter und wies mit der Hand auf das große Gebäude am Grundstücksrand. »Ihre Kollegen sind bereits dort.«

»Ich würde erst einmal mit Herrn Willig sprechen.«

»Hier bin ich, Chef«, erklang Bertholds Stimme aus dem Inneren des Krankenwagens gleich neben ihm. Sein junger Kollege kletterte aus dem Fahrzeug, blieb kurz stehen und hielt sich an der Hecktür fest, bevor er langsam weiterging. Er trug einen dicken Verband um den Kopf, lächelte aber tapfer. »Irgendjemand hat mir von hinten eins übergebraten, als ich mich über den Italiener gebeugt habe. Ich war kurz bewusstlos. Es tut mir leid, dass ich wieder einmal keine große Hilfe war.«

»Für den Schlag auf den Kopf kannst du doch nichts. Geht es dir gut?«

»Gehirnerschütterung, meint der Notarzt, ich sollte …« Er verdrehte die Augen und schwankte leicht.

Florian griff nach seinem Arm. »Du musst dich hinlegen. Du gehörst ins Krankenhaus.« Er begleitete Berthold zurück zum Krankenwagen und half ihm beim Einsteigen. »Ich dachte, der Greiter hat Herrn Bottaro gefunden. Wo war der, als man dich niedergeschlagen hat?«

Berthold ließ sich vorsichtig auf die Trage nieder. »Ich bin in dem Moment angekommen, als er aus der Scheune gestürmt ist. Er wollte ins Haus, um Polizei und Notarzt zu alarmieren.« Florians Kollege legte sich hin, schloss die Augen und seufzte. »Ich bin dann zu Herrn Bottaro, um Erste Hilfe zu leisten. Den Mann hat man übel zugerichtet. Ich hoffe, der Notarzt konnte ihm helfen. Ich war ja kurz darauf bewusstlos.« Er sprach immer leiser, wirkte müde und tastete vorsichtig mit den Fingern über seinen Verband.

»Alessandro Bottaro lebt? Frau Greiter sagte zu mir, er habe eine Schussverletzung. Ich habe befürchtet, er sei unsere nächste Leiche. War er ansprechbar?«

Mit einer Antwort ließ Berthold sich lange Zeit. Florian vermutete schon, dass er ihn nicht gehört hatte, als der Verletzte flüsterte: »Schuld. Er hat ständig das Wort ›Schuld‹ auf Italienisch wiederholt. La colpa. Meinst du, er ist der Mörder?«

»Das werden wir herausfinden. Jedenfalls hat er dich nicht niedergeschlagen. Folglich wird er sich vermutlich auch nicht selbst erschossen haben. Hast du wirklich keine weitere Person in der Scheune bemerkt?«

Berthold sagte nichts. Er war vor Erschöpfung eingeschlafen. Florian achtete auf seine Atmung und fühlte seinen Puls, bis ein Sanitäter ins Auto sprang und übernahm.

»Mein Kollege ist doch soweit okay, oder?«, wollte Florian wissen und legte die Hand auf Bertholds Oberarm.

»Ja, alles gut. Sonst hätte ich ihn nicht allein gelassen. Wir nehmen ihn mit ins Krankenhaus für ein CT. Ob der andere Kerl es schafft, ist allerdings fraglich. Die Lunge ist perforiert. Er hat innere Blutungen. Außerdem Verätzungen an Oberkörper und Hals. Jedes einzelne davon ist schon äußerst problematisch.«

Als Florian Forster kurze Zeit später die Scheune betrat, hob draußen der Rettungshubschrauber mit dem schwer verletzten Italiener ab, um den jungen Mann schnellstmöglich in einem Krankenhaus versorgen zu können. Sein Zustand war laut des behandelnden Notarztes so kritisch, dass sein Überleben ein kleines Wunder wäre.

»Kann mir jemand etwas über den Tathergang verraten?«, rief er in die Runde der Beamten der Spurensicherung. Dass die Kollegen bereits vor Ort waren, war einzig und allein dem Umstand geschuldet, dass Florian eine Untersuchung der Wohnung und des Autos von Herrn Bottaro angeordnet hatte, die Berthold hätte leiten sollen. »Irgendjemand, der mir Auskunft geben kann?«

Ein älterer Mann in weißem Ganzkörperanzug winkte ihn zu sich heran. Er stand vor einer Werkbank, auf der ein langes Messer mit Doppelklinge lag. Neben dem Tisch musste der Italiener zusammengebrochen sein. Eine dunkelrote Blutlache hatte sich über den Steinboden verteilt.

»Das Messer ist – soviel ich bisher weiß – nicht die Tatwaffe. Gibt es trotzdem Spuren? Haben Sie eine Schusswaffe gefunden?« Florian blieb in gebührendem Abstand von der Fundstelle stehen. »Hauptkommissar Florian Forster«, stellte er sich vor und zeigte dem Beamten seinen Dienstausweis.

»Alfred Meyer. Nein, eine Schusswaffe haben wir hier drinnen nicht gefunden. Auch gibt es keine DNA oder Fingerspuren an dem Messer. Es ist nahezu klinisch rein.«

Florian wies auf die Glasscherben am Boden. »Was war in dem Gefäß?«

»Eine ätzende Lauge«, sagte Meyer und deutete auf das Regal an der hinteren Scheunenwand. »Vermutlich zusammengemischt aus den Chemikalienkanistern. Das müssen wir im Labor untersuchen. Haben Sie den Verletzten noch gesehen, Herr Forster?«

»Nein, er war schon im Hubschrauber. Wieso?«

»Der Schuss wurde aus nächster Nähe abgegeben. Als hätte ihm jemand den Lauf direkt an den Körper gepresst. Kaliber 308. Typisch für ein mittelgroßes Jagdgewehr.«

»Sie wollen mir doch nicht weismachen, dass Sie an der Wunde des Opfers das Kaliber der Patrone erkennen können«, lachte Florian, verstummte aber, als der Mann ihm eine Beweismitteltüte mit der entsprechenden Munition entgegenhielt.

»Die steckte dort hinten in der Wand. Bisher die einzige, die wir gefunden haben. Glatter Durchschuss. Und das Glas, das zerborsten am Boden liegt, ist vermutlich eins von diesen. Sie fassen etwa 300 Milliliter.« Er ging ein paar Schritte zurück und griff nach einem der Glasbehälter auf einem kleinen Wandregal über einem gusseisernen Spülbecken. »In dem Waschbecken befinden sich ebenfalls Reste der Lauge.«

Der Beamte war ein Quell an Informationen, doch für Florian waren mögliche Tathergänge im Moment nicht fassbar. Hatte der Schütze Herrn Bottaro beim Mixen der Lauge überrascht? Hatte der Italiener die Lauge erfolglos zur Abwehr gegen den Angreifer verwendet? Warum hatte er in dem Fall nicht das Messer benutzt? Damit hätte er gezieltere Verletzungen zufügen können. Die Spurensicherung war sich jedenfalls sicher, dass – vorausgesetzt das Glasgefäß war bis zum Rand gefüllt gewesen – die wenigen Spritzer am Boden und die Menge an Flüssigkeit am Körper des Opfers nicht alles war, was verschüttet worden war. Eventuell stimmte dann die Theorie, dass Bottaro den Inhalt auf seinen Angreifer geschüttet und selbst nur eine kleine Menge abbekommen hatte.

»Entschuldigen Sie«, sprach Florian einen Kollegen der Streifenpolizei an, der gerade die Scheune betreten hatte und sich suchend umsah. »Ich benötige einen Beamten, der zum Haus von Sigrid Huber – das ist die Schriftstellerin Sigi van Guldenveld – fährt und deren Tochter Adelheid Huber sofort in Gewahrsam nimmt. Die junge Frau steht in dringendem Verdacht, etwas mit diesem Fall zu tun zu haben. Bringen Sie sie bitte direkt zur Kemptener Dienststelle. Ich komme in etwa einer Stunde nach.«

»Besitzen Sie ein Jagdgewehr mit dem Kaliber 308?« Wenige Minuten nach der Begutachtung des Tatortes stand Florian bei Herrn und Frau Greiter in der Küche. Der Vorsitzende des Oberstdorfer Trachtenvereins hatte sich ein wenig beruhigt, saß nun aber wie ein Häufchen Elend auf der Eckbank am Küchentisch. Seine Frau strich ihm mit der Hand beruhigend über den Rücken.

»Mehrere. Die sind unten im Keller in einem verriegelten Schrank. Wurde der Alessandro mit einem Gewehr erschossen?«, fragte er, sah erschüttert zu seiner Frau auf und seufzte. »Ich habe die Wunde gesehen. Es sah grauenvoll aus.«

»Würden Sie mir die Schusswaffen zeigen?« Greiter war die letzte Person beim Opfer gewesen, bevor Berthold die Scheune betreten hatte. Sein junger Kollege hatte zwar ein Gewehr nicht erwähnt, aber Greiter könnte es in der Scheune versteckt haben, um kurz darauf Berthold niederzuschlagen und die Tatwaffe verschwinden zu lassen. »Ich würde auch gern einen Blick auf die Waffenbesitzkarte und die Munition werfen. Sind alle Ihre Waffen ordnungsgemäß registriert?«

»Natürlich. Kommen Sie.« Greiter erhob sich und verließ die Küche.

»Hier«, sagte er wenig später und reichte dem Hauptkommissar die Dokumente und die grüne Waffenbesitzkarte, die Jäger und Sportschützen ausgestellt bekamen. »Würden Sie bitte im Flur warten? Ich muss den Tresor öffnen, in dem sich der Schlüssel für den Gewehrschrank befindet, und möchte weder, dass Sie sehen, wo er ist, noch, welche Kombination ich benutze.«

Florian nickte. Herr Greiter verhielt sich absolut regelkonform. Der Schlüssel und die Waffen mussten unabhängig voneinander an unterschiedlichen Orten so gelagert werden, dass sich niemand Zugang verschaffen konnte. Auch die Munition musste getrennt von den Gewehren und ebenfalls in einem Tresor aufbewahrt werden.

»Nicht einmal meine Frau weiß, wo sich der Schlüssel befindet«, erklärte Greiter dem Hauptkommissar, als er kurz darauf den stählernen Waffenschrank im Keller öffnete. »Bitte schön. Alle Gewehre sind da. Die Munition bewahre ich woanders auf.«

Florian trat an den Schrank. Fünf Gewehre, drei davon mit entsprechendem Kaliber, zumindest laut der Registrierungen. »Gut«, sagte er. »Ich rufe einen Beamten der Spurensicherung, damit dieser ...« Weiter kam er nicht.

Greiter schubste ihn beiseite und griff nach einer der Waffen. »Das kann doch nicht sein!«, sagte er und zog an dem Ledergurt, mit dem man sich das Gewehr über die Schulter hängen konnte. »Das Band ist immer vorn, wenn ich die Gewehre zurückstelle. Ich würde nie den Lederriemen derart verdreht ...« Er wandte sich zum Hauptkommissar um und erschrak so heftig, dass er entsetzt zurücksprang und einen lauten Schrei ausstieß.

Florian zielte mit seiner Dienstwaffe direkt auf seinen Körper. »Finger weg von den Gewehren, Herr Greiter. Treten Sie noch weiter zurück. Hände über den Kopf«, befahl er und beobachtete jede Bewegung des Mannes.

»Ich ... ich wollte nicht«, stammelte dieser und hob die Arme, so hoch er konnte. »Aber der Pulvergeruch, der in der Luft liegt ... Riechen Sie das nicht? Mit der Waffe wurde kürzlich geschossen.«

35

»Das ist eine bodenlose Frechheit! Was fällt dir ein!« Franz-Xaver Lorenz stapfte wütend in das Büro, lehnte den angebotenen Sitzplatz mit einem ärgerlichen Kopfschütteln ab und baute sich – die Arme vor der Brust verschränkt – vor seinem Sohn auf. »Wie konntest du nur! Mitten aus dem wöchentlichen Kaffeekreis der Senioren hast du mich abführen lassen wie einen Schwerverbrecher.«

Florian, der hinter seinem Schreibtisch saß, sah zu den zwei jungen Beamten auf. Diese hoben entwaffnend die Hände und deuteten durch Kopfschütteln an, dass sie dem Pfarrer nichts getan hatten.

»Meine Kollegen haben dich weder angefasst, geschweige denn dich in Handschellen abgeführt. Sie haben dich gebeten, sie auf die Wache zu begleiten. Ich danke dir, dass du gekommen bist.«

»Was macht das für einen Unterschied? Einem Pfarrer, der unter Verdacht steht, kann man keine Beichte anvertrauen. Du richtest mit deinem Verhalten großen Schaden an!« Den erhobenen Zeigefinger vor seinem Gesicht ignorierte Florian, ging um seinen Vater herum und schickte die Kollegen aus dem Büro. »Danke, Jungs. Gute Arbeit.«

»Ich bin wichtig für meine Gemeinde«, schimpfte Franz-Xaver weiter. »Auch wenn du es nicht für möglich hältst, ich liebe meine Arbeit, und ich kann vielen Menschen helfen.«

»Das hat Regina auch gesagt, deshalb hat sie mich gebeten …«

»Du hast hinter meinem Rücken mit meiner Frau gesprochen?« Florians Vater schäumte vor Wut.

Noch nie zuvor hatte er Franz-Xaver so zornig gesehen. Aber schließlich kannte er ihn erst seit einem Jahr. Außerdem hatte Florian diese Reaktion mit voller Absicht provoziert.

»Du hast auch heimlich mit meiner Frau gesprochen«, warf Florian seinem Vater vor. »Unsere Ehefrauen machen sich große Sorgen um dich. Und damit das ein für alle Mal klar ist: Magdalenas Baby nehmen wir nicht auf. Deine Familie, dein Problem.«

»Du hast es Magdalena versprochen. Geschworen hast du es! An ihrem Sterbebett! Es ist deine christliche Pflicht, dein Wort zu halten«, wütete Franz-Xaver und schlug mit der Faust auf Florians Schreibtisch.

Das war der Moment, in dem Florian der Kragen platzte. »*Du* sagst mir sicher nicht, welche Pflichten und Verantwortungen ich habe! Und du wirst den Teufel tun, Magdalenas Tod zu rächen! Das ist Sache der Polizei und der Gerichte. Haben wir uns verstanden?«

»Die Polizei hat die Ermittlungen gegen Pfarrer Meichelböck eingestellt«, brüllte Franz-Xaver. Sein Gesicht war dem von Florian so nah, dass dieser den vor Wut schnaufenden Atem seines Vaters spürte. »Magdalena ist umsonst gestorben, wenn niemand Buße tut, wenn niemand die Verbrecher zur Rechenschaft zieht.«

»Verdammt noch mal! Du hast überhaupt keine Ahnung! Die Ermittlungen wegen Steuerhinterziehung wurden eingestellt, weil Meichelböck tot ist. Die Religionsgemeinschaft, die er geführt hat …«

»Die Sekte«, schrie der Pfarrer. »Die gottverdammte Sekte!«

»… ist aufgelöst«, vervollständigte Florian seinen Satz. »Aber es wird weiterhin wegen Mordes ermittelt. Ich habe deine Tochter … Ich habe meine Halbschwester nicht gekannt«, korrigierte er sich. »Doch ich habe ihre Verletzungen gesehen, ihr Leid. Ich war da, als sie gestorben ist. Glaubst du, das geht mir nicht nahe? Glaubst du, ich würde nicht alles dafür tun, den Menschen zu überführen, der ihr das angetan hat?«

»Ich bin ihr Vater …«, warf Franz-Xaver ein, wurde aber rüde von seinem Sohn unterbrochen.

»Du hältst jetzt deine verdammte Klappe und hörst mir zu!« Florian packte ihn an den Schultern und schubste ihn von sich weg. Dann ging er um den Schreibtisch herum zum Fenster, schaute hinaus und versuchte, sich durch kontrolliertes Ein- und Ausatmen zu beruhigen. »Ich darf dir zu den laufenden Ermittlungen nichts sagen«, erklärte er, drehte sich zu seinem Vater um und bemerkte, dass dieser sich auf seinem Stuhl niedergelassen hatte, die Ellenbogen auf dem Schreibtisch und das Gesicht in seinen Händen. »Nur so viel: Magdalena hatte einen sehr guten Grund, ihr Baby abzugeben … mir vor die Haustür zu legen, meine ich. Mir und nicht dir.« Er seufzte und hoffte, sein Vater würde sich mit der vagen Erklärung zufriedengeben, denn er durfte nicht mehr sagen.

»Das verstehe ich nicht. Welchen Grund? Erkläre es mir.« Franz-Xaver sah zu ihm auf. Sein Blick war flehend, seine Worte leise und gebrochen. Er haderte seit Wochen damit, dass seine Tochter ihm, ihrem eigenen Vater, nicht vertraut hatte. Ihm ihr Kind nicht anvertraut hatte. »Bitte, mein Sohn. Ich möchte begreifen.«

»Und ich möchte ein Versprechen von dir.« Er ging zurück zu seinem Vater, setzte sich ihm gegenüber auf den

Besucherstuhl und griff nach seinen Händen. »Du überlässt der Polizei die Ermittlungen, der Staatsanwaltschaft und den Richtern die Festlegung des Strafmaßes, und du wirst dafür sorgen, dass Magdalenas Kind *bei dir und Regina* gesund und glücklich aufwächst. Du machst all die Sünden wieder gut, tust Buße, indem du dein Enkelkind liebst und die Erinnerungen an deine Tochter in Ehren hältst. Das musst du mir versprechen! Vor Gott.« Die letzten zwei Worte hätte er sich sparen können. Ihm persönlich war es egal, doch seinem Vater war ein derart hohes Versprechen heilig.

Nach kurzem Zögern nickte Pfarrer Lorenz, sah hinauf zur Zimmerdecke und bekreuzigte sich. »Ich gelobe, all das zu tun. So wahr mir Gott helfe.«

Florian ließ die Hand seines Vaters los. »Was ich dir sage, bleibt unter uns. Die kleine Johanna ist vermutlich Magdalenas drittes Kind. Wir haben auf dem Grundstück des Herrenhauses im Gunzesrieder Tal mehrere …« Er verstummte. Franz-Xaver durfte nur die Informationen bekommen, die seine direkte Familie betrafen. »Ähm, ihr zweites Kind ist tot. Der DNA-Abgleich mit einem Baby, das wir dort aus einem Grab geborgen haben, beweist, dass es ihre Tochter war. Sie wäre heute drei Jahre alt.«

»Aber Magdalena ist vor sechs Jahren schwanger gewesen«, bemerkte Pfarrer Lorenz. Seine Hände begannen zu zittern, und er presste die Handflächen auf die Tischplatte, damit es aufhörte. »Gibt es denn weitere … ähm … Funde?«

Florian nickte. »Schon, doch kein weiteres Baby war von deiner Tochter. Alle dort begrabenen Babys waren Mädchen, kein einziges männlich. Ich vermute, sie hat das Kind durch die Ablage vor meinem Haus retten wollen. Meichelböck hat von dir gewusst. Bei dir wäre die kleine

Johanna nicht sicher gewesen. Mich kennt niemand. Ich gehörte nicht zur Familie.«

»Verstehe.« Franz-Xaver rieb sich mit dem Handrücken über die Stirn. »Darf ich das Baby beerdigen? Es ist mein Enkelkind.« Er hatte Tränen in den Augen und sah seinen Sohn flehend an.

»Ich melde mich, sobald die Rechtsmedizin das tote Kind freigibt. Ich habe dein Wort. Vergiss das nicht.«

»Ja, mein Sohn.«

»Wo warst du so lange, Berthold? Ich dachte, du wolltest dir nur schnell einen Kaffee holen.« Florian klappte den Laptop zu, der vor ihm auf dem Schreibtisch stand, zog den USB-Stick ab und schob ihn in seine Hosentasche.

»Ich hab mich nicht hereingetraut«, sagte Berthold kleinlaut, schlich an seinen Platz und setzte sich. »Ihr habt so laut geschrien. Ich wollte nicht stören.«

Nach dem heftigen Schlag auf den Kopf hatte Berthold ein paar Tage im Krankenhaus bleiben und ein paar weitere zur Erholung zu Hause verbringen müssen. Auf eigenen Wunsch war er heute den ersten Tag wieder im Büro.

Immerhin ging es ihm besser als Alessandro Bottaro. In den ersten fünf Tagen war nicht klar gewesen, ob er überlebte. Eine Notoperation, künstliches Koma und ganz viel Glück hatten ihn gerettet. Die Ärzte sagten, er sei eventuell übermorgen vernehmungsfähig.

»Ich kann nicht verstehen, warum die Fahndung nach Adelheid Huber bisher nichts ergeben hat«, sagte Berthold. »Glaubst du wirklich, die Tochter der Schriftstellerin hat mir eins über die Rübe gegeben, Chef?«

Florian lachte. »Würde dich das in deiner männlichen Ehre verletzen, wenn eine Frau dich ausgeknockt hätte?«

Die junge Frau war spurlos verschwunden. Der Verband um ihren Arm, den er beim Besuch in Oberstdorf bemerkt hatte, könnte eine Verätzung mit Lauge verdeckt haben. Die kriminaltechnischen Untersuchungen hatten ergeben, dass es sich bei der Lauge um ein hoch konzentriertes Reinigungsmittel handelte, das unverdünnt auf der Haut großen Schaden anrichten konnte, in der verschütteten Menge aber nicht tödlich war. Man müsste darin baden oder es trinken, um daran zu sterben. Immerhin bestätigten die Experten, dass der Täter mit großer Wahrscheinlichkeit ebenfalls etwas von dem ätzenden Gemisch abbekommen hatte. Deshalb wurde nach Adelheid Huber gefahndet. Florian glaubte zwar nicht an eine Tatbeteiligung der jungen Frau, doch sie war verschwunden. Das machte sie verdächtig.

Hans-Heinrich Greiter dagegen war unschuldig. Der Vorsitzende des Oberstdorfer Trachtenvereins war nachweislich erst wenige Minuten vor Berthold eingetroffen. Ein Taxifahrer hatte bestätigt, ihn vor seinem Haus abgesetzt zu haben. Für die Zeit davor hatte er Dutzende Zeugen, die mit ihm zusammen die letzten Vorbereitungen für den diesjährigen Klausenumzug getroffen hatten, der in Oberstdorf immer am 6. Dezember, also übermorgen, stattfand. Auch Florian wollte mit der Familie an diesem Ereignis teilnehmen. Für Zuschauer war das ein riesiges Spektakel, und Svenja und Tobias freuten sich sehr darauf.

Wie die Waffe aus dem abgeschlossenen Tresor und später wieder zurückgekommen war, hatten sie bisher nicht ermittelt. Jedenfalls handelte es sich bei der Haenel Jaeger 10 mit dem Kaliber 308 eindeutig um die Tatwaffe, aus der zweimal geschossen worden war. Die Beamten der Spurensicherung hatten die zweite Kugel im Motor eines Aufsatzrasenmähers im hinteren Teil der Scheune entdeckt. Weder am Tresor im Wohnzimmer noch am Waffenschrank gab es Hinweise, DNA oder Fingerspuren, außer von Greiter selbst.

»Ich weiß, Chef, du darfst mir nichts vom Inhalt verraten, aber hast du schon eine Idee, wer das nächste Opfer sein wird?« Berthold deutete auf den zugeklappten Laptop vor Florian. Dieser hatte ihm erzählt, dass er vorab das neue Buch der Schriftstellerin lesen durfte.

»Weißt du, Berthold, es ist mir egal, was ich darf und was nicht. In dem Krimi geht es um gefälschte Dokumente, eine durch List erschlichene Erbschaft, Betrug, Neid, Hass und einen Mann, der hier und da ein paar Fäden zieht, um die Welt und das Leben eines anderen zu zerstören. Bis zum Schluss stirbt keiner. Erst auf den letzten Seiten kommt es zum Showdown.«

»Hört sich langweilig an. Und was sagt uns das jetzt?«

»Der Krimi war sehr spannend, keineswegs langatmig. Wirklich gut geschrieben.« Florian hatte die letzten Seiten immer und immer wieder gelesen und inzwischen das Gefühl, einige der Sätze auswendig zu kennen. Es blieb offen, ob der manipulierende Kerl am Ende starb oder ob er im letzten Augenblick die richtige Entscheidung traf, um sein Leben zu retten. Gerade dieses offene Ende ließ den Leser mit einer staunenden Faszination zurück. Der Ausgang der Geschichte war perfekt. Ein kleines Meisterwerk. Und ein großes Wunder, dass eine Person wie Sigi van Guldenveld, die einfältig und gleichgültig wirkte, so tiefgründig und emotional schreiben konnte.

»Adelheid Huber ist sich sicher, dass die Schriftstellerin das nächste Opfer sein wird. Aber warum sollte die Frau sich mit diesem Krimi ihr eigenes Grab schaufeln?« Schon als er den Satz aussprach, begriff er, wie irr seine Überlegung war. Die Autorin hatte die Krimis zwar geschrieben, doch die Morde nicht begangen. Irgendjemand interpretierte etwas in ihre Geschichten hinein, tötete Menschen. Jemand, der die Bücher kannte. Jemand, der ihre geschriebenen Worte eine Spur zu ernst nahm.

»Was bleibt denn noch übrig? An Todsünden, meine ich«, wollte Berthold wissen. »Alle Krimis hatten als Grundthema eine Allgäuer Sage und eine Todsünde. Die letzte passte auch. Die Affäre von Bottaro mit der Autorin könnte auf die Sünde Wollust hindeuten.«

»Richtig. Wenn wir den zweiten Krimi außer Acht lassen, bleiben die Sünden Habgier und Trägheit übrig. Es wäre hilfreich, wenn ich die Tochter dazu befragen könnte. Hoffentlich werden wir ihrer bald habhaft.« Das neue Buch erschien offiziell zwei Tage nach dem Nikolaustag, also kurz nach dem Klausenumzug. Bis dahin mussten sie wissen, was auf sie zukam, denn sobald dieser fanatische Leser die Geschichte zu Gesicht bekam, war ein weiterer Mensch in Gefahr.

»Warum fragst du nicht die Schriftstellerin selbst?«

»Weil Frau Huber …« Florian verstummte mitten im Satz und dachte nach. Es dauerte eine ganze Weile, in der Berthold seinen Chef aufmerksam beobachtete. Plötzlich sprang Florian so unerwartet von seinem Stuhl, dass Berthold erschrocken zusammenfuhr.

»Berthold, was ist, wenn sie die Bücher gar nicht geschrieben hat? Sie hat überhaupt nichts Eloquentes an sich, scheint weder besonders gebildet zu sein noch besitzt sie Wortwitz. Außerdem habe ich von ihr nicht ein einziges Mal eine Auskunft über die Buchinhalte bekommen. Diese Hinweise kamen immer und ausschließlich von Adelheid

Huber.« Er setzte sich wieder und atmete tief durch. »Puh, wenn das stimmt, dürfte das niemals ans Licht kommen. Das würde Sigi van Guldenvelds Welt komplett zerstören.«

»Genau wie in dem neuen Buch. Hast du nicht etwas von gefälschten Dokumenten, Neid und Betrug gesagt?«, bemerkte Berthold. »Glaubst du, die Tochter hat die Krimis geschrieben? Glaubst du, sie trägt die Schuld an all den Toten?«

»Schuld?« Wieder verfiel Florian in stummes Nachdenken. »Das ist es!«, rief er schließlich. »Berthold, du bist ein Genie!«

Er sprang erneut auf und verließ ohne ein weiteres Wort das Büro.

36

»Wo ist Forster?« Der Dienststellenleiter Götze blieb in der geöffneten Tür stehen, beugte sich in das Büro und sah sich suchend um. »Wir waren verabredet.« Er ließ die Klinke los, kam einen Schritt herein und tippte auf sein Handgelenk. Eine Uhr trug er nicht. »Ich habe fast eine halbe Stunde auf ihn gewartet. Ist er noch in der Mittagspause?«

Berthold beobachtete, wie Götze zu Florians Schreibtisch ging und die wahllos auf der gesamten Tischplatte verteilten Ordner und losen Zettel betrachtete. »Ich werde mit Ihrem Kollegen ein ernstes Wörtchen über die essenzielle Notwendigkeit von Ordnung sprechen müssen. Kein Wunder, dass es in dem Fall nicht vorangeht. Die wichtigen Details und Beweise gehen in diesem Chaos unter. Wo ist er denn nun?«

»Ich glaube, er ist noch einmal nach Oberstdorf gefahren. Es gibt wohl neue Hinweise.«

»Sie *glauben*? Und was wissen Sie, Herr Willig? Welchen Hinweisen geht Herr Forster nach?« Götze schritt am Aktenschrank neben der Tür entlang und zog zwei Finger seiner Hand über die staubige Oberfläche. »Nicht nur an der Ordnung mangelt es. Die Sauberkeit wird auch vernachlässigt. Ist das nur bei Ihnen so, oder erwartet mich bei den Kollegen ein ähnliches Bild?« Er drehte sich zu Berthold um, beugte sich über dessen Arbeitsplatz und stützte sich mit den Händen auf der Tischplatte ab. »Und? Bekomme ich noch eine Antwort?«

»Florian hat mir nichts gesagt, aber es wird schon wichtig sein«, versuchte Berthold seinen Chef zu verteidigen. »Wir haben schließlich nur noch wenige Tage, bis der neue Krimi erscheint. Alles muss jetzt sehr schnell gehen.«

»Darüber sollte Forster mich heute informieren.« Der Dienststellenleiter ließ sich seufzend auf den Besucherstuhl vor dem Schreibtisch nieder. »Dann schießen Sie mal los, Kommissar Willig. Wo stehen wir mit den Ermittlungen? Was ist zum Beispiel mit dem Foto und den Gegenständen in dieser kleinen Kiste, die in der Wohnung des Verdächtigen sichergestellt worden ist?«

»Herr Bottaro zählt nicht mehr zu den Verdächtigen, Herr Götze. Er liegt seit Tagen im Krankenhaus. Bisher konnten wir ihn zu dem Fund noch nicht befragen.«

»Richtig.« Götze winkte ab. »Wir fahnden ja jetzt nach der Lektorin dieser Schriftstellerin. Was sagt die KTU? Die Box wurde doch kriminaltechnisch untersucht, oder?«

»Ja«, bestätigte Berthold, wollte aber die Aussage des Dienststellenleiters so nicht stehen lassen. Florian war sich nämlich sicher, dass Adelheid Huber nicht die Mörderin war. Schon allein die fehlende weibliche DNA an den Tatorten sprach dagegen. Zurzeit war sie lediglich verdächtig im Fall des Angriffs auf ihren Freund Alessandro. Doch Berthold entschied sich gegen eine Erklärung. Die Anwesenheit Götzes machte ihn nervös. Er wollte ihn schnellstmöglich loswerden.

»Die KTU sagt, das Foto lasse sich nicht eindeutig einer Person aus dem Verwandtschaftskreis des Italieners zuordnen. Es ist zu unscharf. Auch einem Vergleich mit den im Mordfall in den Fokus gerückten Personen hält es deshalb nicht stand.«

»Verstehe«, sagte Götze. »Was ist mit dem Kleinkram

aus der Kiste? Die Haarsträhne oder der Knopf? Gibt es dazu Ergebnisse?«

Berthold schüttelte den Kopf. »Nein, nichts. Nur dass der Knopf sehr alt und aus Hirschhorn ist. Vielleicht von einer Trachtenjacke. Er wird allerdings von niemandem vermisst. DNA aus der Haarsträhne zu extrahieren war auch unmöglich. Es handelt sich um Tierhaar, um das Fell eines Gamswildes.«

»Und da haben Sie selbstverständlich kein Exemplar gefunden, das ein wenig von seinem Fell vermisst«, scherzte der Dienststellenleiter.

Berthold lachte mechanisch.

»Florian, ähm, Hauptkommissar Forster, hatte zuerst vermutet, dass es sich um eine Art von Trophäensammlung handelt. Aber vielleicht stammen die Gegenstände alle von ein und derselben Person. Einem Jäger«, wiederholte Berthold die Mutmaßungen von Florian. »Auf dem Foto an der Wand im Hintergrund hängt der Schädel eines Gamsbockes. Eventuell ist die Frau mit dem Kind die Familie eines Jägers.«

Götze sah ihn lange an. »Der Greiter, dieser Leiter des Trachtenvereins, ist aber von jedem Verdacht befreit, oder?«

»Ja, dem gehört weder die kleine Box, noch war er an den jeweiligen Tatorten. Hans-Heinrich Greiter ist unschuldig.«

Der Dienststellenleiter erhob sich. »Sehen Sie zu, dass Sie den Fall lösen. Es darf keinen weiteren Toten geben. Haben wir uns verstanden, Willig?«

Berthold nickte.

»Und schicken Sie mir Forster in mein Büro, sobald er wiederauftaucht.«

*

Es war kalt geworden im Allgäu. Hier in Oberstdorf direkt vor den Bergen schneite es seit einigen Tagen. Die Dächer der Häuser waren komplett mit Schnee bedeckt, doch die Straßen und Wege nur leicht überzuckert. Überall glitzerte und funkelte es. Die Weihnachtsbeleuchtung über den Straßen gab gepaart mit den vereisten Fenstern der Cafés und Geschäfte dem Ort ein märchenhaftes Aussehen.

Florian parkte vor dem Wohnhaus des Ehepaares Greiter und stieg aus dem Wagen.

Noch bevor er an der Haustür läuten konnte, bemerkte er den Hausherrn. Er stand an der Ecke des Gebäudes und war in sein Smartphone vertieft.

»Herr Greiter, gut, dass Sie da sind. Ich müsste mir bitte …« Während er sprach, ging Florian auf den Vorsitzenden des Trachtenvereins zu und streckte ihm die Hand entgegen.

»Oh, Herr Forster«, unterbrach ihn Greiter und griff nach seiner Hand. »Ich wollte Sie gerade anrufen. Aber dieses schreckliche Teil überfordert mich gänzlich. Ich weiß nicht einmal, wo man das Telefonbuch findet.« Seine Stimme wurde zu einem leisen Flüstern. »Es ist jemand bei der Ziege!« Er zog Florian zum Ende der Hauswand und deutete auf den Bereich hinter der Scheune. »Ich kümmere mich um das Tier von Herrn Bottaro. Normalerweise gehe ich immer gegen Mittag hinüber, doch heute hatte ich einen Termin, deshalb bin ich spät dran.«

»Aha.« Von seinem aktuellen Standort aus konnte man den Verschlag nicht sehen, in dem das Tier untergebracht war. Dieser befand sich direkt hinter der Scheune. »Und jetzt ist ein anderer bei der Ziege? Vielleicht ist es der Arbeitskollege von Herrn Bottaro oder Ihre Frau?«

»Meine Frau sicher nicht. Sie hat mit Tieren nichts am

Hut. Sie sagt immer, ihr reichen all die staubigen Kostüme aus Fell, die wir im Haus haben, vollkommen aus. Und der Gerd ist noch im Urlaub. Er besucht seine Eltern in München.«

»Dann lassen Sie uns nachsehen, wer sich außer der Ziege dort verkrochen hat«, schlug Florian amüsiert vor. »Ich hatte sowieso vor, mir den Stall anzusehen. Haben Sie eine Ahnung, warum Herr Bottaro sein Haustier La Colpa, die Schuld, genannt hat? Ist das etwas Religiöses oder etwas aus dem Brauchtum und der Sagenwelt? Es scheint zumindest kein gängiger Name für Haustiere zu sein.«

»Nein, nein.« Greiter schüttelte heftig den Kopf. »Soviel ich weiß, hat ihm das Tier einmal das Leben gerettet. Zumindest sinnbildlich. Ich habe zufällig mit angehört, wie er die Geschichte seinem Arbeitskollegen erzählt hat.« Sie gingen über den Hof zur Scheune. »Die Ziege ist auf die Straße gesprungen, als er angetrunken mit seinem Auto …« Er schlug sich mit der flachen Hand auf den Mund und sah sich erschrocken zum Hauptkommissar um. »Oje, bekommt der Alessandro jetzt noch mehr Ärger? Der Vorfall ist über ein Jahr her.«

»Keine Sorge. Wie geht die Geschichte weiter?«

Greiter kicherte erleichtert. »Er ist dem Tier in letzter Sekunde ausgewichen und hat erst später begriffen, dass diese Aktion einem kleinen Kind vermutlich das Leben gerettet hat. Er hätte das Mädchen sonst überfahren.«

»Das Tier hat also seine Schuld abgewendet. Wollen Sie mir das sagen?«

»Genau. So sieht es zumindest Alessandro. Er hat sie aus Dankbarkeit vor dem Schlachter gerettet. Die Ziege, nicht das Mädchen.« Wieder lachte Greiter.

Als sie den kleinen Verschlag mit dem winzigen Fenster erreichten, bemerkte Florian den flackernden Lichtschein aus dem Inneren sofort. Er wies seinen Begleiter an, zurück zum Haus zu gehen, schlich zur Tür und legte das Ohr auf das kalte Holz. Er konnte die Ziege hören, die leise meckerte. Stroh raschelte. Hin und wieder knackte das frostige Holz der Stallwände.

Sicherheitshalber zog er die Dienstwaffe aus dem Halfter, schob vorsichtig die Tür auf und spähte in den kleinen Raum. Eine Taschenlampe benötigte er nicht. Es war hell und warm. Auf dem Steintrog gegenüber der Tür stand eine Öllampe, doch außer der Ziege war niemand hier. Das Tier sah kurz zu ihm auf, legte sich dann in einen Haufen aus Stroh und schenkte ihm keine weitere Beachtung. Obwohl es recht sauber in dem Stall war und überall frisches Heu und Stroh herumlag, roch es gottserbärmlich nach dem kleinen Huftier.

»Du bist also der Allgäuer Sündenbock. Freut mich sehr, dich kennenzulernen. Lass mich dir einen Rat geben. Wenn du Besuch erwartest, solltest du vorher ein Bad nehmen.« Florian schob seine Dienstwaffe zurück und sah sich zur Tür um. Wer auch immer hier gewesen war, jetzt war er weg. Doch warum brannte das Licht?

Hinter ihm quietschte es plötzlich laut. Holz schlug auf Holz. Noch bevor er sich umdrehen konnte, stieß ein großes, haariges Etwas mit Hörnern und feuerroten Augen ihn rücksichtslos um. Er fiel ins Stroh und schlug mit dem Kopf schmerzhaft gegen den Türrahmen. Die leuchtenden Augen starrten ihn an. Dann sprang das Wesen, das aussah wie eine überdimensionierte Ziege auf zwei Beinen, über ihn hinweg und zur offenen Tür hinaus.

»Sofort stehen bleiben oder ich schieße«, brüllte Florian, kam blitzschnell auf die Beine und griff nach seiner

Dienstwaffe. Als er über die Türschwelle ins Freie lief, prallte er fast mit der Person im rotäugigen Ziegenkostüm zusammen, die stehen geblieben war und sich mit erhobenen Händen langsam umdrehte.

»Nehmen Sie die Maske ab«, befahl er streng und zielte auf den Vermummten.

Als dieser seinem Befehl folgte, ließ Florian irritiert die Waffe sinken. »Sie habe ich nicht erwartet. Was machen Sie in dem Ziegenkostüm, Frau Huber?«

Die junge Frau zitterte, doch an der Kälte konnte es nicht liegen. Hier im Stall war es so warm, dass Florian schon überlegte, seine Jacke auszuziehen.

Den kleinen Abstellraum gegenüber der Eingangspforte hatte er gar nicht bemerkt. Der Durchgang fügte sich nahezu nahtlos in die vertäfelte Wand ein, und anstelle eines Griffes befand sich nur ein fingergroßes Loch in der ansonsten unsichtbaren Tür.

»Wie lange haben Sie sich schon dort hinten versteckt?«, wollte er wissen und leuchtete den winzigen Raum mit der Taschenlampe aus. Er maß vielleicht einen Quadratmeter, wenn man das Regal an der Seite nicht mitrechnete. Auch war es hier um einiges kälter als im Stallbereich. Er trat zurück und schloss die Tür.

»Erst seit gestern. Draußen wurde es zu frostig.« Sie stieg aus dem Tierkostüm, faltete es sorgsam zusammen und überreichte es dem Hauptkommissar. »Ich hab das nur angezogen, weil es mich herrlich gewärmt hat. Entschuldigung.« Sie sah betreten zu Boden.

»Klar. Und dann setzt man sich in Ermangelung einer Mütze auch gleich diesen Kopf aus Pappmaschee auf«, sagte Florian sarkastisch und deutete auf die Pudelmütze aus dicker Wolle, die Adelheid Huber jetzt trug und bis zu den Augenbrauen hinuntergezogen hatte. »Haben Sie den Mann auf der Hohenschwandalpe getötet? Gehört Ihnen das Kostüm?«

Sie schüttelte wortlos den Kopf.

»Ich möchte Ihren Arm sehen. Haben Sie – eventuell aus Eifersucht – versucht, Herrn Bottaro mit Lauge zu übergießen? Das hat nicht so recht geklappt, oder? Haben Sie ihn deshalb erschossen? Wie sind Sie an Herrn Greiters Jagdgewehr gekommen?«

Das Entsetzen in ihrem Gesicht war nicht gespielt. »Ist er tot?«

Florian ignorierte ihre Frage. Stattdessen griff er nach ihrem Arm und schob den Ärmel der Jacke nach oben. »Oh.« Die Verletzungen waren definitiv nicht durch ätzende Flüssigkeiten hervorgerufen worden. Auch ein Verbrühen mit heißem Wasser konnte er ausschließen. Die junge Frau hatte sich mehrfach geritzt. Ihren gesamten Unterarm zierten unzählige blutrote Streifen. »Entschuldigen Sie bitte.«

Sie befreite sich aus seinem Griff, zog hektisch den Ärmel hinunter, sank schluchzend zu Boden und kauerte sich ängstlich zusammen wie ein verletztes Tier. Die Ziege trottete vorsichtig zu ihr und rieb ihren Kopf an Adelheids Arm. »Ist Alessandro tot?«, wiederholte sie ihre Frage leise.

»Nein, er lebt. Warum haben Sie sich so lange einer Befragung der Polizei entzogen, wenn Sie nichts mit den Verletzungen von Herrn Bottaro zu tun haben?«

»Jemand hat mir eine anonyme Nachricht zukommen lassen. Alessandro sei endlich tot, hieß es darin. Mit seinem Ableben würde für Frieden gesorgt sein, aber nur, wenn ich mich in Zukunft von meiner Mutter fernhalte.

Ansonsten müsse auch sie sterben.« Adelheid sah verzweifelt zu ihm auf. »Ich bin wütend auf Sigrid. Sehr wütend. Aber ich möchte nicht, dass sie stirbt. Das müssen Sie mir glauben!«

37

»Wie, verdammt noch mal, konnte das passieren?«, brüllte Florian. Er war so geladen, dass er schonungslos mit der flachen Hand gegen den Türrahmen schlug und ein ganzes Arsenal an deftigen Flüchen ausstieß, bis er sich erschöpft rücklings gegen die Wand lehnte und sich mit den Fingern durch sein Haar fuhr. »Gottverdammter Mist! Davon hätte ich erfahren müssen.«

»Aber das hätte doch auch nichts genützt«, verteidigte sich die junge Streifenpolizistin kleinlaut und ging mit gesenktem Kopf einen Schritt zurück. »Sie hat sich geweigert, eine Probe abzugeben. Wir hätten auf eine richterliche Anweisung warten müssen, doch dann …« Sie verstummte und schaute den Hauptkommissar so ängstlich an, dass dieser schließlich entwaffnend lächelte.

»Sie haben absolut recht. Entschuldigen Sie meinen unangemessenen Ausbruch.«

Die neuen Erkenntnisse aus der Rechtsmedizin waren eine kleine Sensation, kamen aber Wochen zu spät. Diese Nachlässigkeit war unverzeihlich und hatte fast ein Menschenleben gekostet.

Vor Wochen, als Adelheid Huber sich freiwillig den Justizbehörden ausgeliefert und mit einem Geständnis das Präsidium und die Staatsanwaltschaft kurz auf eine falsche Fährte gelockt hatte, waren zwar ihre Fingerabdrücke und ihre Personendaten registriert worden, nicht aber ihre DNA. Frau Huber hatte sich ausdrücklich geweigert, was Florian jedoch erst später erfahren hatte. Als Grund hatte er vermutet, dass die ermittelnden Beamten nichts von der Adoption erfahren sollten. Wie auch immer – die Justizbehörden waren mit ihrer gerichtlichen Anordnung jedenfalls langsamer gewesen als Florian, der den Verdacht gegen die Stieftochter hatte entkräften und eine Haftentlassung der jungen Frau zügig hatte veranlassen können. Eine Probe war nicht mehr nötig gewesen, denn die eingesandte Täter-DNA war männlichen Ursprungs und passte perfekt zu den Tatorten.

Adelheid Huber war raus gewesen.

Jetzt allerdings stellte sich die Lage ganz anders dar. Die kriminaltechnische Untersuchung ergab, dass das Ziegenkostüm bei dem Mord an dem jungen Mann auf der Hohenschwandalpe getragen worden war. Es fanden sich Spuren des Opfers im künstlichen Fell, aber auch Spuren vom vermeintlichen Täter sowie die DNA von Adelheid Huber. Klar, sie hatte das Kostüm getragen, gestern zum Abgleich einer Probe zugestimmt und sich im Anschluss in psychiatrische Behandlung begeben, auch um einer erneuten Untersuchungshaft zu entgehen. Das war jedoch noch nicht alles.

»Ich hab's gerade gelesen, Chef!« Kommissar Berthold Willig stürmte ins gemeinsame Büro, blieb abrupt stehen und wedelte mit einem Stapel Papier. »Es ist soeben per Fax gekommen. Das ist unglaublich, oder?«

»Das hat keiner vermutet«, bestätigte Florian, schickte die junge Polizeibeamtin aus dem Raum und setzte sich an seinen Schreibtisch.

»Halbgeschwister«, staunte Berthold und schüttelte fassungslos den Kopf. »Und was bedeutet das jetzt?«

»Ganz einfach. Adelheid Huber ist mit dem Täter verwandt. Beide haben entweder die gleiche Mutter oder den gleichen Vater. Es besteht natürlich die Möglichkeit, dass die junge Huber nichts davon weiß. Oder sie weiß es und handelte deshalb so irrational. Ob sie damit erneut zur Gruppe der Verdächtigen gehört, kann ich noch nicht abschließend sagen. Wir müssen der Sache auf den Grund gehen.«

»Aber diesen Drohbrief, den Frau Huber erwähnt hat, gibt es wirklich«, erinnerte Berthold seinen Chef. »Deshalb glaube ich, sie hat keine Ahnung und ist nur ein Spielball des Täters. Der ihrer Mutter etwas antun will, wenn sie sich nicht von ihr fernhält.«

»Vielleicht hat sie den Brief selbst geschrieben?« Florian stand auf, ging um den Schreibtisch herum, lehnte sich an die Tischplatte und schlug die Beine übereinander. »Die Klinik hat vor einer Stunde angerufen. Wir dürfen morgen für eine kurze Befragung zu Herrn Bottaro. Das wirst du übernehmen, Berthold. Frage ihn vor allem nach dem Foto der Frau mit dem Baby, das wir bei ihm gefunden haben. Ich werde dasselbe bei der Autorin Sigrid Huber tun. Mag sein, dass sie nicht Adelheids Mutter ist, doch vielleicht hat sie einen Sohn.«

*

»Forster. Kommen Sie herein.« Hauptkommissar David Graf hatte kurz von seinem Bildschirm aufgesehen, als die Tür zu seinem Büro aufging. Nun konzentrierte er sich wieder auf seine Arbeit, deutete seinem Besucher aber durch eine Geste an, sich zu setzen. »Bin gleich fertig.«

Florian ging zum Fenster und schaute hinaus.

»Gibt es neue Erkenntnisse zu den gesuchten Sektenmitgliedern?«, fragte er, ohne sich umzudrehen. Der Kollege Graf war leitender Ermittler im Mordfall Magdalena Lorenz. Die Staatsanwaltschaft wollte den möglichen Täter nur wegen Totschlags und unterlassener Hilfeleistung anklagen, weil sie nach ihrem Auffinden noch fast eine Woche gelebt hatte. Für Florian blieb der Tod seiner Halbschwester eindeutig Mord.

»Nichts, was Ihnen gefallen wird.« Hauptkommissar Graf stand auf, ging um den Schreibtisch herum, lehnte sich rücklings an die Tischplatte und verschränkte die Arme vor der Brust. Er konnte verstehen, dass sein Kollege Forster den Fall aufgeklärt haben wollte. Wenn ein Mitglied der eigenen Familie durch Fremdverschulden zu Tode kommt, gibt man erst Ruhe, wenn der Täter überführt ist. Forster selbst durfte wegen Befangenheit nicht ermitteln, doch David Graf ließ ihn durch regelmäßige Updates an den Ergebnissen teilhaben.

»Wir haben bei den DNA-Proben vom Tatort eine Teilübereinstimmung in unserer Datenbank«, berichtete der Hauptkommissar. »Ein seit mehreren Jahren wegen schwerer Körperverletzung Inhaftierter ist der Vater eines der gesuchten Sektenmitglieder. Wir wissen das von der Mutter beziehungsweise der Ehefrau.«

»Das ist eine gute Nachricht. Endlich ein Name. Vielleicht greift die Fahndung jetzt schnell. Was hat die Mutter gesagt?«

»Die Dame ist leider der Stereotyp einer gescheiterten Existenz, wie sie im Buche steht. Langzeitarbeitslos. Alkohol- und drogensüchtig. Sie lebt in einer heruntergekommenen Sozialwohnung am Kemptener Stadtrand und hat laut eigener Aussage den ›missratenen Rotzlöffel‹ seit Jahren nicht gesehen. Immerhin konnte sie die Mitgliedschaft ihres Sohnes in der Sekte bestätigen.«

»Wie heißt er?«

»Benjamin Gebhardt. Er ist nirgends gemeldet. Wir haben die Fahndung bereits auf das benachbarte Ausland ausgeweitet.«

Florian seufzte. »Mehr haben Sie nicht? Was ist mit den toten Babys? Keine genetische Übereinstimmung mit diesem Benjamin?«

»Nein. Wir bleiben an der Sache dran. Einen kleinen Hoffnungsschimmer gibt es dennoch. Kommen Sie, ich möchte Ihnen etwas zeigen.« Hauptkommissar Graf ließ sich wieder auf den Stuhl vor seinem Bildschirm nieder, rief eine Datei auf und wartete, bis Florian neben ihm stand. »Schauen Sie. Diese E-Mail ist heute früh auf dem Revier eingegangen.«

Die wenigen kurzen Sätze der Nachricht las Florian dreimal. In der elektronischen Mitteilung hieß es: »Ich tauche für ein paar Monate unter. Nur wenn ich überlebe, kann ich Magdalenas Sohn zurückbringen. Erst dann werde ich ein umfangreiches Geständnis ablegen. Benjamin G.«

»Dynamische IP-Adresse, nehme ich an. Konnten Sie sie dennoch zurückverfolgen?«, fragte Florian.

»Die E-Mail wurde aus einem Internet-Café in Verona, Italien, versandt. Wir haben um Amtshilfe gebeten und die Aufnahmen der Überwachungskameras angefordert, wenn es solche Geräte überhaupt gibt. Aber ich glaube nicht, dass der Verfasser sich derart leicht überführen lässt. Er scheint gut organisiert zu sein und gleichzeitig Angst um sein Leben zu haben.«

Florian nickte. »Ob der flüchtige Mann vom Ableben Magdalenas weiß, kann man vermutlich im Moment nicht sagen, oder?«

»So ist es«, antwortete Graf. »Auch nicht, ob er zum Zeitpunkt der Misshandlungen, die zu Magdalenas Tod geführt hatten, bereits auf der Flucht war. Ausschließen können wir anhand des Genmaterials, dass er der Vater von Magdalenas zweitem und drittem Kind ist. Für den erwähnten Sohn gilt das nicht.«

Als Florian Grafs Büro verließ, überlegte er, ob Franz-Xaver bereits über die E-Mail in Kenntnis gesetzt worden war. Ihn würden die neuen Informationen nicht zufriedenstellen. Florians Vater wollte Ergebnisse und Verhaftungen, Sühne für die Schuldigen. Doch es sah nicht so aus, als würde es eine schnelle Aufklärung geben. Der einzig mögliche Zeuge, der bisher ermittelt werden konnte, versteckte sich in Italien. Spuren zu weiteren Sektenmitgliedern gab es nicht. Der aktuelle Ermittlungsstand raubte alle Hoffnungen, den Fall in naher Zukunft abzuschließen.

*

Trotz der vielen lachenden Menschen, die sich am Straßenrand drängten und durch die Gassen schoben, war die Stimmung angespannt. Die Dunkelheit tat ihr Übriges, und es fehlte nicht viel, dass Svenjas Aufregung in Angst umschlagen würde. Als die vier stehen geblieben waren, hatte Svenja nach Florians Hand gegriffen und sie nicht wieder losgelassen. Die sonst so taffe Sechstklässlerin lächelte zwar tapfer, doch wusste sie nicht so recht, was sie gleich erwarten würde. Noch dazu löcherte ihr jüngerer Bruder Tobi Florian permanent mit Fragen und lachte umso lauter, je spannender die Antworten seines Adoptivvaters waren.

»Stimmt es, dass die Klausen mit ihren Ketten auch mal einen aus dem Publikum verdreschen?«, wollte der kleine Mann wissen, kletterte auf den Absperrzaun und legte seinen Arm um Florians Schultern. »Wenn die näherkommen und uns verhauen wollen, dann sagst du denen, dass sie das nicht dürfen. Schließlich bist du Polizist.«

Florian lachte. »Natürlich mache ich das. An mir kommt keiner vorbei. Versprochen.« Die Hand von Svenja drückte seine ganz fest. »Soll ich dir ein Geheimnis verraten? Als ich noch etwas jünger war, haben mich die Klausen wirklich mal verhauen. Ich hatte lauter blaue Flecken an den Beinen, weil sie mich mit Stöcken ordentlich vermöbelt haben.«

»Echt?« Nun schmiegte sich Svenja ganz dicht an seinen Körper.

»Das passiert nur, wenn man nicht artig ist oder die jungen Männer in ihren Kostümen derbe provoziert«, erklärte Jessica und strich Tobias zärtlich über den Kopf. »Florian wird wohl sehr frech gewesen sein. Das mögen die Klausen gar nicht.« Sie zwinkerte ihrem Mann zu. »Doch ihr zwei seid freundliche Kinder. Euch wird sicher niemand etwas tun.«

Wenige Minuten später begann das Spektakel. In dicke Tierfelle vermummte Männer liefen laut brüllend und mit großen Schellen und Kuhglocken tönend durch die Straße und präsentierten sich dem staunenden und jubelnden Publikum. Die fratzenhaften Masken, die großen Hörner oder imposanten Geweihe auf den riesigen Köpfen und der ohrenbetäubende Krach sollten laut alter Allgäuer Tradition die bösen Geister verbannen und die Kälte und das Unheil der bevorstehenden Rauhnächte vertreiben. Ein durchaus gut gemeinter und positiver Brauch, wären die haarigen Gestalten nicht so furchteinflößend.

Trotz der aufgeladenen Stimmung tauten die Kinder merklich auf. Ein paar der Klausen kamen dem Publikum so nah, dass es Tobias und Svenja sogar gelang, einmal kurz das dicke, raue Fell zu berühren. Sie lachten vergnügt. Die Männer erschreckten ausnahmslos die Erwachsenen und strichen den Kindern freundlich über die bemützten Köpfe.

»Puh, ich dachte, der wird dich wieder verhauen«, kicherte Tobias und schwang seine kleine Faust vor Florians Gesicht. »Schau, da kommen noch mehr.«

Florians Handy in der Innentasche seiner Jacke kündigte durch Vibration eine eingehende Nachricht an.

»Meinst du, Berthold hat schon Ergebnisse?«, fragte Jessica, die beobachtete, dass Florian mit einem schnellen Griff in seine Innentasche sein Smartphone ausschaltete und sich anschließend wieder auf den Umzug konzentrierte.

»Das kann warten. Ich rufe ihn an, sobald es hier etwas ruhiger wird.«

Die Schellen der Klausen machten solchen Krach, dass man sich nur verstehen konnte, wenn man sich gegenseitig direkt ins Ohr sprach.

»Florian, Hilfe! Da kommt einer direkt auf uns zu«, rief Svenja, schlang hysterisch lachend die Arme um seinen Bauch und presste ihr Gesicht gegen seine Brust. Der riesige Mann mit dem großen Fellkopf hatte lange, geschwungene Hörner und trug einen Latz aus weißem Tierhaar vor dem Gesicht. Winzige Löcher direkt über den Augen sorgten dafür, dass der Träger etwas sehen konnte. Er hatte klauenhafte Hände mit Krallen und stampfte mit großen Schritten direkt auf Florian zu. Der schaurige Mann griff so plötzlich in Florians Nacken, dass dieser sich vor

Schreck nicht wehrte und sich weit über die Absperrung ziehen ließ. Das vermummte Gesicht des Klausen presste sich gegen seines.

»Du begreifst immer noch nicht.« Die tiefe Stimme glich dem grauenerregenden Fauchen eines wilden Tieres. »Du musst mich aufhalten, sonst wird sie sterben! Noch heute!«

Die Klauenhand ließ ihn frei, holte dann aus und schlug ihm brutal ins Gesicht. Eine Frau schrie, jemand griff nach seinem Arm, er taumelte, hielt sich aber tapfer auf den Beinen.

»Oh Gott«, hörte er Jessica sagen. »Deine Nase blutet.« Sie kramte in ihrer Umhängetasche nach einem Taschentuch.

Florian griff nach ihren Schultern und sah ihr in die Augen. »Ist nicht so schlimm, Jessy. Ich muss los!« Er wischte mit dem Ärmel seiner Jacke das Blut aus dem Gesicht, drehte sich zu den Kindern um und lächelte. »Da bin ich wohl mal wieder nicht artig gewesen«, scherzte er und umarmte die beiden herzlich. »Fahrt mit Jessy heim. Ich muss … ich muss schnell hinter dem Klausen her und … ähm … mich entschuldigen.« Er sah auf und versuchte, seinen Angreifer in der Gruppe der lärmenden Fellmänner ausfindig zu machen.

»Florian?« Tobias zog an seinem Ärmel, und er sah fragend zu dem Kleinen hinunter. »Gib ihm eins auf die Mütze. *Dieser* Klausen ist schrecklich böse!«

38

Die Suche nach dem maskierten Angreifer im Pulk der teilnehmenden Klausen war sinnlos. Zuerst ließen ihn die hiesigen Ordnungshüter nicht zu den Vermummten durch, obwohl er den Beamten seine verletzte Nase präsentierte. Zugegebenermaßen war es auch nicht hilfreich, den Herren ein Versäumnis vorzuwerfen. Den Spruch, »Wo wart ihr Trottel, als der Kerl mir ins Gesicht geschlagen hat?«, hätte er sich sparen müssen. So verging kostbare Zeit, in der Florian erst seinen Dienstausweis zücken und den Beamten im Anschluss erklären musste, dass es darum ging, einen vermeintlichen Mörder zu finden. Ohne exakte Personenbeschreibung allerdings konnte keine Fahndung eingeleitet werden, doch die Oberstdorfer Polizei versprach immerhin, eine Befragung sämtlicher verkleideter Teilnehmer durchzuführen. Jeder Einzelne hatte sich im Vorfeld registrieren müssen und trug eine entsprechende Nummer.

Florian dagegen machte sich auf den Weg zum Haus der Schriftstellerin. Sollte sie wirklich als nächstes Opfer auserkoren werden, musste er schneller vor Ort sein als ihr zukünftiger Mörder, die Frau in Gewahrsam nehmen und so einem Anschlag zuvorkommen.

Die Eingangstür war nur angelehnt. Instinktiv griff Florian nach seiner Dienstwaffe, doch die lag in dem kleinen Safe in seinem Haus in Kempten. Er war privat zum Klausentreiben gegangen und deshalb unbewaffnet. Wer hätte ahnen können, dass sein Fall gerade heute eine derartige Wendung nahm? Das neue Buch der Autorin van Guldenveld erschien erst übermorgen. Florian war sicher gewesen, dass vor diesem Datum niemand mehr in Gefahr war. Hatte er sich erneut getäuscht?

Er zog sein Smartphone aus der Innentasche, schaltete das Telefon ein und wählte die Nummer seines Kollegen Berthold Willig.

»Du musst mir einen Streifenwagen schicken, Berthold«, flüsterte er und ging ein paar Schritte von der Tür weg, ohne sie dabei aus den Augen zu lassen. »Ich bin vor dem Haus von Sigrid Huber. Hast du schon mit Alessandro Bottaro gesprochen? … Ja, klar habe ich deine Nachricht bekommen, aber … Was? … Ist er sich sicher? … Gut. Der Mann wird augenblicklich zur Fahndung ausgeschrieben. Anschließend schnappst du dir zwei Kollegen und kommst sofort her. Eine Info an die Oberstdorfer Wache wäre auch gut. Ich vermute … Ja, Berthold. Sofort. Ich vermute, der Kerl wird noch heute hier auftauchen.«

»Ich weiß gar nicht, was du von mir willst, Gerd.« Sigrid Hubers Stimme kam aus ihrem Büro. Ihr kleiner Hund bellte ununterbrochen. »*Ich* habe mich an die Abmachung gehalten.«

Durch einen kleinen Spalt der angelehnten Tür sah Florian die Frau hinter ihrem Schreibtisch sitzen. Sie war gefesselt. Ihr Oberkörper war an den Bürostuhl und einer ihrer Arme mit Klebeband an die Armlehne gebunden, der andere war frei.

»Schreib es auf. Jetzt!« Die Stimme eines Mannes dröhnte unheilvoll und wütend durch den Raum. »Es ist deine verdammte Pflicht!«

Doch Sigrid Huber starrte nur gelangweilt zur gegenüberliegenden Wand, die Florian aus seiner Position nicht sehen konnte. Er hätte gern gewusst, ob der Mann bewaffnet war. Für seine eigene, aber vor allem für die Sicherheit der Geisel war es ansonsten zu riskant, den Raum ungeschützt und wehrlos zu betreten. Er hatte nicht einmal seine kugelsichere Weste an.

»Warum bestehst du so vehement darauf, Gerd?«, ergriff die Autorin nun das Wort. »Ich begreife nicht, was so wichtig daran ist. Außerdem ist es einfach nicht richtig, weil …«

»Halt deinen Mund und schreib es auf. Schreibe: ›Ich, Sigrid Huber, bestätige vor Gott und allem, was mir heilig ist …‹«

Niemand bemerkte, dass der kleine Kläffer aufgehört hatte zu bellen. Erst als der Hund neugierig die Nase hoch in die Luft streckte und langsam auf die Tür zuging, begriff Florian, dass er im Flur nicht länger sicher war. Er trat ein paar Schritte zurück und tastete nach der Klinke der Eingangstür, ohne den Durchgang zum Büro aus den Augen zu lassen.

»Sind Sie das, Herr Hauptkommissar?«, rief Sigrid Huber, unterbrach so den Redefluss ihres Peinigers und zog Florian unüberlegt mit in das Geschehen. »Kommen Sie doch herein. Ich möchte Ihnen meinen Gärtner Gerd Münzacker vorstellen.«

Die Tür wurde aufgerissen, und der Mann, den Florian vor ein paar Wochen am Haus von Hans-Heinrich Greiter gesehen hatte, stand plötzlich vor ihm und zielte mit einer Pistole auf seinen Kopf. Das Klausenkostüm trug er nicht mehr. Stattdessen eine Jeans und einen Parka. »Dann möchte ich mich anschließen und Sie höflichst ins Büro bitten, Herr Forster. Schön, dass Sie gekommen sind. Ach ja, und das mit Ihrer Nase tut mir leid.« Der Gärtner wies Florian mit einem Wink seiner Waffe an, einzutreten. »Ich brauche mich nicht vorzustellen. Wir kennen uns bereits. Aber diese Frau dort«, jetzt schubste er Florian in das Zimmer und richtete seine Waffe auf die Autorin. »Diese Frau möchte ich Ihnen vorstellen. Das ist …«

»Ihre Mutter«, vervollständigte Florian den Satz und brachte Herrn Münzacker damit derart aus der Fassung, dass dieser verwirrt zur Hausherrin blickte. Doch sein paralysierter Zustand dauerte nicht lang genug. Florians Angriff endete mit einem erneuten Schlag in sein Gesicht – dieses Mal mit dem angewinkelten Ellenbogen des Mannes.

»Woher wissen Sie das?« Gerd Münzacker beugte sich über den am Boden liegenden Hauptkommissar und sah ihn fragend an.

Florian gab keine Antwort. Er hustete und spuckte Blut. Außerdem hatte er Mühe, den kurzzeitigen Schwindel unter Kontrolle zu bringen.

Hinter den beiden Männern brach Sigrid Huber in schallendes und nicht enden wollendes Gelächter aus. Sie hatte bereits Tränen in den Augen und hielt sich mit der freien Hand den Bauch. »Du glaubst wirklich, ich wäre deine Mutter? Herrgott, Gerd. Für so dumm hätte ich dich nicht gehalten.«

Diese Frau war eine einzige Katastrophe. In ihrer Situation den bewaffneten Geiselnehmer, der mit großer Wahrscheinlichkeit schon mehrmals gemordet hatte, zu beleidigen, war nicht nur dumm, sondern total bescheuert. Ihre Worte bewirkten, dass Münzacker wütend schnaufte, mit großen Schritten auf Frau Huber zuging und ihr den Lauf der Pistole direkt auf die Stirn drückte.

»Warten Sie!« Florian versuchte aufzustehen. »Zeigen Sie ihr das Foto. Fragen Sie sie, ob sie die junge Frau mit dem Baby ist.«

Der Mann sah sich zu Florian um, überlegte kurz und trat vom Schreibtisch zurück.

»Sie sind doch das Baby, oder?«, hakte Florian nach.

»Hier!« Er zog die alte Originalaufnahme aus der Jackentasche, die Florian als Kopie bei Alessandro Bottaro gefunden hatte, und warf sie auf den Schreibtisch. »Meine Mutter … meine falsche Mutter«, korrigierte er sich und brummte verächtlich, »hat mir das Bild auf ihrem Sterbebett gegeben und ihre Sünden gestanden. Das bist du. Eindeutig!«

Frau Huber beugte sich vor, warf einen kurzen Blick auf das Foto und grinste breit. »Ja, allerdings bin ich das. Die Frau, die dich unbedingt haben wollte, hat in München ein Foto von uns beiden gemacht, bevor sie mir das Geld übergeben und mich hinausgeworfen hat. Nicht ohne mir zu drohen, ich solle mich niemals wieder blicken lassen. Das wäre gar nicht nötig gewesen.« Sie lachte laut, brachte damit ihren Geiselnehmer erneut gegen sich auf und Florian zur absoluten Verzweiflung.

Bevor Münzacker die Geduld verlor, mischte sich Florian ein. »Halt!«, rief er. »Sie werden doch Ihre leibliche Mutter nicht töten! Herr Münzacker …« In diesem Moment verschlug es ihm die Sprache. Nicht, weil er nichts mehr zu sagen hatte. Nicht, weil ihm kein weiteres Argument einfiel. Sondern weil er urplötzlich eine Erkenntnis gewann. »Wie ist Ihr voller Name, Herr Münzacker?«

»Er heißt Gerd Siegfried von Münzacker«, erklärte die Schriftstellerin anstelle des Gärtners, der drohend den

Kopf schüttelte und die Waffe erneut auf Frau Huber richtete. Doch die Einschüchterungsgeste bemerkte sie gar nicht. »Ein ›Von und Zu‹ ist der werte Herr, wurde aber bloß Landschaftsgärtner. Vermutlich verarmter Adel«, zog sie ihn amüsiert auf.

Münzacker kochte vor Wut. Es fehlte nicht viel, und er würde seine Selbstbeherrschung verlieren.

»Sigi van Guldenveld ist *Ihr* Pseudonym, nicht das Ihrer Mutter. Hab ich recht, Herr von Münzacker?« Florian stand etwa drei Meter von ihm entfernt und überlegte fieberhaft, wie er den Mann überwältigen könnte, ohne ihn, Frau Huber oder sich selbst mehr als nötig zu gefährden. »*Sie* haben all die Krimis geschrieben. Alle, außer den zweiten Teil.«

»Was haben nur alle immer mit meinem zweiten Krimi? Ich fand ihn großartig.« Sigrid Huber versuchte sich das Klebeband vom gefesselten Arm zu ziehen. »Außerdem möchte ich betonen, dass Gerd mir die Manuskripte freiwillig gegeben hat. Er sagte, sie seien ein Geschenk. Dafür müsste ich nichts weiter tun als ihn anerkennen. Ich wusste ja nicht, dass er meinte, er wäre mein Sohn. Ich dachte, er wolle hier und da Kontakte in die Oberstdorfer Gesellschaft knüpfen. Ich sage es noch einmal: Ich habe keine Kinder!«

So verzweifelt Florian versuchte, in unbeobachteten Momenten durch Handzeichen und heftiges Kopfschütteln der Dame zu vermitteln, sie solle besser ihren Mund halten, so unbedacht plapperte diese weiter. Bis zu dem Zeitpunkt, an dem Münzacker sie voller Wut anschrie.

»Du hast mich verkauft! Du hast mich nie geliebt! Aber du kannst es wiedergutmachen. Akzeptiere mich endlich als deinen Nachkommen. Schreibe es auf. Sofort!«

»Bitte tun Sie, was er sagt, Frau Huber«, beschwor Florian die Autorin.

»Einen Teufel werde ich tun. Ich bin nicht seine Mutter! Auch wenn Sie mich für dumm, einfältig und verrucht halten – ein Kuckuckskind wird nicht das Erbe meines verstorbenen Mannes antreten. Adelheid ist seine Tochter. Nur sie wird erben. Nicht ein dahergelaufener Möchtegern-Schriftsteller, der nicht die Eier in der Hose hat …«

Florians Verzweiflung wuchs ins Unermessliche. Wenn er nicht augenblicklich etwas unternahm, würde die ganze Situation eskalieren.

Gerd Münzacker holte weit aus und schlug Sigrid Huber mit dem Griff der Pistole gegen die rechte Schläfe, drehte sich blitzschnell um und zielte auf Florian, der seinen versuchten Angriff abbrach und nur wenige Zentimeter vor dem Lauf der Waffe stehen blieb.

»Beruhigen Sie sich, Herr Münzacker. Das hat doch keinen Sinn. Ein erzwungenes handschriftliches Dokument über Ihre Herkunft hält einem Gericht nicht stand. Nur eine DNA-Analyse kann Ihre Abstammung eindeutig bestimmen.« Er hob beide Hände in die Höhe und signalisierte dem Mann, dass er keine Gefahr darstellte.

Die Autorin hingegen tastete vorsichtig über die Beule an ihrem Kopf. »Aua«, sagte sie. »Das war nicht nett von dir, Gerd. Du bist ein ganz schön grober …«

»Halten Sie die Klappe!«, fuhr Florian sie an. »Wir werden veranlassen, dass die Verwandtschaft zu Frau Huber im Labor bestätigt wird.«

»Herrje, hört mir denn hier keiner zu? Ich bin nicht seine Mutter! Aber ich kann dir sagen, wer es ist.« Sigrid hatte es geschafft, das Klebeband an der Stuhllehne zu lösen, hob den befreiten Arm und stieß einen triumphierenden Laut aus.

»Seien Sie endlich still!«, warnte Florian in Sigrid Hubers Richtung und ging trotz der Waffe, die auf ihn zielte, weiter auf Münzacker zu. »Geben Sie mir die Waffe!«

»Wer ist es? Wer ist meine Mutter?« Münzacker griff nach Florians Kragen und presste ihm die Waffe direkt an die Schläfe. »Ich werde den Bullen erschießen, wenn du jetzt nicht mit einem Namen herausrückst.«

»Wie theatralisch«, sinnierte die Schriftstellerin. »Was kratzt es mich, ob du den Polizisten erschießt? Den Namen deiner Mutter verrate ich dir auch so. Es ist …«

»Frau Huber … nein!«, rief Florian, duckte sich blitzschnell weg und boxte Münzacker gnadenlos in den Bauch. Ein Schuss löste sich aus der Waffe. Etwas traf ihn hart am Kopf. Er taumelte und fiel.

Noch bevor er auf dem Boden aufschlug und das Bewusstsein verlor, hörte er Sigi van Guldenvelds letzte Worte: »Klarissa Jacobi!«

39

»Was ist hier passiert? Wo ist Florian … ähm, Hauptkommissar Forster?«, korrigierte Jessica.

Im Haus, in dem es vor Beamten der Oberstdorfer Polizei nur so wimmelte, kannte vermutlich niemand ihren Mann. Draußen standen zwei Einsatzfahrzeuge sowie ein Rettungswagen.

Als Florian vor einer guten Stunde vom Festplatz aufgebrochen war, hatte es auch für Jessica kein Halten mehr gegeben. Zuerst hatte sie ihren Vater angerufen und ihn gebeten, nach Oberstdorf zu kommen, ihre Dienstwaffe mitzubringen und dann mit Svenja und Tobias nach Kempten zurückzukehren. Anschließend hatte sie mit Berthold telefoniert, der bereits im Auto nach Oberstdorf unterwegs gewesen war und ihr alle wichtigen Informationen gegeben hatte.

Endlich hatten sie einen Namen. Alessandro Bottaro hatte ausgesagt, dass sein Chef Gerd Münzacker es gewesen war, der ihn angegriffen hatte. Münzacker habe ihn töten wollen, und er müsse ihm auch die kleine Holzkiste in den Schrank gestellt haben. Der Italiener hatte die Gegenstände erkannt, er hatte sie vor Monaten bei seinem Chef gesehen. Die Fahndung nach dem Mann lief.

Als Jessica vor ein paar Minuten vor dem Haus der Schriftstellerin geparkt hatte, war ihr sofort klar gewesen, dass Münzacker noch nicht gefasst war. Die Beamten suchten das Haus und die Umgebung mit gezogenen Waffen und eingeschalteten Taschenlampen ab, während die Spurensicherung bereits die Innenräume inspizierte. Dank ihres Dienstausweises hatte sie sich Zutritt verschaffen können und stand nun etwas hilflos im schmalen Flur neben der Treppe.

»Hallo?«, rief sie. »Kann mir bitte jemand Auskunft geben?«

Ein Kollege der hiesigen Dienststelle drehte sich zu ihr um und nickte. »Ich war als Erster am Tatort. Die Hausbesitzerin ist schwer verletzt auf dem Weg ins Krankenhaus. Wie es aussieht, hat sie sich den Kopf an der Heizung angeschlagen und war bewusstlos.«

»Und was ist mit Hauptkommissar Forster? Geht es ihm gut?«

»Er … ähm, er ist mit zwei Kollegen zum Haus der Kräuterfrau Jacobi gefahren«, berichtete der Beamte und sah zu Boden. »Sie sind seine Frau, oder?«

»Ja, das bin ich. Warum ist das wichtig? Ist der Täter flüchtig? Warum ist mein Mann zu Frau Jacobis Hütte unterwegs?«

»Ich … habe Anweisungen …« Er sah sie verzweifelt an. »Ihr Mann hat mir aufgetragen, nicht mit Ihnen zu sprechen.«

»Er vermutet den Täter bei Klarissa Jacobi, richtig? Und er will nicht, dass ich ihm hinterhereile, um ihm zu helfen.«

»Nein, nein. Es geht um …«

»Raus mit der Sprache, verdammt noch mal!«, befahl Jessica, stemmte die Fäuste in die Hüften und schaute ihn streng an. »Was ist mit meinem Mann?«

»Ich soll Ihnen nichts von dem Streifschuss und der Kopfverletzung erzählen, damit Sie sich nicht unnötig Sorgen machen, Frau Forster. Es gehe ihm gut, hat er gesagt.«

»Natürlich hat er das gesagt«, spuckte Jessica verächtlich aus. »Ich rufe ihn an.«

»Das wird nicht klappen. Hier.« Der Oberstdorfer Polizeibeamte hielt eine Beweismitteltüte in die Höhe, in der sich ein Smartphone befand. »Das Teil haben wir unter dem Schreibtisch gefunden. Es muss ihm aus der Tasche gerutscht sein. Das ist doch seines, oder?«

»Herrgott, das darf doch nicht wahr sein!« Jessica rieb sich verzweifelt über das Gesicht. »Dann rufen Sie bitte die Kollegen an, die meinen Mann begleiten. Ich will sofort mit ihm sprechen!«

*

In der Hütte der Kräuterfrau brannte kein Licht. Die Tür war verschlossen und kein einziger Laut war zu hören, außer das leise Pfeifen des Windes durch die hohen Bäume hinter dem Holzhaus.

»Meinst du, der Chef war hier?« Berthold sah fragend zu Jessica, die die Umgebung mithilfe des Lichts ihrer Taschenlampe absuchte. Abseits von Oberstdorf war es jetzt am späten Abend so finster, dass man die Hand vor Augen nicht sah. Sie ging zu einem der Fenster und leuchtete ins Innere. Niemand war zu sehen.

»Sicher. Der Oberstdorfer Dienstwagen steht unten an der Straße. Florian und die zwei Kollegen waren bestimmt hier.«

Sie hatten die zwei Beamten telefonisch nicht erreicht, was Jessicas Theorie nur bestätigte. Florian und die Kollegen mussten sich in Richtung des Waldes ein paar Hundert Meter vom Ort entfernt haben. Dort in einer tiefen Talsenke gab es wunderschöne Wanderwege, aber keinen

Handyempfang. Selbst hier an der Hütte war es schwierig, deshalb besaß Klarissa Jacobi weder Smartphone noch Internet.

»Und was machen wir jetzt?« Berthold schaltete nun auch seine Taschenlampe an. »In der Dunkelheit werden wir sie nie finden.«

»Wir sollten es wenigstens versuchen«, sagte Jessica und setzte sich in Bewegung. »Komm, Berthold. Hier entlang.«

»Warte! Lass mich nach dem Chef suchen. Du bleibst beim Dienstwagen, falls sie auftauchen.« Florian würde ihn umbringen, wenn Jessica etwas geschah.

Als hätte sie Bertholds Gedanken gelesen, klopfte Jessica ihm ermutigend auf den Rücken. »Uns wird schon nichts passieren. Wir passen gegenseitig auf uns auf. Komm endlich!« Sie stapfte munter drauflos und verschwand hinter der Hütte.

Berthold seufzte resigniert und folgte ihr.

»Wir haben uns aufgeteilt und sind in verschiedene Richtungen gelaufen«, erklärte der Beamte und zuckte mit den Schultern. »Um 22 Uhr wollten wir uns hier wieder treffen. Jetzt ist es 22.30 Uhr. Ich befürchte, der Hauptkommissar hat sich verlaufen.«

»Er hat sein Smartphone nicht dabei. Vielleicht weiß er nicht, wie spät es ist. Herrgott, der Mann macht mich wahnsinnig! Wo ist er entlanggelaufen?« Der Lichtstrahl von Jessicas Taschenlampe leuchtete direkt in das Gesicht des jungen Mannes.

Nach guten 20 Minuten Fußmarsch hatten Berthold und Jessica den Waldrand erreicht und waren dort auf die zwei Oberstdorfer Polizisten getroffen, die Florian zur Hütte begleitet hatten.

»Da er sich nicht so gut auskennt in diesem Wandergebiet, mein Kollege Bickelhuber und ich aber schon, haben wir entschieden, dass ich zum Grillplatz bei den drei großen Eichen gehe und er«, er wies auf seinen Kollegen, »zur Aussichtsplattform am südlichen Rand des Waldes.«

»Gut.« Jessicas Geduld war fast am Ende. »Aber wo ist Hauptkommissar Forster?«

»Ihn haben wir am Fluss entlanggeschickt. Da kann er sich eigentlich nicht verlaufen. Deshalb wundere ich mich, dass er …«

»Danke. Wir suchen ihn. Gehen Sie zurück zum Wagen und rufen Sie Verstärkung. Vielleicht können Sie einen Hubschrauber organisieren. Berthold? Mitkommen!«

40

Ab und zu blieb er stehen, um den Geräuschen des Waldes zu lauschen. Bis auf das leise Plätschern des Wassers neben dem Trampelpfad war nichts zu hören. Hin und wieder erklang der schaurige Ruf eines Uhus, doch Stimmen oder Schritte vernahm er nicht.

Es war dunkel. Der Bachlauf reflektierte zwar das helle Mondlicht, dort wo die großen Baumkronen ihn nicht abschirmten. Ohne die Taschenlampe, die die Oberstdorfer Beamten ihm gegeben hatten, hätte er dennoch kaum den nächsten Stamm oder die nächste Baumwurzel gesehen.

Sein Kopf dröhnte von dem Stoß, den Münzacker ihm mit dem Ellenbogen verpasst hatte, und eine große Beule hatte sich gebildet. Die Schmerzen in seinem linken Arm waren erträglich. Die durch einen Streifschuss verursachte Wunde blutete zwar, musste aber nicht genäht werden. Der Sanitäter, der ihn behandelt hatte, hielt einen einfachen Druckverband für ausreichend. Zumindest so lange, bis er in einem Krankenhaus versorgt werden konnte. Doch das musste vorerst warten.

Sigrid Huber dagegen hatte es schlimmer erwischt. Als er auf dem Fußboden in ihrem Büro langsam wieder zu sich gekommen war, war Gerd Münzacker verschwunden gewesen. Die Schriftstellerin war mitsamt des Stuhles umgeworfen worden, an dem sie gefesselt war, und hatte sich eine böse Kopfverletzung am scharfkantigen Radiator unter dem Fenster zugezogen. Sie war bewusstlos, ihr

Puls kaum zu spüren und ihre Atmung sehr flach gewesen. Er hatte sein Smartphone nicht gefunden, doch die angeforderte Unterstützung war im selben Moment eingetroffen, als er einen Notruf vom Festnetz tätigen wollte. Wie lange Gerd Münzacker zu diesem Zeitpunkt schon auf der Flucht war, konnte er nicht sagen. Auch nicht, wie lange er selbst nicht bei Bewusstsein gewesen war. Aber er wusste, dass Münzackers nächstes Ziel die Hütte der Kräuterfrau Klarissa Jacobi war.

Weder Frau Jacobi noch den gesuchten Verdächtigen hatten sie bei dem alten Holzhaus angetroffen. Es war abgesperrt und dunkel gewesen. Auch hatte kein Feuer im Ofen gebrannt.

Die Idee, den Wald abseits der Hütte nach dem gesuchten Mörder und der Frau abzusuchen, war von Oberwachtmeister Schmied gekommen, einem der Beamten, die Florian begleitet hatten. Die Kräuterfrau kannte sich im Wald hervorragend aus. Sollte sie vor ihrem vermeintlichen Mörder geflohen sein, wären die Bäume ihre einzige Chance zu entkommen, hatte er behauptet.

Einen Versuch war es wert, doch langsam befürchtete Florian, dass die Suche in diesem unwegsamen Terrain aussichtslos war. Vermutlich wäre es klüger gewesen, bis zum Morgengrauen zu warten und mit einem ganzen Bataillon an Polizisten den Wald bei Tageslicht zu durchkämmen.

Er blieb stehen und schaltete die Taschenlampe aus. Wenige Meter vor ihm erstrahlte die Oberfläche eines kleinen Sees im Licht des Mondes. Die Uferränder, die kleinen Felsen und Steine, die Baumstämme und dichten Büsche waren mit Raureif überzogen und funkelten im matten Schein des Wassers.

Auf einem alten Holzsteg, der weit in den See hineinragte, stand eine Frau in einem langen dunklen Kleid. Sie trug einen warmen Umhang aus Tierfell und eine Wollmütze. Er hatte sie endlich gefunden.

»Frau Jacobi?« Langsam ging Florian auf sie zu. »Keine Angst. Hauptkommissar Forster, wir haben uns vor ein paar Wochen in Ihrer Hütte …«

Ein Stoß von immenser Wucht riss ihn plötzlich von den Beinen. Es fühlte sich an, als hätte ihm ein riesiges Tier seinen Schädel in die Seite gerammt. Florian schlug unsanft auf dem gefroren Boden am Uferrand auf. Die Taschenlampe flog ihm aus der Hand und landete platschend im Wasser. Bevor er sich aufrappeln konnte, packte ihn jemand grob am Arm und drehte ihn auf den Rücken. Mit dem Knie fixierte der Angreifer ihn gnadenlos am Boden und raubte ihm die Luft, indem er die Hand an Florians Hals legte und fest zudrückte.

»Sie tauchen auch überall auf, Herr Forster.« Münzacker rümpfte genervt die Nase und sah ärgerlich auf ihn hinunter. »Wie haben Sie mich gefunden? Ich dachte, ich hätte Sie ausgeschaltet.«

Florian röchelte und riss mit beiden Händen an dem Arm des Mörders, der ihn so unerbittlich quälte. Schließlich lockerte dieser seinen Griff.

»Ich hätte damals mit dem alten Blumenkasten auf dem Hof von Greiter besser zielen müssen«, sagte er. »Langsam werden Sie zur Plage, Herr Hauptkommissar.«

»Das haben schon viele über mich gesagt«, krächzte Florian und verfiel in einen heftigen Hustenanfall. »Was wollen Sie von Frau Jacobi? Wieso glauben Sie der durchgeknallten falschen Schriftstellerin ihre irrsinnigen Beteuerungen? Die wollte nur ihre eigene Haut retten. Sie waren sich doch sicher, dass Sigrid Ihre Mutter ist.«

Gerd Münzacker sah sich um. »Sind Sie allein gekommen?«

»Nein, natürlich nicht. Die Verstärkung wird jeden Augenblick eintreffen. Lassen Sie Frau Jacobi gehen. Sie ist nicht Ihre Mutter. Es ist nicht nötig, sie zu töten.«

Sein dröhnendes Lachen erfüllte die Lichtung. »Ich töte doch meine leibliche Mutter nicht! Was denken Sie von mir? Sie hat mich geboren.« Er wies mit der freien Hand zu der Frau auf dem Steg. »Sie verdient meinen Respekt und meine Hochachtung. Sie hat sich die Entscheidung, mich wegzugeben, nicht leicht gemacht.« Nun erhob er sich und gab Florian frei. Als dieser aufstand, richtete Münzacker seine Waffe auf ihn. »Erzähle dem Mann, was du mir erzählt hast, Mutter.«

Die Frau bewegte sich langsam auf die zwei Männer zu, blieb aber in sicherem Abstand stehen. »Lass den Hauptkommissar gehen, Gerd. Mein Sohn«, fügte sie hinzu und ihre Stimme zitterte, ob vor Kälte oder aus Angst konnte Florian nicht ergründen. »Er hat keine der Sünden begangen, die du für deine Mutter gerächt hast. Bitte, Gerd. Er ist unschuldig.«

Gerd Münzacker griff nach Florians Jacke, riss ihn hoch und stellte ihn auf die Füße. Er drückte den Lauf der Pistole an seinen Hals und zog das Gesicht des Hauptkommissars ganz nah an seines. »Du musst sie entschuldigen«, flüsterte er. »Sie weiß nicht, dass deine Sünde die schlimmste ist, weil sie die anderen nicht verhindert hat.«

»Welche? Es bleiben nur zwei Todsünden übrig. Habgier und Trägheit«, erwiderte Florian und spürte bei jedem seiner Worte das kalte Metall direkt an seinen Stimmbändern. Sein Plan, Zeit zu gewinnen, schien nicht aufzugehen. Sein Gegner zeigte keine Spur von Nervosität und verfiel auch nicht in Hektik. Er ahnte wohl, dass Florians Behauptung über die nachrückende Verstärkung eine Lüge war. Dieser Mann war eiskalt und berechnend, und nichts würde ihn abhalten, Florian zu töten.

»Du hast tatsächlich deine Hausaufgaben gemacht, Bulle.« Ein Hauch von bewundernder Anerkennung schwang in Münzackers Satz mit. »So dämlich bist du gar nicht. Aber du hast nicht zu Ende gedacht. Sowohl die Trägheit als auch die Habgier ist vergeben.«

»Für die Trägheit hast du vermutlich deine Mutter auserkoren. Zumindest als du noch dachtest, Sigrid wäre deine Mutter«, erinnerte Florian den Mann. »Wenn die Habgier auch schon vergeben ist, bleibt keine Sünde für mich übrig. Denn habgierig bin ich nun wirklich nicht – und träge auch nicht, falls du es dir andersherum überlegt hast.« Florian ließ es fürs Erste auf sich beruhen, er hatte ganz andere Probleme. Selbst wenn er Münzacker Glauben schenkte, dass er Klarissa Jacobi nicht töten wollte, sah die Sache, was ihn anging, anders aus. Wenn der Mann jetzt abdrückte, wäre das definitiv kein leichter Streifschuss. Dann hätte Florian nur noch wenige Sekunden, bevor er das Zeitliche segnen würde.

»Du hast es nicht verhindert«, sagte sein Peiniger und sah ihn vorwurfsvoll an. Dass er den Hauptkommissar seit geraumer Zeit duzte, machte die Situation noch gefährlicher. Es gab keine persönliche Distanz mehr zwischen den beiden. »Du hast nicht einmal versucht, mich aufzuhalten. Du mit deiner Trägheit bist schuld an all den Toten. Nichts davon hätte geschehen müssen.«

Er griff wieder nach Florians Hals, ohne die Position der Waffe zu verändern. »Du hättest es verhindern müssen! Der Kommissar in meinem ersten Krimi war genauso dämlich.«

»Ich habe von deinem ersten Opfer erfahren, als die junge Frau schon über zwei Monate tot war. Du hast das arme Mädchen ertränkt. Danach kannte deine Mordlust offenbar keine Grenzen mehr«, warf Florian ihm vor und sah im Augenwinkel, wie Klarissa Jacobi entsetzt ihre Hände vor den Mund schlug und ein paar Schritte zurückging, als hätte sie erst in diesem Moment begriffen, was für ein Monster Gerd Münzacker war. »All die Toten und Schwerverletzten, die auf dein Konto gehen, hätte ich nicht verhindern können.«

»Und genau das ist eine Lüge! Forsters Lüge.« Münzacker war wütend. »Du hättest nur der Aufforderung nachkommen müssen, mich am Seealpsee zu treffen – am Johannitag. Dort oben hat alles seinen Anfang genommen. Weil du nicht gekommen bist! Weil du die Wahrheit nicht gesehen hast. Ignorant, arrogant und dumm. Das bist du!«

Den kurzen Moment, in dem Münzacker resigniert die Augen schloss und vorwurfsvoll den Kopf schüttelte, nutzte Florian aus. Er schlug mit dem Unterarm Münzackers Hand weg, in der dieser die Waffe festhielt, riss dessen andere Hand von seinem Hals und boxte ihm hart mit der Faust ins Gesicht. »Dann hättest du vielleicht mal anrufen sollen, du Arsch«, rief er und stürzte sich auf den immer noch bewaffneten Mann. »Glaubst du, ich kann Gedanken lesen?«

Münzacker prallte rücklings gegen einen Baum. Florian griff nach seinem Arm und donnerte ihn mit immenser Wucht gegen einen niedrigen Ast. Die Pistole fiel ins gefrorene Laub. Als er den Kopf seines Gegners packte und gegen den Stamm des Baumes schlug, schrie Klarissa Jacobi voller Panik auf.

»Er ist mein Sohn! Bitte, lassen Sie ihn!«

Doch der Angegriffene war zäher als erwartet. Der brutale Schlag in Florians Bauch ließ diesen schmerzerfüllt aufstöhnen. Nun gab es für Münzacker kein Halten mehr. Er prügelte und boxte den Hauptkommissar, der immer mehr taumelte und es kaum schaffte, die Hiebe abzuwehren oder ihnen auszuweichen. Er stolperte und fiel, wurde an seiner Jacke gepackt und unnachgiebig in den eiskalten See gezerrt. Die schweren Stiefel neben seinem Gesicht spritzten bei jedem Schritt durch das Wasser einen nasskalten Schwall in sein Gesicht. Er versuchte aufzustehen, doch seine Füße fanden keinen Halt, versanken im Wasser und konnten kurz darauf den Boden am Grund des Sees nicht mehr spüren. Die Schmerzen, die die Kälte in seinem Körper auslöste, machten schnell einem lähmenden Taubheitsgefühl Platz. Er hörte das ohrenbetäubende Brüllen des Mannes, der hüfttief im Wasser stand, nun zusätzlich zu Florians Jacke auch nach dessen Haar griff und ihn erbarmungslos untertauchte. Der Schrei wurde zu einem dumpfen Dröhnen, das Verlangen, tief Luft zu holen, wurde fast unermesslich. Florian versuchte verzweifelt, sich aus der Übermacht seines Angreifers zu befreien, strampelte, trat um sich und suchte am Grund nach einem Gegenstand, den er als Waffe verwenden konnte. Gerade als er mit den Fingerspitzen einen losen Stein berührte, wurde er mit Schwung dem bedrohlichen Wasser entrissen. Im ersten Augenblick schien seine Lunge sich zu weigern, Atemluft aufzunehmen. Er hustete, würgte und war kurz davor, das Bewusstsein zu verlieren.

Dann endlich atmete er tief ein.

Hektisch, panisch und verzweifelt.

»Du glaubst, ich lass mich für dumm verkaufen?«, schrie Münzacker direkt in sein Gesicht. »Ich war auf deiner verdammten Dienststelle. Ich habe dir …« Erneut drückte er Florian unter Wasser und zog ihn erst wieder an die Oberfläche, als das Gestrampel und die nutzlosen Schläge gegen seine Beine merklich nachließen. »Fürs Sterben ist gleich noch genug Zeit, Bulle«, hörte Florian ihn fluchen.

Er hatte das Gefühl, dass seine Lunge in Flammen stand. Seine Beine spürte er nicht mehr. Er rang nach Luft, befürchtete, eine einzige weitere Sekunde unter Wasser würde er nicht überleben. »Was …«, brachte er gequält heraus und hustete erbärmlich. Er hörte Klarissa Jacobi schreien, doch ihre Rufe klangen dumpf, als kämen sie von ganz weit weg.

»Was? Was?«, äffte Münzacker ihn nach. »Ich habe dir eine verdammte Nachricht hinterlassen auf deiner gottverdammten Dienststelle. Aber der werte Herr Hauptkommissar ist ja zu fein dazu …«

Die winzig kleine Veränderung in seinen Augen war kaum wahrnehmbar, doch Florian wusste, dass Münzackers Entscheidung nun endgültig gefallen war. Noch einmal würde Florian nicht wieder auftauchen. »Bitte nicht …«

Erneut drückte Münzacker Florian tief in den See. Es kostete ihn kaum noch Mühe, Florian zu halten. Er wehrte sich so gut wie gar nicht mehr, hielt sich nur krampfhaft an dem Arm fest, der ihn erbarmungslos unter Wasser presste.

Es war unmöglich, auch nur einen Augenblick länger die Luft anzuhalten. Sein Körper schrie nach Sauerstoff, die Schmerzen in seiner Lunge waren unerträglich. In seinem Kopf herrschte Chaos. Wenn er die Kontrolle über sein Bewusstsein verlor und ungehindert eiskaltes Wasser einatmete, war er verloren. Wenn er es nicht tat, ebenfalls.

Er musste an die Oberfläche kommen, doch das Einzige, woran er in diesem Moment dachte, war Klarissa Jacobi. Er erinnerte sich an damals, als sie in der Hütte seinen Arm festgehalten und ihn voller Inbrunst und Ernsthaftigkeit vor exakt dieser Situation gewarnt hatte. »Hüten Sie sich vor kaltem Wasser«, hatte sie gesagt. Seine Erinnerung verschwamm zu einem wirren Haufen an abstrusen Szenen. In einer davon schoss Jessica wild mit einem Maschinengewehr in die Luft. In einer anderen sprang die Kräuterfrau auf den Rücken eines großen Drachen, der in einem See wohnte, und ritt auf ihm durchs tiefschwarze Wasser. Der Drache brüllte. Sie schrie: »Bartholomäus Feldgruber ist der Herr aller Allgäuer Sündenböcke!« Jemand fiel eine Treppe hinunter und brach sich das Genick. Berthold war auch da, lief mit großen Schritten über den See, ohne zu versinken. Er trampelte direkt über Florian hinweg, tauchte ihn noch tiefer ins Wasser. Der steinharte Grund des Sees presste sich gegen seinen Rücken, quetschte den letzten Rest Sauerstoff aus seiner Lunge. Eine Faust donnerte auf seinen Brustkorb, jemand rief seinen Namen. Unaufhörlich, unnachgiebig zerrte der Tod an seiner Seele.

Doch er weigerte sich zu sterben.

Er wollte atmen.

Er wollte leben.

Blitzschnell drehte er sich auf die Seite, spuckte einen großen Schwall Wasser, hustete, keuchte und schaffte es endlich, rasselnd und etwas gequält, aber ganz tief einzuatmen.

»Da bist du ja wieder.« Jessica hatte sich über ihn gebeugt. Ihre Hände lagen auf seiner Brust, ihr Atem wärmte sein Gesicht. Sie hatte Tränen in den Augen, doch ihr Lächeln war das Schönste, was er seit Langem gesehen hatte.

»Ist er weg?« Seine Stimme war ein raues Flüstern. Er fror gottserbärmlich. Das Zittern am ganzen Körper wollte nicht aufhören. In seinen Armen und Beinen hatte er Krämpfe. Jessica legte behutsam eine schwere Decke aus Tierfell über ihn.

»Münzacker? Ja, Berthold hat ihm Handschellen angelegt. Keine Sorge, der tut niemandem mehr etwas.« Sie küsste seine Stirn und strich ihm die nassen Haarsträhnen aus dem Gesicht. Die Luft war so kalt, dass er bereits Eiskristalle im Haar hatte.

»Ich meine nicht …« Florian hustete erneut, schloss kurz die Augen, öffnete sie wieder und sah seine Frau flehend an. »Ich meine den Drachen. Den Drachen aus dem Seealpsee. Ist er weg?«

Jessica geriet in Panik. Er sah, wie der Ausdruck auf ihrem Gesicht schlagartig von Erleichterung in allergrößte Sorge umschlug.

»Um den Knopf musst du dich auch kümmern, Jessy. Der gehörte vermutlich dem alten Feldgruber«, beschwor er seine Frau.

»Wen meinst du? Wer ist Feldgruber?«

»Der Herr über alle Allgäuer Sündenböcke«, flüsterte Florian ehrfurchtsvoll und bekreuzigte sich.

Jessica sah ihn voller Besorgnis an. »Du musst ganz schnell zu einem Arzt. Alles wird gut.« Doch dann bemerkte sie, wie er schief grinste und ihr zuzwinkerte.

»Mir geht es gut«, beruhigte er Jessica, hob seine zitternde Hand und strich ihr ebenfalls eine Haarsträhne aus dem Gesicht. »Wir müssen den Todesfall vom Vater der Autorin – diesem Feldgruber – noch mal untersuchen. Und ich hätte da noch einen Vorschlag. Was hältst du davon, wenn wir zeitnah nach Hause gehen, ein verdammt heißes Bad nehmen, gemeinsam unter eine warme Daunendecke schlüpfen und«, er berührte mit den Fingerspitzen ihre Lippen, »und dann mindestens zwölf Stunden schlafen? Ich bin fix und fertig. Und mir ist so kalt. Bring mich bitte heim, Jessy.«

*

Berthold betrat das Krankenzimmer und blieb am Fußende des Bettes stehen. »Geht es Florian heute etwas besser?«

Jessica sah zu ihm auf und lächelte. »Die Ärzte sagen, die Lungenentzündung bekommen sie in den Griff. Er ist bald wieder auf dem Präsidium, um dich zu nerven.« Sie hielt Florians Hand und beobachtete ihn beim Schlafen, wie sie es in den letzten Tagen oft getan hatte. »Sind die Berichte alle fertig?«

»Klar. Ich war übrigens mächtig beeindruckt, wie du das Geständnis aus Münzacker herausgekitzelt hast. Florian hätte harscher und dominanter auf Antworten bestanden«, sagte Berthold, zog sich einen Stuhl heran und setzte sich Jessica gegenüber auf die andere Bettseite. »Du dagegen hast ihn irgendwie bezirzt. Das war nicht weniger furchteinflößend, doch äußerst faszinierend.«

Jessica lachte schallend, sodass Florian kurz die Augen aufschlug, seinen Kopf zur Seite drehte und sofort wieder einschlief. Er hatte immer noch Fieber, sein Gesicht glühte. Das Haar klebte feucht an seinen Wangen, aber er schien zu lächeln.

»Habt ihr die Schlüssel sichergestellt? Hat die Durchsuchung seiner Wohnung noch etwas ergeben?«, wollte Jessica wissen.

»Es ist noch nicht ganz klar, wie er an den Schlüssel von Herrn Greiters Waffenschrank gekommen ist. Doch du hattest recht. Er hat ihn kopiert, die Waffe am Tattag entwendet und später zurückgelegt. Vermutlich konnte er die Kombination des Safes im Wohnzimmer der Greiters ausspähen. Er ist bei dem Ehepaar ein und aus gegangen.« Berthold stützte seine Unterarme neben Florians Arm auf die Bettkante. »Der Knopf aus Hirschhorn und das Gamshaar gehörten tatsächlich Bartholomäus Feldgruber. Münzacker hatte Streit mit ihm. Der Alte ist gestolpert, und Münzacker hat beim Versuch, ihn festzuhalten, nur seinen Knopf erwischt. Der erste Tod war keine Absicht, aber vermutlich der Auslöser für alle weiteren.«

»Ja, deshalb diese Nachricht als Hilferuf, die Florian jedoch nie erreicht hat«, sagte Jessica bedauernd. Der kleine Zettel war im Trubel der Betriebsamkeit im Präsidium verloren gegangen und erst kürzlich in einem Ablageordner aufgetaucht. »All die Toten hätten verhindert werden können, wäre Florian damals zum See gegangen.« Sie strich ihm behutsam über die Wange.

»Glaubst du das wirklich, Jessica?« Berthold zweifelte, dass es so etwas wie Fügung und Schicksal gab. Seiner Meinung nach hatte Münzacker gemordet, weil er es wollte. Aus keinem anderen Grund.

»Und was ist mit der Huber? Kommt sie durch?«, wollte Jessica wissen.

»Ob sie durchkommt?« Bertholds gespielt entsetzter Ausruf endete in einem heftigen Lachanfall. »Die Frau läuft draußen schon wieder auf dem Gang herum und terrorisiert das Pflegepersonal. Der geht es blendend.«

»Herrgott, Leute.« Florian brummte müde. »Bin ich hier auf einem Bahnhof oder in einem Krankenzimmer? Ich möchte einfach nur schlafen.« Er seufzte und öffnete kurz die Augen. »Und haltet mir bitte diese Irre vom Hals. Die will ich in meinem Leben nie wiedersehen!«

41

Florian trat in die Küche. Links und rechts hielt er je einen der Zwillinge, die wie zwei nasse Säcke in seinen Armen hingen, ihre Rücken an seine Flanken gelehnt und ihre sabbernden Gesichter von seinem Körper abgewandt. Sie quietschten vergnügt. Zwischen Florians Zähnen klemmte ein Briefumschlag.

»Wasch isch dasch«, nuschelte er und setzte die Jungs vorsichtig ab. Lukas lief sofort auf Jessica zu. Seit etwa zwei Wochen gab es für den kleinen Mann kein Halten mehr, und es war schier unmöglich, ihn permanent im Auge zu behalten. Elias bevorzugte es nach wie vor, zu krabbeln, hielt aber ganz ausgezeichnet mit der Geschwindigkeit seines Zwillingsbruders mit.

»Das ist die Einladung zur Silberhochzeit von Regina und Franz-Xaver.« Jessica gab beiden Kindern ein kleines Stück von der Salatgurke, die sie gerade geschält hatte. »Du siehst gut aus. Hast du heute noch etwas vor?« Sie sah ihn herausfordernd an und lächelte.

Die dunkle Polizeiuniform stand ihm hervorragend. Die vier silbernen Sterne auf seinem Schulterabzeichen strahlten. Jessica ging zu ihm und rückte seine Krawatte zurecht.

»Müssen wir dahin?«, fragte er lustlos und warf den Umschlag auf den Küchentisch.

»Natürlich müssen wir. Er ist dein Vater! Außerdem haben wir bereits zugesagt, an dem Wochenende die kleine Johanna zu nehmen, damit Franz-Xaver mit seiner Frau einen kleinen Kurzurlaub in einem Wellness-Hotel verbringen kann. Hast du das vergessen?«

Florian brummte resigniert. Er mied seinen Vater noch immer, so gut es ging, stattete ihm allerdings regelmäßige Kontrollbesuche ab, um sicherzugehen, dass er keinen Blödsinn machte. Nachdem die Polizei Franz-Xaver damals über die E-Mail dieses Benjamins informiert hatte, hatte er Florian und den ermittelnden Beamten gesagt, dass er den jungen Mann kenne und ihn an dem Tag von Meichelböcks Tod im Gebäude der Sekte gesehen habe. Seither wurde noch intensiver nach dem Verschwundenen gefahndet, jedoch bis heute ohne Erfolg. Dass sein Vater das einfach hinnahm und sich aus allem raushielt, glaubte Florian nicht. Zu sehr fühlte Franz-Xaver sich schuldig am Tod seiner Tochter, und zu sehr hatte es ihn getroffen, womöglich einen weiteren Enkel zu haben, der noch dazu entführt worden war. Und nun sollte fröhlich Silberhochzeit gefeiert werden?

Wie auch immer –heute stand Florian erst mal die Urteilsverkündung im Fall Münzacker bevor. Und da sprach eigentlich nichts dagegen, dass der mehrfache Mörder lebenslang ins Gefängnis kam. Ihm wurde nicht nur dreifacher Mord, sondern auch mehrfacher versuchter Totschlag, Betrug und Diebstahl vorgeworfen. Aus dieser Nummer kam er nicht mehr heraus. Über seine Zurechnungsfähigkeit und damit über seine Schuldfähigkeit würde das Gericht im Urteil entscheiden. Selbst vor der Strafkammer hatte der Angeklagte immer wieder betont, dass er nichts anderes gewollt hatte, als ein echter Oberstdorfer zu werden. Ein winziges Büchlein mit Allgäuer Sagen, das seine leibliche Mutter ihm als Baby mitgegeben hatte, schien ihn in diesem Wahn bestärkt zu haben. Florian war es egal, ob Münzacker im Knast oder in einer geschlossenen Anstalt seinen Lebensabend verbrachte. Hauptsache, er blieb weggesperrt. Noch heute, fast fünf Monate nach dem Zwischenfall am See, hatte er Albträume.

»Was versteckst du da unter deiner Jacke?« Jessica klopfte behutsam auf seine linke Brust.

»Ein Geschenk.« Er grinste übers ganze Gesicht und zog ein in buntes Papier gewickeltes Päckchen heraus. »Für dich.«

»Oh. Aber unser Hochzeitstag ist erst morgen.«

»Dann willst du es nicht?«

Sie schnappte sich das Geschenk und trat einen Schritt von ihm weg. »Natürlich will ich es. Was ist drin?«

Er antwortete nicht.

Also riss sie das Papier auf und schaute verwundert auf den Inhalt. »Socken?«

»Die habe ich bei Klarissa Jacobi gekauft. Die helfen gegen meine Angstattacken. Sie hat mir die Socken oder eine ihrer ominösen Kräuterpillen empfohlen. Ich habe mich für die Socken entschieden.«

»Was soll ich dann damit?« Jessica sah ihn misstrauisch an. »Musst nicht du die Dinger tragen? Und warum glaubst du plötzlich an den Humbug dieser Kräuterfrau?«

Er ging auf sie zu und nahm ihr Gesicht in seine Hände. »Hast du eine Ahnung, Frau, welche Ängste ich jedes Mal ausstehen muss, wenn deine eiskalten Füße unter der Bettdecke meine Beine berühren? Wie damals in dem See kriecht die Kälte durch meinen Körper. Albträume bekomme ich davon! Die Socken sind eine prima Lösung, findest du nicht?« Er küsste sie kichernd. »Und morgen bekommst du ein richtiges Geschenk.«

»Auch von der Jacobi aus der Kräuterhütte?«, zog Jessica ihn auf.

»Herrgott, nein! Ich habe schnell das Weite gesucht, nachdem sie mir wieder eine ihrer Weissagungen aufgezwungen hat. Davon habe ich fürs Erste wirklich genug.«

»Erzähl, was hat sie gesagt? Ich muss doch wissen, aus welcher Gefahr ich dich das nächste Mal retten muss. Feuer? Explosion? Vergiftung?«

»Ach was, nur so ein Gefasel ohne Sinn.« Er gab ihr zum Abschied einen weiteren Kuss. »Ich muss los, in einer halben Stunde beginnt die Gerichtsverhandlung.«

»Was hat die Kräuterhexe gesagt, Florian?« Jessica hielt seinen Arm fest. Sie bestand auf eine Antwort.

Er seufzte laut. »›Das Leben darf mit dem Tod nicht enden, sonst stirbt die Liebe!‹«, zitierte er die Worte von Klarissa Jacobi. Er befreite sich aus ihrem Griff. »Absoluter Blödsinn«, beschied Florian der hanebüchenen Weissagung und verließ mit großen Schritten das Haus.

Weitere Titel finden Sie auf den folgenden Seiten und im Internet:

WWW.GMEINER-VERLAG.DE

Die Kommissare Jessica Grothe und Florian Forster ermitteln:

1. Fall: Schattenklamm
ISBN 978-3-8392-1852-5

2. Fall: Schonfrist
ISBN 978-3-8392-2103-7

3. Fall: Tödliche Klamm
ISBN 978-3-8392-2465-6

4. Fall: Mordsklamm
ISBN 978-3-8392-2739-8

5. Fall: Tod zum Viehscheid
ISBN 978-3-8392-0084-1

6. Fall: Allgäuer Sündenbock
ISBN 978-3-8392-0227-2

Carlos Ávila de Borba
Commissario Conti
und der Tote im See
Kriminalroman
315 Seiten, 13,5 x 21 cm,
Premium-Klappenbroschur
ISBN 978-3-8392-0241-8
€ 17,00 [D] / € 17,50 [A]

Während einer morgendlichen Bootsfahrt zur Isola del Garda entdeckt eine Familie einen unter der Wasseroberfläche treibenden Körper. Offenbar handelt es sich bei dem Toten um einen Ranger aus Tignale, der im Naturpark Gardasena arbeitete. Zur gleichen Zeit wird am Brenner ein Transporter kontrolliert, der illegal eine riesige Trüffelmenge nach München liefern soll. Luca Conti, der gerade seinen letzten Lehrgang zum Kommissaranwärter absolviert, glaubt an eine Verbindung zwischen den Fällen und beginnt auf eigene Faust zu ermitteln …

GMEINER SPANNUNG

WWW.GMEINER-VERLAG.DE
Wir machen's spannend